世界著名作家短篇小说精选系列

马克·吐温短篇小说精选

[美] 马克·吐温 著　潘华凌 译

群众出版社
·北京·

图书在版编目（CIP）数据

马克·吐温短篇小说精选／（美）马克·吐温著；潘华凌译．—北京：群众出版社，2016.3

（世界著名作家短篇小说精选系列）

ISBN 978－7－5014－5481－5

Ⅰ.①马…　Ⅱ.①马…②潘…　Ⅲ.①短篇小说—小说集—美国—近代　Ⅳ.①I712.44

中国版本图书馆CIP数据核字（2016）第002851号

马克·吐温短篇小说精选

世界著名作家短篇小说精选系列

［美］马克·吐温　著　潘华凌　译

出版发行：群众出版社
地　　址：北京市丰台区方庄芳星园三区15号楼
邮政编码：100078
经　　销：新华书店
印　　刷：北京通天印刷有限责任公司

版　　次：2016年3月第1版
印　　次：2016年3月第1次
印　　张：10.625
开　　本：880毫米×1230毫米　1/32
字　　数：220千字

书　　号：ISBN 978－7－5014－5481－5
定　　价：29.00元

网　　址：www.qzcbs.com
电子邮箱：843195700@qq.com

营销中心电话：010－83903254
读者服务部电话（门市）：010－83903257
警官读者俱乐部电话（网购、邮购）：010－83903253
文艺分社电话：010－83901730

“即使是上帝，亦会钟爱他”

潘华凌

可以说，在中国中等以上文化程度的人们当中，马克·吐温是知名度最高的外国作家之一。他的作品融幽默与讽刺于一体，富有独特的个性魅力；对社会、人生洞察深刻，鞭辟入里，充满了悲天悯人的情怀。一百多年来，他的作品广为传播，赢得了全世界读者的喜爱。

在美国，他被誉为“美国文学史上的林肯”。著名美国女作家、教育家和社会活动家海伦·凯勒（Helen Keller，1880－1968）曾评价说：“我喜欢马克·吐温——谁不喜欢他呢？即使是上帝，亦会钟爱他，赋予其智慧，并于其心灵绘出一道爱与信仰的彩虹。”美国诺贝尔文学奖得主、著名作家海明威（Ernest Hemingway，1899－1961）对马克·吐温大加赞赏，说“全部现代美国文学都来自马克·吐温一部名叫《哈克贝利·芬恩历险记》的小说。那是我们所有作品中最好的一部。过去没有，迄今也没有”。另一位美国诺贝尔文学奖得主威廉·福克纳

(William Faukler，1897－1962）称，“马克·吐温是安德森的文学创作之父，而安德森是我们这一代的文学创作之父”。马克·吐温享有多项桂冠，如“现代幽默文学的泰斗”“代表美国文学的世界一流作家”“是怀有赤子之心的顽童，亦是仗义执剑的骑士”，等等。

马克·吐温的作品从1905年开始传入中国，迄今一百多年过去了。中国读者没有因为时光的流逝和时代的变迁，而对这位伟大作家的热爱有所减弱。这也正是本书问世的重要因由。

马克·吐温（Mark Twain，1835－1910）原名萨缪尔·兰亨·克莱门（Samuel Langhorne Clemens），1835年11月30日出生于密苏里州的佛罗里达。幼年时代家境贫寒，在家庭七个孩子中排行第六，但只有一个哥哥和一个姐姐幸存了下来。四岁时，举家迁往密西西比河畔的汉尼拔。母亲在他四岁时去世，父亲在他十二岁时去世。父亲去世后，马克·吐温辍学，在印刷厂当学徒。1851年，他成为一名排字工。二十一岁时，他对轮船领港员的生活产生了极大兴趣，决定拜师学艺。在密西西比河上四年领港员的生涯中，他接触和熟悉了各种各样的人，为日后创作提供了丰富的素材。“马克·吐温”是他最常用的笔名。一般认为，这一笔名源自其早年的水手生涯。他在与同伴测量水深时，同伴喊着“Mark Twain”，意思是“两个标记”，即水深两英寻（一英寻约为一点八米，十二英尺）。这个标记说明水位安全，是轮船安全航行的必要条件。1861年，南北战争爆发，马克·吐温随哥哥前往内华达州，先卷入找矿热潮，后去报馆工作，开始创作生涯。

1865年至1870年是马克·吐温创作的第一阶段，发表了大量幽默短篇小说，极度夸张、幽默和滑稽成为这个阶段他主要的创作特色。主人公天真老实，思想单纯，为人处事有一套先入为主的原则，却处处碰壁。作品融幽默和讽刺于一体。如收录本书的经典名篇《卡拉维拉斯县驰名的跳蛙》《坏孩子的故事》《我近期辞职的经过》《火车厢里的吃人事件》《卡匹托尔山的维纳斯传奇》《田纳西新闻业一瞥》《竞选州长》《我是如何编辑一份农业报的》《好孩子的故事》《大宗牛肉购销合同履行始末》等。在马克·吐温看来，“幽默只是花絮”“为幽默而幽默是不能经久的”，他的幽默滑稽出自严肃的创作目的。他这一时期的作品主要揭露、讽喻和批判宗教、教育的危害，人们为了个人利益彼此欺诈、勾心斗角的社会风气，美国新闻界乌烟瘴气的现状，民主、自由掩盖下的美国社会真相，种族歧视和伪民主的社会现实。《卡拉维拉斯县驰名的跳蛙》发表于1865年，是他的短篇小说处女作，讲述的是一个典型的美国西部故事。当时的西部故事大多是外行人如何哄骗高手、弱者“欺骗”强者而获胜的故事。小说主人公吉姆·斯迈利有一只善跳的青蛙，逢人便以青蛙来赌钱。一次他要求陌生人和他赌，但陌生人没有青蛙，斯迈利便主动替他去抓青蛙；陌生人乘机往斯迈利的青蛙里灌满了铅丸，结果赌赢了。众多评论家认为，这个短篇小说虽为早期作品，但算得上美国文学中迄今为止最优秀的幽默作品。《竞选州长》发表于1870年，也是马克·吐温的早期代表作。主人公“我”作为独立党的候选人参加了纽约州州长的竞选，与同时参选的共和党和民主党候选人斯图尔特·L·伍德福德和约翰·霍夫曼展开角逐，且自认为具有更加“优秀的人品”。但竞争对手卑鄙无耻，手段下作，对“我”肆意造谣中伤，利用党派报纸以选民的名义接二连三地给“我”扣上“伪证犯”“小偷”“盗尸犯”“酒鬼”“贿赂犯”“敲诈犯”等莫须有的罪名。“最后，党派之争令‘我’蒙受到的无耻迫害自然而然到达了高潮，有人竟然教唆九个蹒跚学步的孩子——肤色各异，衣衫破旧——冲上公众集会的演讲台，抱住我的双腿，管‘我’叫爸爸！”“我”只得声明放弃竞选。小说有力揭露了美国“民主”选举的虚伪。作品篇幅短小，但泼辣有力，用夸张、讽刺的笔法烘托出喜剧的气氛，突出讽刺的主题，为“美国民主”描绘了一幅绝妙的讽刺画。

马克·吐温因为一系列幽默短篇故事的发表而闻名遐迩，后前往美国东部，并于1867年6月18日以记者身份随“贵格会城号”轮船前往欧洲和中东游览，同时为加利福尼亚最大的报纸《阿尔塔加利福尼亚》和纽约《论坛》等撰写报道。五个月的时间发回了大量书信和游记，深受读者喜爱。1869年，其游记文章结集出版，取名《傻子国外旅行记》。作品描写了作者在欧洲和中东的所见所闻，笔触清丽洒脱，直截了当，不乏幽默和调侃。作者假借无知的美国人身份，嘲笑欧洲的封建残余和宗教愚昧。1870年，马克·吐温创作了《哥尔斯密的朋友再度出洋》。作品典出英国作家奥利弗·哥尔斯密（Oliver Goldsmith，1703－1774）的书信体小说《世界公民》

(《中国人信札》)。一百多年后，中国人再度出洋前往美国，作者借鉴《世界公民》的方式，塑造了“哥尔斯密的朋友”——天真老实的华工艾送喜的形象。小说以理想的“美好”与现实的残酷加以鲜明对照，用喜剧的情节展示了华工艾送喜的苦难，突显了批判意义。

1871年至1895年是马克·吐温创作的第二阶段。1870年2月，三十五岁的马克·吐温与纽约富商的女儿奥利维娅·兰登（Olivia Langdon，1845–1904）结婚。马克·吐温很欣赏奥利维娅的文学天赋和文学鉴赏力，感情甚笃，伉俪情深。婚后的二十多年是马克·吐温文学创作的黄金时代。他对美国政治制度、伦理道德和生活方式进行了全面思考，以辛辣的讽刺手法批判了美国社会的种种弊端和道德沦丧的现实，出版了一系列在美国文学史上享有重要地位的著名小说。与过去的创作相比较，他这一阶段的创作更加成熟，对社会的批判更加深刻和尖锐。重要的作品包括:《艰苦岁月》(1872)、《镀金时代》(1873)、《汤姆·索耶历险记》(1876)、《密西西比河上的昔日时光》(1876)、《海外漫游记》(1880)、《王子与贫儿》(1881)、《密西西比河上的生活》(1883)、《一段奇特的经历》(1881)、《被盗走的大白象》(1882)、《哈克贝利·芬恩历险记》(1884)、《亚瑟王朝廷上的康涅狄格州美国人》(1889)、《百万英镑》(1893)和《傻瓜威尔逊》(1894)等。

《镀金时代》是马克·吐温的首部长篇小说，与《哈特福德报》主编查尔斯·沃纳（Charles Dudley Warner，1829–1900）合著，也是一部思想性较强的现实主义小说。小说以美国南北战争后资本主义迅猛发展为背景，以艺术手段概括和展示了美国社会的方方面面。南北战争以北方的胜利和国家的统一结束，美国社会进入一个追求暴利和投机冒险的时期。资产阶级的宣传机器把这一时期称为“黄金时代”。马克·吐温凭着敏锐的目光和作家的良知透过繁荣表象，看到了内部污秽、败坏的本质。《镀金时代》的篇名恰当地反映了这一时代特征。小说紧扣当时现实的特点，刻画风行美国各地的投机活动，描绘谋求横财暴利的社会风尚，揭发政界、司法界、新闻界的贪污盗窃、贿赂诈骗等丑行。小说情节围绕兴建城市、铺设铁路、开辟航道等投机发财的事件展开，实际上展示的是致富梦的破灭。中心人物塞勒斯上校原本一贫如洗，却做着致富的美梦——“发财，无论如何也要发财!”“空气中弥漫着发财的机会。”《汤姆·索耶历险记》(《哈克贝利·芬恩历险记》是其姊妹篇）标志着马克·吐温现实主义创作的进一步发展。小说描写美国南北战争前的一个小镇的故事。主人公汤姆是一个调皮捣蛋的“坏孩子”，生性活泼，喜爱说谎，会没完没了地制造恶作剧，却不乏正直、勇敢、善良的品性。他和好友哈克一样，厌恶枯燥刻板的生活环境，追求传奇的冒险生活。作品对美国虚伪庸俗的社会风气、伪善的宗教仪式和陈腐呆板的学校教育制度，都进行了无情的揭露和讽刺。《百万英镑》讲述的是名叫亨利的美国证券交易所办事员出海游玩，迷失方向后遇船获救，并随船来到英国伦敦后的离奇故事。他身无分文，举目无亲，陷入衣食无着的窘境。两位英国绅士兄弟给了他一张百万英镑的钞票，并以他在三十天内凭这张大额钞票能否活下去打赌。面对百万英镑大钞，世人对亨利的态度发生了一百八十度大转弯，餐厅老板、旅馆老板、缝纫店老板、美国公使、各类达官贵人，无不对其巴结奉承，款款殷勤。亨利不仅活过了三十天，还利用百万英镑的钞票发了一笔财，赢得了一位小姐的芳心。小说通过亨利的种种“历险”嘲弄了金钱叱咤风云、呼风唤雨的作用。作者用漫画笔法勾勒了不同人物在百万英镑面前的种种丑态，幽默滑稽，趣味横生，如同一幅世态讽刺画，令人忍俊不禁。

1896年至1910年是马克·吐温创作和人生的后期阶段。评论界认为，马克·吐温1897年后有了悲观主义倾向，出现了典型的幻灭情绪。三个孩子夭折，继之夫人撒手人世，印刷公司破产，发财梦想破灭，演讲旅途劳顿，情绪消沉。据说，他做了十四套白色西装和一百条白色领带，天天一身白色，直到1910年4月21日溘然长逝。马克·吐温晚年致力于《自传》的创作，从1906年起口授，以坦率的态度总结和剖析一生。他用诙谐口吻在《自传》序中说：“本人将在这部《自传》里牢牢记住，我此时正在坟墓里向世人说话。我确实就是在坟墓中向世人说话来着，因为本书出版时，我已不在人世了。我决定从坟墓而不是亲口向世人说话，理由很充分：我可以无拘无束地说话。”纵观马克·吐温的后期作品，我们不应忽略他在社会实践和创作实践上飞跃的事实。这个时期的作品除了继续鞭挞人的自私本性，批判锋芒直指美国的侵略扩张政策，进一步揭露资本主义发展对美国社会造成的严重危害。他的创作还增加了游记、杂文和政论方面的内容。这一阶段的重要作品包括：《赤道旅行记》（1897）、《败坏了赫德莱堡的人》（1899）、《写给坐在黑暗中的人》（1901）、《三万美元遗产》（1904）、《战争祈祷文》（1905）、《人是什么》（1906）、《神秘的陌生人》（1916）、《马克·吐温自传》（1924）等。

《败坏了赫德莱堡的人》是他晚年中短篇小说杰作。赫德莱堡被其居民自诩为“最诚实、最清高的市镇”。有一天，一位陌生人送来一袋金币，说是送给镇上帮助过他的恩人，不曾留下恩人姓名便离开了。镇上一向被“公认诚实”的居民，尤其是十九位“廉洁”的上层社会人士争着要当“恩人”，因此上演了种种丑剧，赫德莱堡多年的美誉毁于一旦。小说构思巧妙，情节紧凑，形象鲜明，寓意深刻。它一改其前期作品的幽默风格，而用辛辣讽刺抨击美国社会的腐败、道德虚伪以及金钱产生的吸引力和罪恶。《三万美元遗产》讲述的是发生在一座湖滨小镇的故事。故事以一个和谐美好的家庭开始。萨利和阿莱克夫妻一个踏实肯干，一个善于理财；两个女儿容貌美丽，亭亭玉立；一家人相处和睦，过着不算富裕但很温馨充实的生活。丈夫平常并无交往的远房堂叔蒂尔伯里·福斯特弥留之际将三万美元的遗产留给了他，规定“萨利必须向遗嘱执行人证明：先前从未口头或书信表达过对遗赠的关注，没有过问弥留之际的人走向永久安息地的进程，没有参加葬礼”。夫妻二人一改昔日勤俭持家的良好习惯，开始狂热地拟定生活计划——萨利考虑花费，阿莱克盘算投资。富有讽刺意味的是，萨利的远房堂叔去世了，讣告却因字盘错乱永远没有发表。无可奈何，夫妻俩只能苦等。与此同时，他们产生了种种想象，想象自己得到了遗产，于是放弃了晚上一家人聚在一起其乐融融的时间，放弃了做祷告的时间，用所有可能的时间去幻想获得三万美元后的生活。三万美元通过各种投资盈利暴富，世界的一切因为他们的想象发生了巨变。夫妻二人对女儿的婚事也因财富的增多而提高了择偶标准。股市突然巨跌令阿莱克坠落谷底，几年的梦境此时灰飞烟灭了。萨利回到了现实，并提醒阿莱克。最后他们得知，堂叔不仅没有遗产，且穷困潦倒。他们顿时意识到，原来美好的想象只是南柯一梦。夫妻二人在心神不宁的慢慢长夜中苦熬了两年，于同一天离开人世。萨利临终时警告人们："通过突如其来和不健康的方式获得的巨额财富就是一个陷阱。我们不能从中享受到任何好处，只有转瞬即逝的狂欢。然而，为了这种短暂的欢乐，我们抛弃了甜蜜淳朴而又幸福美满的生活——让人们从我们身上得到警示吧。"

本书共选录了马克·吐温各个时期发表的经典短篇小说名作十七篇。篇目经出版社和译者反复商量选定，从作品的影响力、国内外选本的收录情况、读者及时代的审美倾向综合考虑。所据原文为两种：一是美国纽约兰登书屋的分支出版机构班塔姆－戴尔分公司2005年10月出版的《班塔姆经典丛书》（Bantam Classic）中的《马克·吐温短篇小说全集》（The Complete Short Stories of Mark Twain）；一是企鹅出版集团美国纽约分支出版机构新美国图书出版公司1985年11月出版的《西格内特经典丛书》（Signet Classics）中的《马克·吐温短篇小说集》（The Signet Classic Book of Mark Twain's Short Stories）。

译者面对人名、地名和历史事件等专用名词的翻译力求做到标准、规范，前后统一，体现权威性。主要翻译策略有：一是约定俗成，沿袭已被认可的译法。二是使用权威工具书，主要包括：陆谷孙先生主编的《英汉大词典》（上海译文出版社）、新华通讯社译名室主编的《世界人名翻译大辞典》（中国对外翻译出版公司）、周定国主编的《世界地名翻译大辞典》（中国对外翻译出版公司）、《简明大不列颠百科全书》（汉译本，中国大百科全书出版社），等等。三是不包括在前面两类范围的专用名词，则通过百度等各种检索工具反复比较后准确译出。

为了让读者更好地阅读和欣赏马克·吐温的短篇小说，增进理解，提高阅读兴趣，译者对作品中出现的人物、地点、历史和文化事件等进行了必要注释。例如，《一段奇特的经历》中，故事背景是美国南北战争。这是一个很重要的历史事件，尽管交代了时间，但文中只说“战争爆发后……”，译者在此给出的注释是：“此处指美国南北战争（又称美国内战，American Civil War，1861－1865）。它是美国历史上最大规模的内战，参战双方为北方的美利坚合众国（联邦）和南方的美利坚联盟国（邦联）。战争的起因是南方十一州因亚伯拉罕·林肯（Abraham Lincoln，1809－1865）于1861年就任美国总统而陆续退出联邦，另成立以杰斐逊·戴维斯（Jefferson Davis，1808－1889）为“总统”的政府，且驱除了驻扎在南方的联邦军队，林肯总统下令攻打叛乱诸州。最后，北方取得胜利，南方重建，奴隶制在南方被废除，对日后的美国社会产生了巨大的影响。”《被盗走的大白象》的故事背景地在纽约，涉及到警衔的翻译。译者增补的注释是："本故事以美国纽约为背景，纽约警察局（NYPD）的警衔为（从低到高）：警员（Officer）、警探（Detective）、警司（Sergeant）、警督（Lieutenant）、警监（Captain）、副高级警监（Deputy Inspector）、高级警监（Inspector）、副总警监（Deputy Chief）、助理总警监（Assistant Chief）、处总警监（Bureau Chief）、局总警监（Chief Of Department）。但是，纽约警察局的最高首长并非局总警监，而是警察专员（Police Commissioner），警察专员之下还有若干副警察专员（Deputy Police Commissioner），其中包括一名第一副警察专员（First Deputy Police Commissioner）。警察专员与副警察专员均为文职，所以不算警衔。而作为纽约警察局警衔最高的局总警监，行政地位要低于警察专员和副警察专员。"

向读者奉献名家经典作品的最佳选本与最优译文，是《马克·吐温短篇小说精选》的永远的初心和不改的衷心。

2016年春节

于宜春丽景山庄听松斋

目　录

卡拉维拉斯县驰名的跳蛙 ◎ 1

坏孩子的故事 ◎ 10

我近期辞职的经过 ◎ 15

火车厢里的吃人事件 ◎ 25

卡匹托尔山的维纳斯传奇 ◎ 40

田纳西新闻业一瞥 ◎ 49

竞选州长 ◎ 58

我是如何编辑一份农业报的 ◎ 67

好孩子的故事 ◎ 76

大宗牛肉购销合同履行始末 ◎ 82

中世纪传奇故事一则 ◎ 93

真实故事一则 ◎ 103
一段奇特的经历 ◎ 110
被盗走的大白象 ◎ 148
百万英镑 ◎ 179
败坏了赫德莱堡的人 ◎ 209
三万美元遗产 ◎ 278

卡拉维拉斯县驰名的跳蛙

我的一位朋友从东部写信来了。应他的要求，我拜访了性情温和、喋喋不休的老西蒙·惠勒。再应他的要求，我打听了他的朋友——列奥尼达斯·斯迈利——的情况。我就在此交代一下打听的结果吧。我对此其实心存疑虑，感觉列奥尼达斯·斯迈利纯属子虚乌有，我朋友从来就不认识这么一个人。他只是预料到我若向老惠勒打听，他定会想起那个声名狼藉的吉姆·斯迈利，定会喋喋不休，铆足了劲唠叨，尽扯些关于吉姆的该死往事，冗长又乏味，对我百无一用，还令人厌烦透顶。

他若打的是这种算盘，也算是如愿以偿了。

那是安吉尔镇萧疏衰败的矿区，我在一家破旧不堪的客栈里找到了西蒙·惠勒。他正在酒吧的火炉边舒适惬意地打着盹儿。我注意到，他身体肥胖，头已秃顶，平和安宁的脸上洋溢着令人愉快的和蔼而质朴的神情。他醒了过来，向我打招呼问好。我告诉他，有个朋友委托我打听一位童年时代的挚友，名叫列奥尼达斯·斯迈利——即列奥尼达斯·斯迈利牧师，一位年轻的福音传教士。他听说此人一度居住在安吉尔镇。我还说了，倘若惠勒先生能提供有关列奥尼达斯·斯迈利牧师的情况，定会对他感激不尽。

西蒙·惠勒逼我退到一个角落，还用椅子把我堵在那儿，然后坐了下来，开始没完没了地讲述一个单调乏味的故事。他毫无笑容，也不皱眉，从一开口起就使用那种涓涓细流的声调，毫无改变。他不露半点声色，让人一丁点儿都看不出他心里其实热情洋溢。但在没完没了的讲述过程中，他始终显得真诚恳切，令人感同身受。据此，我明显觉得，他压根儿就没有意识到自己讲述的故事有什么荒诞不经或滑稽可笑的，反倒觉得确实至关重要，且对两位主人公钦佩不已，认为他们在玩弄手段方面算得上出类拔萃的天才人物。他独自编着故事，态度平和，信马由缰，古怪离奇，毫无半点笑容。对我来说，这种情形简直荒谬透顶。我让他按照自己的方式继续讲述，不曾打断他。

“列奥尼达斯牧师，哼，列什么牧师——对啊，这儿曾经有个名叫吉姆·斯迈利的小伙子。那是 1849 年冬天——或是

1850年春天——不知怎么回事，我记得不是很确切。不过，我怎么会想到冬天或春天呢？那是因为我记得他初次到达矿区时，那条大型引水渠还没有竣工。但不管怎么说，他是我见过的最奇特的人——见到什么东西都要赌上一把，只要能够找到人做对头就行。若是找不到，他变换方位也成。只要对方觉得合适，他就会觉得合适。只要能够让他赌起来，他就心满意足。但他吉星高照，有罕见的好运，大部分时候都是赢家。他一直都严阵以待，就等着时机到来。无论提到什么，小伙子没有不拿来赌博的。正如我刚才告诉您的，您选择哪一头都没问题。若是赶上马赛，等到结束时，您会发现他赢得盆满钵满，或输得一文不名。遇上斗狗，他要赌博。遇上斗鸡，他要赌博。对啦，若是看到两只鸟落在篱笆上，他要和您赌哪只鸟先飞走。倘若有一场野营布道会，他通常会到场，就会拿沃克尔牧师来打赌。他断定，牧师是附近最卓越的布道者。事实上也是这么回事，他还是个善良友好的人。甚至看见一只屎壳郎开始朝着某个方向爬行，他也会跟您打赌，看屎壳郎要花多长时间才能到达目的地。您若是答应和他赌，他可以跟随屎壳郎一直到达墨西哥，只是无法知道它到底要去哪儿，途中需要多长时间罢了。这儿许多小伙都见识过这位斯迈利，可以告诉您有关他的情况。对啦，他并不觉得这有什么要紧——见到什么赌什么，倒霉的家伙。沃克尔牧师的太太有一回病了很长时间，他们好像对她回天乏术了。一天早晨，牧师来了，斯迈利询问他太太的状况。牧师说她好多了，感谢上帝的无限慈悲，身体轻松多了；有了上帝的保佑，她会好起来的。斯迈利不假思索

地说：‘得了吧！我愿意赌上两块五，她好不了！无论如何都好不了！’

“斯迈利有一匹母马，小伙子们管它叫‘十五分钟老马’。不过，这只是闹着玩儿罢了。要知道——当然啦，母马无论如何不至于跑这个速度——虽说母马跑得很缓慢，还总是哮喘，或患上温热①，或患上肺病，或患上诸如此类的疾病，但斯迈利往往可以在马身上赢钱。对手们会在开始时让上个两三百码，再在行进中超越。不过，到了比赛临近结尾的那一段，母马会情绪激动，玩命儿似的跳跃前行，向上腾起，撒开四蹄，时而腾到空中，时而跑到一侧的围栏边，扬起更多尘埃，引起更大骚动，又是咳嗽，又是打喷嚏，又是擤鼻涕。等到达看台处时，母马总会正好超出一个头颈的距离，和您先前估摸的情况很接近。

“他还有一条很小、很小的哈巴狗。单从外表判断，您会觉得小狗一文不值，只得任其摆出一副执拗任性的姿态，伺机偷点儿什么东西。但一旦把赌注押在小狗身上，它呈现出的就是另外一副姿态啦。只见它下颚开始向外伸出，如同轮船的前甲板似的。它把牙齿也露了出来，如同炉子里的火苗，闪耀着凶狠的光芒。别的什么狗可能回来挑衅它，吓唬它，撕咬它，让它摔上两三次跟头。而安德鲁·杰克逊②呢——那条狗的大

① 一种动物传染病，包括犬热病、马腺疫、家兔致死性鼻咽炎、猫粒细胞缺乏症、猫肠炎等。本书脚注除特别标明外，均由译者所加。

② （Andrew Jackson，1767－1845），美国第七任总统。1829－1837年在位。

名——从不显山露水，只是一副安之若素的模样，没有别的任何诉求。结果呢，打赌的另一方一直让赌注噌噌地往上翻番。最后，对方拿出了所有的钱。猛然之间，小狗会正好咬住那条狗的后腿处，紧紧地咬住。您可要知道，它紧紧地咬住不松口，一直要等到对方投降认输，即便等上一年也无所谓。斯迈利用这条哈巴狗来打赌，最终总是赢家。直到有一回，他要对付一条没有后腿的狗——他们用圆锯把狗的后腿给锯掉了。等到事情进行得差不多、钱都全部拿出来了，小狗要使出自己最得意的杀手锏来对付对手了，但立刻意识到自己上当受骗了。可以说，另外那条狗把它骗进了门。小狗露出惊讶不已的样子，然后显得垂头丧气，不想再奋力赢得斗殴了，因此落得脱掉一层皮的悲惨下场。小狗看了一眼斯迈利，等于说自己的心都碎了，事情全是他的错，弄来这么一条没有后腿的狗让它来施展本领。因为它打架斗殴靠的就是那一招儿。随后，小狗一瘸一拐地走了一会儿，躺下便一命呜呼了。本来是一条优良的狗啊！正是这条名叫安德鲁·杰克逊的狗，若是能够活下去，一定会闻名遐迩的。因为小狗儿有招数，我也知道它天分很高，只是没有机会罢了。一条狗若是没有天赋，却能够在那种情形之下如此这般地打架斗殴，那在道理上说不通啊。我每次想起小狗儿最后打架斗殴的情形，心里就会觉得很难受。

“对啦，斯迈利还有抓耗子的小猎犬、小公鸡、公猫——各种各样的动物弄得您无法安宁。您拿不出什么东西来跟他打赌，可他总能够拿出东西来跟您打赌。一天，他抓住了一只青蛙，拿回家去，说要饲养教育它来着。三个月当中，他什么事都不干，就待在后院教青蛙蹦跳。而您可以肯定，他也确实把它教会了。他在青蛙后背上轻轻一击，紧接着您就可以看到，青蛙像炸面圈儿似的在空中打转。只见它翻一个筋斗；若是起跳很顺，说不定还能翻上两个呢。然后，青蛙像猫一样四脚落地，平安无事。他让青蛙这样跳起来捕捉苍蝇，持续不断地练习。因此，青蛙一旦看见苍蝇，每次都能捕捉到一只。斯迈利说，青蛙需要教育，几乎什么事都可以办成。我很相信他的话。对啦，我还看见他把丹尼尔·韦伯斯特放在这儿的地板上。丹尼尔·韦伯斯特①是那只青蛙的名字。他大声喊：'一伙苍蝇，丹尼尔！一伙苍蝇！'比您眨一下眼睛的速度都要快，青蛙径直地腾空而起，捕捉住柜台处的一只苍蝇，然后扑通一声落到地上，稳稳当当，犹如一坨泥巴。青蛙落地后，还会用后脚挠一挠脑袋侧面，一副漫不经心的姿态，仿佛觉得自己的所作所为很平常，其他青蛙可能都办得到。您压根儿就没见过这样谦逊而又直率的青蛙，即便禀赋非凡也罢。若在绝对一致的平面上，青蛙便会一跃而起，蹦跳出去，距离超过它的所有同类。平面跳跃是它的强项，您可要知道。那个时候，斯迈利但凡身上还有一分钱，都会当作赌注押上。斯迈利对自己的青蛙可得意啦，他也有理由得意。游走四方的人都会说，这只青蛙超过了他们见过的任何青蛙。

---

① (Daniel Webster，1782 – 1852)，美国著名政治家，担任过美国国务卿(1841 – 1843，1850 – 1852)、美国众议员（1813 – 1817，1823 – 1827)、美国参议员（1827 – 1841，1845 – 1850)。

“对啦，斯迈利把青蛙养在一只方格小箱里，有时还会带到集镇去赌博。一天，矿区来了一个陌生人。他看见斯迈利带着那只箱子后，便说：‘您箱子里装的会是什么东西呢?’

“斯迈利漫不经心地回答说：‘可能是一只鹦鹉，或一只金丝雀。可能吧。但实际上都不是，而是一只青蛙。’

“陌生人接过箱子，仔细认真地瞅着它，掉过来转过去看，然后说：‘嗯，还真是。对啦，有什么用途吗?’

“‘嗯，’斯迈利说，语气轻松，若无其事。‘青蛙在某件事情上可有用啦。我断定，它比卡拉维拉斯县所有青蛙都要跳得更远。’

“陌生人接过箱子，又仔细认真地瞅了老半天，还给斯迈利，不慌不忙地说：‘不过，我倒是看不出这只青蛙好到哪儿去了。’

“‘您可能看不出来，’斯迈利说，‘因为您可能了解青蛙，也可能不了解。您可能很有经验，也可能实际上只是个新手。但不管怎么说，我心里有数。我愿意拿出四十美元来赌，它比卡拉维拉斯县任何青蛙都跳得远。’

“陌生人思忖了一会儿，然后显得有点儿为难地说：‘嗯，我人生地不熟的，手边没有青蛙；若是有一只，我倒愿意和您赌一赌。’

“斯迈利随即接话说：‘没关系，没关系啊。您若是帮我守着这只箱子，我这就去给您弄一只来。’陌生人于是接过箱子，把自己的四十美元同斯迈利的放在了一块儿，坐下来等着。

“就这样，他在原地等了好一阵子，心里翻来覆去想着，然后把青蛙取了出来，撬开它的嘴，用一把茶匙给它喂饱了打鹌鹑用的铁砂，都撑到下巴那儿了。然后，他把青蛙放到地上。斯迈利走向一口池塘，在淤泥里折腾了很久。最后，他抓到了一只青蛙，带回来交给陌生人说：“‘好啦，您若是准备好了，就把青蛙放到丹尼尔旁边吧！让其前爪同丹尼尔的平行，我来发令。’他接着说，‘一，二，三，跳！’他和那个人都触碰了一下青蛙的后背，新来的青蛙跳出去了；丹尼尔鼓了一下气，竖起肩膀，模样像个法国人，但没有动弹。丹尼尔像个铁砧子似的牢牢定在那儿，像抛出去的锚似的一动不动。斯迈利惊诧不已，觉得很恶心。不过，他当然不知道其中的原由。

“陌生人拿起钱，转身离开。走到门外时，他用拇指朝着丹尼尔的方向在肩膀上猛然戳了一下，再次不慌不忙地说：‘是啊，是啊，我却看不出您的那只青蛙比别的青蛙好到哪儿去。’

“斯迈利伫立在那儿，一面不停地挠着脑袋，一面眼睛朝下久久盯着丹尼尔看。他最后说：‘我真是弄不明白啊，这只青蛙究竟为何会出状况。我确实想要弄明白，到底出了什么状况。不知怎么回事，青蛙好像鼓胀得很严重。’他一把抓住了丹尼尔的颈背处，把它提了起来。‘啊，真该死！一定有五磅重！’他把青蛙掉转过来，结果它吐出了两把铁砂。这时候，他明白是怎么回事了。他义愤填膺，把青蛙放了下来，立刻出发去追那个人。但那人已无影无踪了，而且……”

［叙述至此，西蒙·惠勒听见前院有人喊他，就站起身去

看是怎么回事］他离开时转身对我说："您就在这儿待着，陌生的朋友！放心待着，我出去一会儿！"

不过，请您谅解！任由他继续讲述那个有胆量的流浪者吉姆·斯迈利的经历，也不一定能得到有关列奥尼达斯·斯迈利牧师多少情况，我于是起身离开。

走到门口，我迎面遇上返回来的热情的惠勒。他硬要留下我，向我介绍说："对啦，斯迈利还有一头独眼的黄母牛，没有尾巴，只有短短一小截，好像一根香蕉似的，而且……"

"噢！让斯迈利和他那头该死的母牛见鬼去吧！"我喃喃地说，态度和蔼。与老先生告辞后，我便离开了。

坏孩子的故事

从前有个坏孩子，名叫吉姆。不过，您若是留意一下便会发现，您的主日学校①教科书里的坏孩子几乎都叫詹姆斯。这事显得很不可思议，但事实就是如此。现在要说的这个孩子就叫吉姆②。

这个吉姆也没有生病的母亲——笃信宗教，罹患肺病。这

① 主日学校（Sunday - School）是指星期日对儿童进行宗教教育的学校，大多附设于教堂。

② 吉姆是詹姆斯的昵称。

样一位母亲深深地疼爱着自己的孩子，忧心忡忡，担心自己一旦离开人世，世人会对他苛刻和冷漠。若非如此，她倒是很乐意躺在坟墓里安息的。主日学校教科书里的大多数坏孩子都叫詹姆斯，且有生病的母亲。她们会教导自己的孩子说，“好啦，我要躺下了”，等等，用悦耳而又凄婉的声音哼着曲子让他们入睡，再用亲吻向他们道晚安，跪在床边，黯然流泪。但是，这个孩子的情况迥然不同。他名叫吉姆，母亲什么事也没有——没有罹患肺病，也没有罹患诸如此类的其他疾病。她不但没有患病，而且身体还很健康。她并不笃信宗教。此外，她不会为了吉姆的事而忧心忡忡。她说过，即便他的脖子断了，也不是什么大不了的损失。她一直都以打骂的方式迫使吉姆睡觉，从来不会用亲吻来向他道晚安。相反，当她离开他时，还会给他几个耳光。

有一次，这个坏孩子偷了食品储藏间的钥匙，悄悄溜了进去，吃掉了一些果酱，还往果酱瓶里灌满沥青。这样一来，他母亲便永远也看不出少了果酱了。吉姆并未突然觉得愧疚，也不觉得耳畔有轻声细语的说话声——“不听我妈妈的话，这样做对吗？做这样的事难道不是罪过吗？偷吃慈祥母亲果酱的坏孩子将来会去哪儿呢①？”然后，他也不会独自跪下来，承诺以后不会再使坏了；接着便轻松愉快地站起身，去把这一切全都告诉自己的母亲，恳求她宽恕；母亲则两眼噙满了泪水，充满自豪和感激之情，为他祝福。不，这是教科书上其他坏孩

① 此处指死后是上天堂还是下地狱。

子的套路。但吉姆的做派截然相反，真是够不可思议的啊！他偷吃了果酱，还用可耻粗俗的口吻说，果酱的味道真棒。他往果酱瓶里灌沥青，还说这事做得潇洒，并且哈哈大笑道，等老太婆发现后，“她准会气得火冒三丈，暴跳如雷的”。当她确实发现了这事时，他矢口否认，说自己对此毫不知情。母亲狠狠地用鞭子抽打了他，他则号啕大哭起来。关于这个孩子的一切都显得很奇特——他做的一切事情，都与教科书上的坏孩子詹姆斯们做的大相径庭。

有一次，吉姆爬上农场主阿科恩的苹果树去偷苹果。树枝并没有折断，他并没有从树上掉下来摔断胳膊，也没有被农场主的狗咬伤，也没有随后几个星期懒洋洋地躺在病床上，幡然悔悟，从此学好。噢，不是这么回事呢。吉姆按照自己的需要偷摘了苹果，然后从树上下来，一切安好。他也严阵以待，做好了对付那条狗的准备。当狗扑上来要咬他时，他用砖头砸过去，击中目标。这件事情很不可思议——那些行文温和的小开本教科书里可没有记载这样的事情。那些书配着云石纹纸封面，里面还有插图。图画中的男人上身穿燕尾服，头戴钟形桂冠圆顶帽，下身穿着短腿马裤；女人则身穿束腰裙服，腋下没有配裙环。这样的事情，主日学校的教科书毫无描述。

有一次，吉姆偷了老师的削笔刀。他担心老师会发现，从而挨鞭子抽，就把削笔刀偷偷塞到乔治·威尔逊的帽子里。后者是可怜的威尔逊寡妇的儿子，是镇上品形端正的孩子，是个好孩子，一直都很听母亲的话，从来都不说假话，而且勤奋好学，迷恋主日学校。当小刀从那顶帽子里滑出来时，可怜的乔治耷拉着脑袋，脸涨得通红，好像显得羞愧自责。那位肝肠寸断的老师指责他行窃。老师正要朝乔治瑟瑟发抖的肩膀举起鞭子时，一位白发苍苍、子虚乌有的治安法官并没有突然出现在他们中间并装腔作势地说："饶恕这个品德高尚的孩子吧，那边站着瑟瑟发抖的罪犯呢！课间休息时我从学校门口经过，没人看见我，我却目睹了行窃的过程！"然后，吉姆并没挨鞭子抽，那位德高望重的治安法官也没有给感激涕零的学校师生来一番道德说教，然后手拉着乔治说，这样的孩子值得赞扬，接着领他回家同住，让他打扫办公室，生火，跑腿，劈柴，学习法律，帮他太太做些家务事，空余时间还可尽情玩耍，每月可以获得四十美分报酬，挺开心快乐的。不，教科书里讲述的才是这样的情况呢，但发生在吉姆身上的并非如此。没有什么多管闲事的老古董治安法官在中间横插一杠子制造麻烦，因此，模范孩子乔治遭受了鞭抽，吉姆对此很是开心。您知道，吉姆仇视品性高尚的孩子。吉姆说，他"瞧不起那些软骨头的家伙们"。它便是从这位品性恶劣、缺乏管教的孩子口里说出来的粗俗语言。

发生在吉姆身上最不可思议的事情是，他星期天去划船，并未溺水身亡。另一个星期天他外出钓鱼遇上暴风雨，却没遭天打雷劈。是啊，您可以从头至尾查看，反复查看那些主日学校的教科书，从现在一直到下一个圣诞节，绝不可能发现这样的情况。噢，不可能的。您会发现，所有星期天去划船的坏孩子都会毫无例外地溺水身亡。所有的坏孩子星期天外出钓鱼时，一旦遇上暴风雨，没有不遭受天打雷劈的。再说了，坏孩子在安息日外出钓鱼时，总会遇上暴风雨的。令我感到神秘莫测的是，吉姆竟然躲过了这么一劫。

这位吉姆似乎有着受魔法保护的命，能够遇难成祥，逢凶化吉——事情一定是这么回事。什么灾祸都伤不着他。他游览动物园时甚至把一捆烟叶塞进大象鼻子，而大象却没有甩开长鼻子敲落他的脑袋。他找遍了食品橱柜，寻找薄荷精，却没有错把硝酸喝下肚。他偷了父亲的猎枪，在安息日去打猎，却没有把三四个手指头打掉。他生气发火时，会用拳头击打妹妹的额头；漫长的夏日里，妹妹却不会饱受疼痛，然后死亡，临终时说出充满温情、表示原谅的话，令他破碎的心备受折磨。不是这么回事啊。她恢复健康了。他最后离家出走，到海上闯荡去了。他并没有在回家时悲伤，觉得独自一人待在世上，亲人们则静静躺在墓地里，童年时期那幢爬满常青藤的宅邸坍塌了。啊，不是这么回事啊！他回家时喝得酩酊大醉，没进家门，先进了警察分局。

他后来长大了，结婚成家了，养了一大家子人。有一天夜间，他用斧头把一家人全给劈了，然后玩弄种种手段，坑蒙拐骗，无恶不作，发大财了。现如今，他可是家乡最最凶狠邪恶的恶棍，却广受人们敬仰，还是州议会的议员呢。

因此，您绝不可能在主日学校的教科书中看到一个坏孩子詹姆斯像罪恶累累的吉姆有如此好运，拥有受魔法保护的命。

我近期辞职的经过

我已经辞职了，政府似乎还在一如既往地运行着。不过吧，车轮上还是少了根辐条。我本是参议院贝壳学委员会的文书，但我已经放弃该职位了。我看得出，政府中其他人员的心思再明显不过了，他们就是要阻拦我发声，不再参政、议政。因此，我无法做到既保留职位，又不失尊严。我在政府内任职了六天。其间，目睹到的肆无忌惮的行为多了去了，一桩桩、一件件，若要详细叙述，足以写一部书了。他们委派我担任贝壳学委员会的文书，却不许我同抄写员打台球。虽说显得寂寞无聊了些，但倘若我能受到内阁其他成员应有的谦恭礼让，我倒是会继续坚持下去的。然而，我没有得到。每当我看到某个部门的领导在执行错误路线时，就会放下手头的一切工作跑去纠正他。这是我的职责所在。我这样做了，却没有一次获得感谢。我怀着世界上最良好的愿望去见海军部部长。“长官，我看法拉格特海军上将①待在欧洲无所事事，悠闲自得，像是在搞一种野餐会啊。是啊，这种情形可能挺不错，但我不这么看啊。若是无仗可打，还不如让他打道回府算了。一个人领着一支舰队去观光旅游——这样做，没有什么好处吧。这样做很奢侈啊。请注意，我并不反对海军官员去观光旅游——观光旅游得有理由啊——观光旅游得考虑经费开销啊。对啦，他们或许可以乘木筏顺密西西比河而下——”

您真该看看他当时那副暴跳如雷的尊容才是！人家还以为我犯了什么滔天大罪呢。但是，我并没有往心里去。我回应道，这样做显得节俭，充满了共和党人所倡导的朴素精神，还绝对安全。我说了，若要进行一次平静祥和的观光旅游，乘木筏可谓无与伦比。

这时候，海军部部长问我是什么人。我告诉他说，我是在政府部门供职的。他又问我担任什么职务。面对如此莫名其妙的问题，我没有加以评论，只是回答说，我既然是政府部门的

---

① (David Glasgow Farragut, 1801－1870) 美国海军上将。少年时期参加过 1812 年的反英战争；内战时期率领联邦封锁舰队攻克新奥尔良(1862)，控制莫比尔湾，进逼湾内要塞，迫使敌军投降。

成员，是去找他的，就不妨告诉他自己是参议院贝壳学委员会的文书。他听后，好一阵怒火中烧啊！他责令我立刻离开，以后管好自己分内的事情就是了。依照我一时的情绪，真想把他给推出去。不过，那样做会危及旁人。况且，我也捞不到什么好处。所以，我还是让他继续待着。

我随即去找国防部部长。他开始拒绝了我，知道我是政府的人后才见了我。我寻思着，若是没什么重要的事，那门是根本进不了的。我向他要了个火（他正抽烟来着），接着告诉他说，关于他对李将军①及军中同僚实施假释规定的维护，我并不反对，但我不赞同他对大平原地区②的印第安人作战的方式。我说了，他作战时兵力过于分散，应该让更多印第安人集中起来——让他们集中在某个有利区域。在那样的地方，双方都有足够的给养，我们再对他们实施大屠杀。我说了，若让印第安人口服心服，最有效的方式莫过于实施大规模屠杀。他若是不赞成实施大屠杀，我说了，对付印第安人最有效的方式则是使用肥皂③和教育。肥皂和教育的功效不如大屠杀来得突然，但从长远来看，这两种东西更具致命杀伤力。印第安人遭

---

① 此处指罗伯特·爱德华·李（Robert Edward Lee，1807－1870）。美国内战时期南军统帅。原为北军将领，加入南军后任南军总司令（1862）。他以出色的战略战术多次击败北军，最终失利投降。战后致力于教育事业。

② 大平原地区位于美国中部，是世界著名平原之一。外貌平整，缓缓向东倾斜；属于半干旱的大陆性气候，冬冷夏热；地带性植物类型为草原型植被。它是美国重要的粮食出口基地，有“美国粮仓”之称。

③ 此处原文“Soap”为双关语，另一层意思是使用金钱收买。

到屠杀后剩半条性命，另外半条还会康复的。您若对他施以教育，施以洗涤，那他就迟早要完蛋。这种方式会腐蚀他的肌体，动摇他作为人的基础。“长官！”我说，“是时候实施血腥镇压了。对破坏大平原地区安宁的每个印第安人使用肥皂和拼写本，让他们死去吧！”

国防部部长问我是不是内阁成员，我说是。他随即问我担任什么职务，我说我是参议院贝壳学委员会的文书。我后来因藐视法庭罪遭逮捕，被限制了一天大好时光的自由。

从此以后，我几乎决心缄口不言——政府想要怎么样，任由人家去。但责任在身，我得履行。我去找了财政部部长。他说：“您想要来点儿什么？”

这个问题让我猝不及防。我说：“来点儿甜酒吧！”

他说：“您来此如有贵干，先生，说出来——尽可能简明扼要。”

我便说，我很遗憾他把话题转得这么突兀。因为我很反感这种做派。在此情况下，我还是不予计较，就切入了主题。随后，我态度恳切，同他具体谈到了他的报告过于冗长的事情。我说，他的报告费时费力，毫无必要，行文拙劣，其中没有描述，没有诗意，没有情感，没有主人公，没有情节，没有插图——甚至连木刻插图都没有。没人愿意看！这是显而易见的。我奉劝他不要弄出这样的东西来，以便坏了名声。他若是希望在文学上有所成就，就务必行文时注意多样化，一定要关注那些枯燥乏味的细节。我说，日历卡广受青睐，主要原因就是上面有诗行，有谜语。跟他在财政报告中列出的那些税收项目比，若是通篇插入一些谜语，报告一定会有更好的销路。我以十分诚恳的态度说出这一切，财政部部长却大发雷霆，甚至说我是一头蠢驴。他痛骂了我，态度充满了恶意。他还说，我若是再去那儿干扰他的事务，就要把我从窗户口扔出去。我说，既然履行职责得不到应有尊重，我就要拿起帽子告辞了。我也确实离开了。这种情况就像新近冒出来的作家，第一本书快要付梓时，总以为自己比其他人知道得多，任何人都不能对他们说三道四。

看起来，我在政府任职的全部时间里，但凡要履行职责时总会遇上麻烦。不过，我做过的事情和有意要做的事情，用意都是为了这个国家好。我备受冤屈，痛苦不已，弄不好可能会迫使我做出不公正和有害的决断。但我觉得，国务卿、国防部部长、财政部部长以及我的同僚从一开始便图谋把我赶出政府部门。在政府部门任职期间，我只参加过一次内阁会议。就这一次，我就受够了。白宫负责守门的人好像不准我进入。最后，我问其他内阁成员是否到了，他说到了，我这才进去。他们见到我时都怔了一下，好像我是擅自闯入者。总统说：“对啦，先生！您是哪位?”

我把名片递给他，他念道：“参议员贝壳学委员会文书马克·吐温。”他马上把我从头至脚打量了一番，似乎从未听说过我。

财政部部长说：“就是上我那儿去找茬儿的那头蠢驴。他建议我在财政报告中插入诗行和谜语，就像日历卡那样。”

国防部部长说：“正是这个满脑子幻想的人昨天跑来找

我，提出一个什么计划，说是给一部分印第安人施行教育，让他们死亡，其余的施行屠杀。”

海军部部长说：“我认识这位年轻人。就在这一周，他一而再、再而三地来干扰我的工作。他心里很痛苦，说法拉格特海军上将率领整个舰队在观光旅游。他神志不清，提出了乘木筏去观光旅游的建议——简直荒谬透顶，我都无法复述。”

我说：“先生们，我看出来了，这儿的人对我执行公务的行为都要诋毁和抹黑。我还看出来了，这儿的人就是想要阻止我发声，不再参政、议政。今天，没有任何人通知我开会。只是因了一个极为偶然的机会，我才知道要举行一次内阁会议。不过，还是不说这些事情吧。我希望知道的就是，这是不是在开内阁会议？”

总统说，是在开内阁会议。

“这么说来，”我说，“那就让我们立刻开会吧！不要浪费宝贵时间，无谓地对彼此履行职责的行为挑刺、找茬儿。”

国务卿现在开口说话了，语气很亲切。他说：“年轻人，您搞错了。国会诸委员会的文书并非内阁成员。虽然说听起来有点儿奇怪，国会大厦的门卫也不是内阁成员。因此，尽管我们商讨国事时很想吸纳您超乎常人的智慧，但我们不能这样做，因为法律不允许。我们商讨国事时，您不能参加。即便发生不测——何况这也是常有之事——您虽然内心忧伤，但还是会感到慰藉的，因为您毕竟曾以行动和言辞极力阻止过。我祝福您，再见吧。”

这一番温和的话语对我不安的内心是一种安慰，我离开了。国家的公仆们不知道什么是安宁。我刚返回国会大厦那小小的办公室，同事像议会代表似的把脚跷到桌子上，贝壳学委员会一位议员突然情绪激动地进来了，并且说：“你这一天都上哪儿去啦？”

我说，如是我分内之事、与任何人无关的话，我就是参加内阁会议去了。

“参加内阁会议？我倒是想要知道，内阁会议关你什么事啊？”

我说，我去那儿参政、议政去了。为了增强说服力，我说此事同他一毛钱关系都没有。他极端简慢无礼，最后说，过去三天里他一直找我来着，想要我抄写一份关于炸弹壳、鸡蛋壳、蛤蜊壳以及不知道什么壳的贝类学报告，结果没人找得到我。

这太过分了。这可是压断文书骆驼背的那根羽毛啊。我说：“先生，您以为我是为了一天赚取六个美元而去工作的吗？您若真是这么认为，就得向参议院的贝壳学委员会提出建议了——他们还是另请高明吧。我不做任何派别的附庸！收回您那些让我蒙羞受辱的差事吧。不自由，毋宁死①！”

---

①“不自由，毋宁死！”（Give me liberty, or give me death!）源自苏格兰裔美国人帕特里克·亨利（Patrick Henry, 1736－1799）。亨利是美国独立革命时期的自由主义者，杰出的演说家和政治家，《独立宣言》的主要执笔者之一。曾任弗吉尼亚州州长，深受爱戴，被誉为“弗吉尼亚之父”。他在反英斗争中发表过许多著名演说，其中“不自由，毋宁死”这句名言得到广泛传诵。

从那一刻起，我便同政府不再有瓜葛了。我遭受那个部门的冷落，遭受内阁的冷落，最后还遭受了竭尽全力、要为之效力的委员会主席的冷落。我受到了迫害，被迫抛弃了既充满危险又充满诱惑力的伟大工作，面对危难时正流淌着鲜血的祖国，我离她而去了。

我为这个国家还是尽过一些力的，特此呈上我的账单。

参议院贝壳学委员会博士文书向美利坚合众国呈交账单如下：

国防部咨询费：五十美元

海军部咨询费：五十美元

财政部咨询费：五十美元

内阁咨询费：免单

往返耶路撒冷的旅费（途经埃及、阿尔及尔、直布罗陀和卡迪斯，行程一万四千英里，每英里按二十美分计）：两千八百美元

参议院贝壳学委员会文书岗位薪酬（一共六天，每天按六美元计）：三十六美元

总计：两千九百八十六美元①。

关于账单上的各种费用，除了六天在文书岗位上三十六美

① 准州代表的差旅费都是按往返旅程报销的，即便他们往往一去不回也罢。我为何就不能按照往返旅程报销呢，我对此很不理解。——作者注

元这笔小额薪水，其余项目均未兑现。财政部部长对我穷追猛打，把我逼得走投无路，提起笔来划掉了其他各项开支，只在旁边批注了“不准”二字。如此这般，竟然出现赖账之事。这个国家完蛋了。

我暂时结束了从政生涯。让那些心甘情愿接受哄骗的文书继续干吧。我知道，各部门的众多文书都不知道何时召开内阁会议，他们关于战争、财政或商业方面的建议从来就没有被这个国家的高层采纳过。他们好像根本就不是政府部门的职员，而他们实际上是要待在自己办公室夜以继日地拼命工作的！他们明白自己的工作对这个国家至关重要，而他们在自己的行为举止上不自觉地流露出来了，还有他们在餐馆里点菜时那副样子，但他们还在坚持工作。

我认识一位文书，他的工作就是把报纸上剪下来的各种各样的小纸片粘贴到一本剪贴簿上——有时候，一天有八到十片之多。他完成得不是很理想，但尽了力。这工作很累，消耗人的才智。但他一年只能得一千八百美元报酬。凭他的才智，若在其他行业，只要他愿意，年轻人一年可以赚到好几千美元。但他没有那样做——他心系着自己的国家，只要国家的那本剪贴簿还在，他就要为之工作。

我还认识一些文书，他们不知道如何才能写出理想文稿，却会把自己现有的知识高风亮节地奉献到国家的脚下，任劳任怨，吃尽苦头，一年只能赚取两千五百美元薪水。有时候，他们写出的文稿还得由其他文书重写。当一个人为自己的国家尽了力时，他的国家还有什么好抱怨的吗？

有的文书，由于没有文员职位，就等待，再等待，等着职位空缺——无怨无悔地等待着，希望有机会为自己的国家效力。等待期间，一年只能拿到两千美元。境况悲惨，境况很悲惨啊！倘若国会议员有朋友具备才华，却无职位可以施展，议员就会把他交给他的国家，让他在某个部门担任文书。那人就得一辈子当牛做马听使唤，为了从不替他着想且从不同情他的国家的利益，同各种文件展开搏斗——年薪只有两三千美元也罢。我把几个部门的文书工作完整罗列出来，说清楚他们具体该干什么，赚到多少薪水，您便可以看到，还有一半文书的职位空缺，而他们所得薪水还不及他们该得的一半呢。

火车厢里的吃人事件

最近，我去了一趟圣路易斯①。一路西行时，我在印第安纳州②的特雷豪特转车。随后，有位性情温和、慈眉善目的绅士在一座小站上了车。看样子，他大概四十五岁，或许五十

① 圣路易斯（St. Louis）是美国密苏里州东部一座城市，位于密西西比河中游河畔。曾是法国殖民地，城市因法国国王得名。此处曾于1904年举办过第三届夏季奥林匹克运动会。

② 印第安纳州（Indiana）是美国中北部偏东的一个州，西北临密歇根湖，北接密歇根州，东界俄亥俄州，西邻伊利诺伊州，南隔俄亥俄河与肯塔基州相望。“印第安纳”原是“印第安人的土地”之意。

岁。他在我邻座上坐了下来。我们聊得很开心，海阔天空，大概有一个小时的时间。我发现，他很是见多识广，妙趣横生。得知我来自华盛顿后，他立刻问了一大堆问题——有关于各类公众人物的，有关于国会事务的。我很快看出来了，与自己侃侃而谈的是一位谙熟首都政治生活详情及始末的人士。此人甚至对参众两院议员们的处事风格和行为习惯都了如指掌。少顷，有两个人在我们附近停顿了片刻，一位对另一位说："哈里斯，你若是替我办妥了这件事，我可永远都不会忘记你啊，伙计。"

我的新旅伴眼睛里闪烁着欣喜的光芒。那人的话语触发了他心里一段甜美的回忆——反正我心里是这么觉得的。紧接着，他显得若有所思，神情像是变得沉郁起来。他转过头对我说："我给您讲个故事吧！把生活中的一个秘密告诉您！打它发生之后，我还从未向人提起过。请耐心听，答应我不要打断我的话！"

我说了，我不会打断他的。于是，他便开始讲述以下怪异离奇的冒险经历。他有时激情洋溢，有时忧郁沮丧，但一直都充满了同情和真诚。

"1853 年 12 月 19 日，我乘夜班火车从圣路易斯前往芝加哥。火车上总共只有二十四名乘客。没有女性乘客，也没有儿童。我们精神饱满，兴致勃勃；大家相处融洽，很快便彼此熟悉起来了。看起来，旅途会是开心愉快的。我觉得，乘客中谁也不曾怀有丝毫预感，觉得我们很快会经历种种恐怖事件。

"夜间 11 点，开始下起了大雪。火车驶出威尔登小镇不久，便进入一片广袤辽阔、荒凉寂寥的原野。原野浩瀚无垠，渺无人烟，一直向着远方的禧年①居民点延伸。原野之上，没有树木或山峦阻挡，甚至连散乱的巨石都没有。大风呼啸着，猛烈地刮过平坦的荒野，吹拂着前方纷纷扬扬飘落的雪花，犹如暴风雨中的大海上翻滚着的波涛汹涌的浪花。大雪很快越积越厚了。火车行进速度放缓了。我们因此知道，火车机车在积雪中向前推进越来越艰难了。事实上，火车有时会完全停顿下来。飞雪堆积起来，犹如高高隆起的坟堆，横亘在铁轨上。大家的交谈慢慢变得枯燥乏味了起来；兴高采烈的气氛变得严肃忧虑了起来。寒风凛冽的原野上，列车距离任何人家都有五十英里。大家心中都在担忧着，很可能要困在茫茫雪地里了。低沉沮丧的情绪相互感染着，传递着。

“凌晨两点时，周围的一切都静止了。我从不安稳的睡眠中醒了过来。瞬间，我脑海中闪现着这样一个令人惊恐的事实——我们困在雪堆里了！‘大家一起动手抢险啊！’每个人都一跃而起，响应着。外面狂风暴雪的夜幕下，是伸手不见五指的黑暗，是波浪般起伏的雪地，是铺天盖地的暴风雪。每个人都迅速行动起来了。大家心里都意识到，现在是分秒必争，否则对所有人来说可能就是灭顶之灾。一把把铲子，一双双手，一块块木板——任何东西，但凡能够清除积雪的，全都立刻派上用场了。那可是一种怪诞离奇的景象——一小群焦虑狂

① 禧年（Jubilee）是指犹太教每隔四十九年的圣年。当年奴隶获释，抵押的土地归还原主，土地休耕。

乱的人们同不断厚实起来的积雪搏斗着。他们一半在漆黑的阴影处，一半置身于火车头反光罩强烈的光线下。

“不过一个小时后，现实情况足以说明，我们的努力完全白费了。我们把积雪从铁轨上清除掉一分，暴风雪会卷来十二分将其堵塞。更加糟糕的是，我们发现，机车在最后一次向积雪发起猛攻时，驱动轮的纵向轴被折断了！前面就算畅通无阻，机车也是无能为力了。我们进到车厢里，精疲力竭，心情又十分悲伤。围在火炉周围，我们神情严肃，商讨着眼下的处境。没有任何补给——这是我们目前面临的主要困境。我们倒不至于冻僵，因为挂在机车后面的煤水车里存有大量木柴。这是唯一能让我们欣慰的。讨论到了最后，大家都认可了列车员令人伤心的判断，即便有人试图在这样的暴风雪里步行五十英里，那也无异于送死。我们无法求援，即便有了求援之法，援助也到达不了。我们只能听天由命，尽可能耐心等着救助，或等着饿死！我觉得，听到这样的话语时，哪怕再具非凡勇气，也会感到心寒的。

“一个小时不到，公开的讨论转为三三两两的低声议论，话题还是围绕着火车的事情。狂风暴雪的呼啸声中，这种低声议论时断时续，时起时伏。灯光变得昏暗了。大多数处于困境中的人们将身子安放在摇曳不定的阴影处，思索着——只要做得到，就要忘记眼前的处境——只要做得到，就要睡觉。

“没有尽头的夜晚——我们真的觉得黑夜没有尽头——最后几个小时终于缓慢过去了，寒冷而灰色的黎明出现在了东方。天越来越亮了，乘客开始动了起来，显露出了生命的迹象。大家一个接一个，依次推开了罩在额头上的宽边帽，伸展了一下僵硬的四肢，瞥了一眼窗外凄凉的景象。真是很凄凉啊！哪儿都看不见生命的迹象，见不到一户人家。除了白茫茫的无边原野，什么都没有。迎风扬起的雪片布满了空中——形成了一个漫天飞雪的世界，遮蔽了整个苍穹。

“整个白天，我们百无聊赖地在车厢里转悠着，话很少，想得多。又是一个漫长而又乏味的夜晚——忍受着饥饿。

“又迎来了一个黎明——又是一个白天，默默无语，忧郁悲伤，耗费能量的饥饿，无望地等着救援者到来，但又不可能等得到。一个睡得很不安稳的夜晚，充斥着大吃大喝的梦境——时不时痛苦地醒来，忍受着饥饿的煎熬。

“第四天来到了，又过去了——接下来是第五天！五天时间，身处可怕的困境，无法脱身！每个人眼中都释放出野蛮的饥饿之光，从中可以看到可怕的含义——每个人的心中都隐隐地觉察出了某种征兆——某种不敢诉诸语言的东西。

“第六天过去了——第七天的黎明来到了。一群人还是一如既往，处在死亡的阴影之中，瘦骨嶙峋，憔悴不堪，毫无希望。事情现在必须公开了！那件事情一直在每个人心中酝酿着，最后终于要从嘴里说出来了。人性忍受的压力已经达到了极限——必须要屈服了。明尼苏达州①的理查德·加斯顿站起

---

① 明尼苏达州（Minnesota）是美国中北部的一个州，北接加拿大的曼尼托巴省和安大略省，东临苏必利尔湖，隔密西西比河与威斯康星州相望，南接依阿华州，西邻南、北达科他州。

身来。此人身材高大，形容枯槁，脸色煞白。所有人都知道即将发生的事情，所有人都有所准备了——每一种情感，每一种激动的表情——掩饰掉了——刚刚还显得那么疯狂的眼睛里流露出的只有平静安宁、宽容体谅而又郑重其事的神色。

"'先生们：事情不容再拖！是时候啦！我们必须下定决心，我们中哪位以死来给其他人提供食物！'

"伊利诺伊州①的约翰·威廉姆斯先生站起身说：'先生们——我提名田纳西州②的詹姆斯·索耶牧师。'

"印第安纳州的威廉·亚当斯先生说：'我提名纽约州③的丹尼尔·斯洛特先生。'

"查尔斯·兰登先生：'我提名圣路易斯安那的塞缪尔·鲍恩先生。'

"斯洛特先生：'先生们——我想要辞谢对我的提名。我提名新泽西州④的小约翰·范诺斯特朗先生。'

---

① 伊利诺伊州（Illinois）是美国中西部的一个州，北接威斯康星州，东北濒密歇根湖，东界印第安纳州，东南邻肯塔基州，西隔密西西比河与密苏里州和依阿华州相望。

② 田纳西州（Tennessee）是美国东南部的一个州，东起北卡罗来纳州州界的阿巴拉契亚山脉，南临佐治亚州、阿拉巴马州、密西西比州，西止密苏里州和阿肯色州东边的密西西比河，北临肯塔基州和弗吉尼亚州。地势东高西低。

③ 纽约州（New York）是美国东北部的一个州，北面是大湖低地区，紧邻伊利湖和安大略湖，东部及东南方是哈德逊－莫哈克低地区，南方是东部边界。

④ 新泽西州（New Jersey）是美国东北部的一个州，北接纽约州，东临大西洋，西临宾夕法尼亚州，南接特拉华州。

“加斯顿先生：‘如无异议，那就认可这位先生的意愿吧。’

“范诺斯特朗先生表示反对，斯洛特先生的辞谢遭到了拒绝。索耶和鲍恩两位先生也提出了辞谢，但也基于同样的理由遭到了拒绝。

“俄亥俄州①的巴斯科姆先生：‘我提议，提名就此结束，由议会开始投票选举。’

“索耶先生：‘先生们——我坚决反对施行这样的程序。无论从哪一点上来说，这样做都是不合常规的，不恰当的。我请求提议，立刻取消这样的程序。我们选出一位主席，还有几位称职的工作人员，协助主席工作。这样才能本着相互体谅的原则，处理好这件事情。’

“依阿华州②的贝尔先生：‘先生们——我反对。现在不是讲究形式和恪守礼仪的时候。我们已经有七天多时间没有进食了。在无谓的讨论中浪费每一片刻，都会增加我们的痛苦。我打心眼里赞同刚才的提议——我相信，在场的每位先生——至少我本人不明白，我们为何不从他们当中选出一位或者几位来。我希望形成一个决议——’

“加斯顿先生：‘这个提议会遭到反对的。根据规定，提

---

① 俄亥俄州（Ohio）是美国中北部偏东的一个州，东邻宾夕法尼亚州，东南临西弗吉尼亚州，南界肯塔基州，西接印第安纳州，西北靠密歇根州，北濒伊利湖。

② 依阿华州（Iowa）是美国中西部的一个州，北接明尼苏达州，西边与内布拉斯加州与南达科他州相邻，南接密苏里州，东邻威斯康星州与伊利诺伊州。

议要暂时搁置一天。这样，势必造成你们希望避免的时间延误。那位来自新泽西州的先生——'

“范诺斯特朗先生：‘先生们——我同诸位先生素昧平生，不想接受大家授予我的这份荣誉。我感到很为难的是——'

“阿拉巴马州①的摩根先生（打断了对方的话）：‘我提议就先前提出的问题进行表决②。'

“提议获得了通过，当然也就不再争议了。选举工作人员的提议获得了通过。根据该提议，加斯顿先生当选为主席，布莱克先生当选为秘书长，霍尔科姆先生、戴尔先生和鲍德温先生当选为提名委员会委员，豪兰先生当选为膳食承办人，协助提名委员会做好遴选工作。

“休会半小时，然后召开某种小型核心成员会议。主席手里握着的小槌敲响之后，会议重新开始了。委员会报告说，推举肯塔基州③的乔治·弗格森先生、圣路易斯安那州④的卢西恩·赫尔曼先生、科罗拉多州⑤的梅西克先生为候选人。大会

---

① 阿拉巴马州（Alabama）是美国东南部的一个州，北接田纳西州，东界佐治亚州，南邻佛罗里达州，西濒墨西哥湾。

② 指前文索耶先生提出选举主席的动议。

③ 肯塔基州（Kentucky）是美国中东部的一个州，东面是西弗吉尼亚州和弗吉尼亚州，南连田纳西州，西接密苏里州，以密西西比河为州界，北面隔俄亥俄河与伊利诺伊州、印第安纳州、俄亥俄州相望。

④ 路易斯安那州（Louisiana）是美国南部的一个州，位于墨西哥湾沿岸。北连阿肯色州，西界得克萨斯州，东邻密西西比州，南临墨西哥湾。

⑤ 科罗拉多州（Colorado）是美国西部的一个州，东接堪萨斯州，南界俄克拉荷马州和新墨西哥州，西邻犹他州，北与怀俄明州和内布拉斯加州接壤。

认可了这个报告。

“密苏里州①的罗杰斯先生：‘主席先生——值此报告正式呈交议会之际，我提议对其作出修订，用我们大家都熟悉和尊敬的圣路易斯安那的卢修斯·哈里斯的名字代替赫尔曼先生。我希望大家不要曲解了我的意思，说我有意轻视那位圣路易斯安那州来的先生高尚的人品和崇高的地位——绝对没有这个意思。和在场诸位先生可能做到的一样，我对他充满了敬意和尊重。但我们大家困在此地的一周期间，他比我们中任何人掉的肉都要多。面对如此事实，我们谁也不能视而不见——委员会玩忽职守，或疏忽大意，或故意为之，竟然给我们挑选出这样一位绅士。此公无论动机多么纯洁，但身上确实缺少营养。面对如此事实，我们谁也不能视而不见——’

“主席：‘这位来自密苏里的先生请落座。除非按照规章、通过正常程序提出，否则，本主席决不允许对委员会的公正行为提出质疑。听了这位先生的动议后，议会拟采取什么行动?’

“弗吉尼亚州②的哈利迪先生：‘我提议对报告做进一步修

① 密苏里州（Missouri）是美国中西部的一个州，北边与爱荷华州相邻，西边由北到南分别是内布拉斯加州、堪萨塞斯州与俄克拉荷马州，南邻阿肯色州，东边由北至南则分别是伊利诺伊州、肯塔基州与田纳西州。

② 弗吉尼亚州（Virginia）是美国东部大西洋沿岸的一个州，属于美国最初十三州之一。东临大西洋和切萨皮克湾，南接北卡罗来纳州和田纳西州，西界肯塔基州，北邻西弗吉尼亚州和马里兰州，隔波托马克河与首都华盛顿相望。

改，由俄勒冈州①的哈维·戴维斯先生代替梅西克先生。诸位先生或许会极力声称，艰难困苦的边疆生活令戴维斯先生肉体不鲜嫩。但先生们啊，这难道是吹毛求疵或争论鲜嫩不鲜嫩的时候吗？这难道是纠缠细枝末节的时候吗？这难道是争论无足轻重的小事的时候吗？不是啊，先生们！我们需要的是大块头的身躯——真材实料，分量十足，个头巨型——凡此种种，是眼下的最高要求——不是才智，不是天赋，不是教育。我坚持我的动议。'

"摩根先生（情绪激动）：'主席先生——我坚决反对这个修正案。俄勒冈州的这位先生过于苍老。再说了，所谓大块头只是大在骨架，而非肉体。我要问一声弗吉尼亚州的这位先生，我们难道需要的是汤水而非食材吗？他是否要用虚无缥缈的东西误导我们呢？他是否要用一个俄勒冈州的幽灵嘲弄我们呢？我要问他一声，他是否能够看一眼周围一张张火急火燎的面孔呢？是否能够注视一下我们悲伤的眼神呢？是否能够倾听一下我们充满了期盼的心声呢？莫非他还要把这饱受饥饿的假货塞给我们？我要问一声，他是否能够想一想我们眼下悲惨的处境、我们昔日的悲痛、我们暗淡的未来？他仍然还要毫无怜悯之心，擅自塞给我们这具破烂，这具废物，这具僵尸，这个站不住脚的冒牌货，这个从俄勒冈宜人的海岸边来的满是皱纹、饱受摧残且形容枯槁的流浪汉？绝对不行！'（鼓掌）

① 俄勒冈州（Oregon）是美国西海岸的一个州，位于太平洋沿岸，南临加利福尼亚州，北接华盛顿州。气候温和，季节分明。

“一番激烈的争论之后，修正案诉诸表决，结果未能通过。第一修正案提出的替换人是哈里斯先生，随即开始表决，五轮投票都没有结果。到了第六轮，哈里斯先生入选。除了他自己，大家一致投了他的赞成票。这时候，有人提议，应当用鼓掌的方式认可他当选。结果，这一提议由于他自己的再次反对而未获通过。

“拉德韦先生提议：议会应当开始关注其余候选人，选举一位出来当早餐。提议获得通过。

“第一轮投票时，出现了票数均等的状态——半数议员赞成其中一位，理由是此人年轻；半数议员赞成另一位，理由是他块头大。主席投了决定性的一票，赞成后者，即梅西克先生。这个决定在落选候选人弗格森先生的朋友中间引起了巨大不满。有人议论说，要求重新投票表决。正在这个当儿，有人提议休会。提议获准通过，会议立刻解散。

“筹备晚餐的各项事宜分散了弗格森一方的注意力。他们不能再长时间没完没了地表达自己的不满情绪了。紧接着，当他们再次表达自己情绪时，传来了令人高兴的消息，说哈里斯先生已经做好准备——所有关于这件事情的想法都随风而去了。

“我们将车厢里的座位支撑起来，临时凑合着当桌子用。我们坐了下来，充满了感激之情。七天的煎熬之后，眼前终于浮现了最精美的晚餐景象。和才刚过去的几小时前的情形相比，我们发生了多么大的变化啊。当时，我们悲观失望，愁眉苦脸，忍饥挨饿，极度忧愁，陷入绝境。此刻，我们感激不已，内心平和，满心喜悦，无法言表。我知道，这是我多事人生当中最开心和开怀的时刻。风呼啸着，在我们所置身的牢笼般车厢的周围，雪花纷飞。但这一切都无力让我们感到困苦。我喜欢哈里斯。他或许可以被烹饪得更加精美一些。但我可以毫无顾忌地说，同哈里斯比起来，无人能更合我心意了，或让我如此心满意足了。梅西克挺不错的，尽管味道也挺精美，但要论真正的营养和皮肉的细嫩程度，我还是会选择哈里斯。梅西克自有其优点——我对此并不否认，也没有要否认的意思，但要用他来当早餐，并不比一具木乃伊更合适，先生——一点儿都不。精瘦吗？是啊，天哪！不鲜嫩吗？啊，他很粗糙啊！我简直无法想象——这样的情况，您简直无法想象！”

“您的意思是要告诉我——”

“请不要打断我的话！早餐之后，我们选了一位名叫沃克尔的底特律①人当晚餐。他味道很鲜美。我后来给他妻子写信时就是这么说的。他是个值得交口称赞的人。我将永远记住沃克尔。他被煮得差了点儿火候，但味道还是很鲜美。翌日早上，我们用阿拉巴马州的摩根先生当早餐。他是我坐下来享用的最高质量的一个，仪表堂堂，知识渊博，气质优雅，能够流利地说好几种语言。他是一位完美的绅士，真是一位完美的绅士——油水十足，不同凡响。晚餐时，我们选择了那位俄勒冈州的老头儿。他是个假货色。这一点毫无疑问——苍老，皮包骨，肉不鲜嫩，无人能够形容出他那副模样。我最后说，先生

① 底特律（Detroit）是美国密歇根州的最大城市。

们，你们想要怎么样，我悉听尊便！但是，我要等待另一次选举。伊利诺伊州的格兰姆斯说：‘先生们，我也等待。等到你们选举出了一位可圈可点的人物时，我乐意再加入你们。’很快，情况便明显了，大家普遍都不满意俄勒冈州的戴维斯。因此，为了保持我们食用了哈里斯之后的良好心态，又来了一次选举。结果是，佐治亚州①的贝克尔当选。他简直太棒了！是啊，是啊——在那之后，我们有杜利特尔，还有霍金斯，还有麦克罗伊（关于麦克罗伊，大家还是有些抱怨，因为他非同寻常，又矮又瘦），还有彭洛德、两位史密斯、贝利（有一条木质假腿。这是一个明显的缺憾。不过，其他方面还是不错的）。此外，有一位印第安小伙子、一位街头手风琴演奏家，以及一位名叫巴克敏斯特的绅士——一个可怜兮兮、呆头呆脑的流浪汉，和谁都合不来。若是拿来当早餐，会让人无从说起。我们很高兴，选中了他之后，救援队便到达了。”

“这么说来，那日盼夜等的救援队终于来啦！”

“是啊，一个阳光明媚的早上，就在选举完毕后，救援队到达了。当时，选中的人是约翰·墨菲。没有比他更加合适的人选了，我愿意作证。但是，约翰·墨菲随同我们乘坐那列前来救援的火车回家了，活了下来，娶了哈里斯的寡妇为妻——”

---

① 佐治亚州（Georgia，也叫乔治亚州）是美国东南部七州之一。北界田纳西州和北卡罗来纳州，南邻佛罗里达州，东北与南卡罗来纳州接壤，东南临大西洋，西毗阿拉巴马州。

“什么寡妇？”

“首位中选者的寡妇。墨菲娶了她为妻，生活很幸福，受人尊敬，诸事顺心。啊，这像是一部小说啊，先生——像是一个传奇故事。我到站了，先生。我必须同您告别了。您若是方便时来和我待上一两天，我会很高兴接待您的。我很喜欢您，先生。我已经对您产生好感了。我可以像喜欢哈里斯一样喜欢您啊，先生。再见啦，先生！祝您旅途愉快。”

他离开了。有生以来，我从未感到过如此惊愕，如此忧伤，如此困惑。但在我灵魂深处，他离开了，我倒是感到高兴。虽说他态度温文尔雅，说话声音沉静柔和，可每当他那双透着饥饿神色的眼睛看着我时，我便会不寒而栗。我听说了，我已经赢得了他充满危险的好感；几乎同已故的哈里斯一样，我还得到了他的尊重。这时候，我的心脏都差不多要停止跳动了！

我困惑迷茫的心情无法形容。我对他的话毫不怀疑。他叙述事情的经过时郑重其事，我对其中的情节无法提出质疑。但他叙述的那些骇人听闻的细节令我无法忍受，令我思绪大乱，无法理顺。我见列车员看着我，就问道：“刚才那人是谁啊？”

“他曾是国会议员，而且是一位优秀的议员。他曾被困在雪地里的火车上，差点儿被饿死。他身体冻僵了，由于缺少食物，人也变得精疲力竭了。两三个月后，他生病了，头脑错乱了。他现在已经恢复了健康，只是变得很偏执。一旦提起那个老话题，就停不下来，一直要等到整个车厢的人全部吃光了才肯罢休。若是谈到现在，准会让那伙人全部报销——只是因为他必须在那儿下车。犹如背字母表一样，对于他来说，那些人的名字已烂熟于心了。谈到把那些人全部吃光就剩下他本人时，他总是会说：‘然后，照例挑选一个人当早餐的时间到了。由于不存在反对意见，我理所当然被选中了。过后，由于没人提出反对意见，我便提出辞呈。于是，我便在这儿啦。’”

我刚才听到的并非什么血腥的吃人故事，只是一个疯子并无恶意、想入非非的杜撰而已。知道这一情况后，我如释重负，轻松的心情无以言表。

卡匹托尔山[1]的维纳斯传奇

第一幕

【场景：一位艺术家在罗马的工作室】

“噢，乔治，我真是打心眼里爱你啊！”

“你的一片真情苍天可鉴啊，玛丽！这个我知道，但你父亲为何如此顽固不化啊？”

---

① 卡匹托尔山（Capitoline）是古罗马著名的七丘之一。

“乔治，他也是一片好意。但是，他对艺术一窍不通——他只知道卖日用杂货。他觉得你会让我挨饿的。”

“去他的所谓先见之明吧！不过，还算是一个启示。我为何就不是一个只会赚钱却无同情心的杂货铺老板，而偏偏是天赋卓著却食不果腹的雕塑家呢？”

“别灰心丧气啊，乔吉①，亲爱的！你一旦赚够了五万块钱，他的一切偏见自会烟消云散的——”

“五万个魔鬼啊，傻姑娘！我的膳食费还拖欠着呢！”

第二幕

【场景：罗马的一处住所】

“尊敬的先生，光凭嘴上说无济于事啊！我没有要和您过不去的意思，但我不能让女儿嫁给一个一无所有的傻瓜，有的只是爱情、艺术和饥饿——我认为，除此之外，您提供不了任何别的东西了。”

“先生，我是很贫穷，我可以老老实实向您承认。但是，难道名声就一文不值吗？阿肯色州的贝拉米·福德尔阁下②说了，我新近创作的《亚美利加》女神像是雕塑杰作。他断定，有朝一日，我会闻名遐迩的。”

“呸！那头阿肯色州的蠢驴知道些什么啊？名声一文不值——人们看重的是您的那个大理石稻草人能够在市场卖个什

① 乔吉是乔治的昵称。
② 此处是对美国国会议员的尊称。

么价钱。您左雕又塑的耗费了六个月时间，卖掉它连一百块钱都不值。不行啊，先生！把五万块钱亮给我看看！到时，您就可以娶走我女儿啦！否则，她就得嫁给小辛珀尔。您只有六个月时间去筹齐那笔钱啊。再见啦，先生！”

“哎呀！我悲苦啊！”

第三幕

【场景：雕塑工作室】

“噢，约翰，我童年时代的朋友啊，我是最最不幸的人。”

“你是一个十足的大傻瓜呢！”

“我没有任何东西可以爱了，只有我可怜的《亚美利加》雕像——看看吧，连她冷若冰霜的大理石面容上都没有对我表露出丝毫同情——如此美丽，如此无情！”

“你真是一个傻瓜蛋啊！”

“噢，约翰！”

“噢，简直是胡扯！你是说，你拥有六个月时间来筹集那笔钱，对吧？”

“可别拿我的痛苦当笑料啊，约翰。我即便拥有六个世纪，那又有什么用呢？一个没有名气、没有资金、没有朋友的可怜虫，对他有何帮助啊？”

“白痴！懦夫！没有长大的孩子！有六个月时间筹集那笔钱——五个月就够啦！”

“你神经错乱了吗？”

“六个月——时间充裕得很呢。把事情交给我吧，我来筹集！”

“你什么意思啊，约翰？你到底有何招数，可以替我筹集到这笔巨款啊？”

“你就把它当成我的事情，不要干扰好吗？你会把这件事情交给我吗？你发誓，不管我怎么做，你都要认可好吗？你能够承诺不对我的行为挑刺吗？”

“我头晕目眩——云里雾里——但我可以发誓。”

约翰抡起一把锤子，不慌不忙地敲碎了《亚美利加》雕像的鼻子！他又敲了一锤，雕像的两根手指掉落在地板上——再敲一锤，半截耳朵没有了——再敲一锤，一排脚趾被打碎了，脱落了——再敲一锤，左腿膝盖以下成了碎片！

约翰戴上帽子，离开了。

乔治目瞪口呆，眼睛盯着眼前惨不忍睹的情景，足有三十秒之久。然后，他跌倒在地板上，不停地抽搐起来。

不一会儿，约翰叫了一辆马车返回来，把伤心欲绝的艺术家和断了腿的雕像弄上了马车。然后，他驾车离开了，低声吹着口哨，态度很平静。他把艺术家送到寓所，又驾车带着那尊雕像，消失在奎里纳尔宫大道的尽头。

第四幕

【场景：雕塑工作室】

“至今天两点，六个月到期啦！噢，痛苦啊！我这辈子完蛋了，还不如死了算了。我昨天晚饭都没吃，今天早饭也没吃。我不敢进入任何餐馆。感到饥饿吗？别提啦！替我做鞋的鞋匠向我讨债来了，逼得我走投无路！替我缝制衣服的裁缝向我讨债来了！我的房东缠着我不放！我可悲惨啦！自那个非同寻常的日子起，我就再没见过约翰。但在大街上遇见她时，她倒是朝我露出了亲切温柔的微笑。可她那铁石心肠的父亲立刻会责令她朝着另一个方向看。啊，这是谁在敲门啊？谁要来迫害我呢？是那个心地歹毒的鞋匠——我保证是他。进来吧！”

“啊，祝福大人您啊——上帝保佑您万事如意！我送来了大人定做的新靴子——啊，别提付钱的事情。不着急，根本不用着急。只要大人继续惠顾，我深感荣幸之至啊——啊，再见啦！”

“亲自送靴子上门，也不等着付钱，临走还鞠躬作揖，如同向国王陛下行礼——渴望我继续惠顾！难道是世界末日到了吗？所有的——进来吧！”

“抱歉啊，先生！我给您送新衣服来了！这是为了——”

“进来吧！！”

“前来打扰，万分抱歉，大人阁下。我在楼下替您准备好了一个豪华套间——这个不成样子的陋室实在不配——”

“进来吧！！！”

“我前来告知，您在我们银行开的账户虽然不幸中断了些时日，但现在已完全如愿恢复了。我们十分高兴，您若是前来提现，数额不管——”

“进来吧！！！！”

“尊贵的年轻人啊，她属于您啦！她过一会儿就到这儿了！接受她吧——娶她为妻吧——爱她吧——祝你们幸福美满！上帝保佑你们两个！希普，希普，万岁——”

“进来吧!!!!!”

“噢，乔治，亲爱的！你得救啦!”

“噢，玛丽，亲爱的！我们得救啦——但我说实话，我不知道为什么，也不知道是怎么回事!”

第五幕

【场景：一家罗马咖啡馆】

一群美国绅士中间，有一位正在看《罗马闲话》周刊，并把其中的内容翻译如下：

> 神奇的发现——大概六个月之前，约翰·史密斯先生——一位旅居罗马多年的美国绅士——在坎帕尼亚廉价购得了一小片土地。该地坐落在西皮奥家族祖坟那边，原主人是博赫塞公主一位破产的亲戚。随后，史密斯先生去找了负责公共档案的大臣，并将土地过户到了一个名叫乔治·阿诺德的艺术家名下，还解释说，他此举是为了赔偿阿诺德先生的经济损失。因为很久以前，他无意中损坏了他的财产。他还进一步说，他愿意对阿先生做出额外补偿，由他负责并出资整修那片土地。四个星期前，史密斯先生对那片地产进行必要的土地平整时，挖出了那尊非同寻常的古代雕像，给绚丽多姿的罗马艺术宝藏增添了新的辉煌。那是一尊美妙绝伦的女性雕像，虽说因泥土覆盖

和年代久远留下的霉斑给雕像造成了令人痛心的瑕疵，但其璀璨迷人的容貌谁看了都不会无动于衷。雕像的鼻子，左腿膝盖以下部分，一只耳朵，还有右脚的脚趾和一只手的两个指头，已经残缺了。不过，除此之外，这尊尊贵典雅的雕像保存得完好无损，非同寻常。政府立刻采取措施，对雕像实行军管，并且指派了一个由艺术评论家、文物鉴赏家和红衣主教组成的委员会评估雕像的价值，同时确定支付埋藏地主人的酬金数额。昨晚之前，整个事情一直处于高度保密状态。这期间，委员会一直在关门商讨。昨晚，他们一致认定，这是一尊维纳斯雕像，属于公元前 3 世纪某位不知名却才华横溢的艺术家的作品。他们认为，这尊雕像是世界上迄今为止最完美无瑕的艺术杰作。

午夜，他们举行了最后一次会议，并认定这尊维纳斯雕像的价值可达一千万法郎！依照罗马的法律和惯例，但凡在坎帕尼亚发现的艺术作品，政府只能享有一半所有权。因此，国家别无选择，只能向阿诺德先生支付五百万法郎，然后取得这尊精美绝伦的雕像的永久所有权。今天上午，维纳斯雕像将转移至卡匹托尔山，保存在那儿。中午，委员会成员将拜访阿诺德先生，并根据教皇陛下给财政部下达的命令，向其支付现金五百万法郎！

（众人异口同声地说）“好运气啊！简直无法形容呢！”

（另一个声音说）“先生们，我提议，我们立刻组建一家美国联合股份公司，专门负责在此购买土地，挖掘雕像；同时，与华尔街保持密切联系，以便控制股市。”

（众人齐声）“同意。”

第六幕

【场景：十年后，罗马，卡匹托尔山】

“最亲爱的玛丽，这就是世界上最著名的雕像啊！这就是你听到人们津津乐道的那尊著名的‘卡匹托尔山的维纳斯’。看看吧，雕像几处残缺部分已经由罗马最著名的艺术家们‘复原’了（也就是说，修补好了）——显而易见的情况是，他们对这样一尊尊贵典雅的雕像杰作尽管只是做了区区一点儿修补工作，却会因此名扬千古啊。这个地方真是太不可思议啦！幸福美满的十年前，我最后一次伫立在此的前一天，还不是什么富翁。天哪，我简直就是一文不名。让罗马拥有这件世界古代艺术杰作，我可是关系重大啊！”

“这尊受到人们景仰、闻名天下的卡匹托尔山的维纳斯——值多少钱啊？一千万法郎？”

“不错——现在就是这个价。”

“噢，乔吉，多么美妙绝伦啊！”

“啊，是的，不过，无法同其先前的模样相比啊！那是在带来福祉的约翰·史密斯敲断了她的腿和击碎了她的鼻子之前。足智多谋的史密斯啊！才华横溢的史密斯啊！崇高伟大的史密斯啊！他才是这一切福祉的缔造者呢！听听！你知道那呼哧呼哧的声音是怎么回事吗？玛丽，小家伙患了百日咳的毛病了。你可是无法学会照料孩子啊！”

尾声

卡匹托尔山的维纳斯仍然存放在罗马的卡匹托尔山上，且仍是世界上引以为傲、最具魅力和最负盛名的古代艺术杰作。您若有幸伫立在它面前、一样感到心醉神迷的时候，千万不要让这则有关其来历的真实而隐秘的传说破坏了您的美好心情。还有，您若是从报章看到消息说，纽约州的锡拉丘兹附近或其他地方挖掘出了一尊人的巨型化石，一定不要轻易相信！说不定，某一巴纳姆①之流事先将化石埋在那儿，再向您索要高价——千万不要购买！告诉他去找教皇吧②！

---

① 巴纳姆（Phineas Taylor Barnum，1810－1891）是美国游艺节目演出经理人，以举办耸人听闻的游艺节目演出和奇人怪物展览而闻名。

② 本人写下上述文字时，正值臭名昭著的“巨型化石人”骗局轰动美国。——作者

田纳西新闻业一瞥

有位记者声称，孟菲斯《雪崩报》的总编是激进派。总编迅速对他发出了语气温和的抨击：“他落笔写下第一句话。写到中间，在字母 i 上面加上一点，在字母 t 上面打上一横，然后用力点上句号。这时他明白，他编造出了一句话。其中，饱含着丑恶的品性，充斥着恶臭的谎言。”——《交易报》

医生嘱咐我说，南部气候有利于我的健康。于是，我南下田纳西州，并在朝晖与约翰逊县呐喊报社谋得了一个助理编辑的职务。

前去上班时，我发现总编背部斜靠着坐在一把三条腿的椅子上，双脚架在一张松木桌上。房间里还有一张松木桌、一把残缺的椅子——上面都堆满了报纸、剪报和手稿；还有一只盛满沙子的木箱，里面丢了很多雪茄烟头和“老兵①”；还有一个火炉，炉门由上铰链悬着。总编身穿黑色长燕尾外套、白色麻布裤子，脚上的靴子很小，擦得铮亮。他里面穿着一件有皱褶的衬衫，手指上戴着一枚印章戒指，衬衫上配了老式的立领，围着一条格子围巾，围巾两端下垂着——服装大概属于1848年的。他正吸着一支雪茄烟，脑子里在推敲什么。他正在理顺被自己抓得乱蓬蓬的头发，紧绷着脸，形象可怕。我判断得出，他正在编造一个特别棘手的社论。他吩咐我将那些从报纸翻印过来的文稿浏览一遍，撰写一篇《田纳西报刊新闻荟萃》，将报纸所载的有趣内容加以浓缩。

我写定的文稿如下：

田纳西报刊新闻荟萃

关于哈利巴克铁路的报道，《地震》半周刊的诸位编辑显然误解了。公司的目的不是要把巴扎维尔搁置在一旁不管。相反，他们认为那是整条铁路线上最重要的站点之一，并没有忽略它的意思。《地震》的编辑先生们当然会乐于作出更正的。

---

① 原文“老兵”（Old Soldier）属于俚语，指空酒瓶。

希金斯维尔《霹雳与自由呐喊报》出色的总编约翰·布洛瑟姆先生昨天抵达本市，下榻在范·布伦旅馆。

我们注意到，泥潭泉《咆哮晨报》的同行错误地认为，范·维特当选还不是确定的事实。但毫无疑问，不等收到这份提示，他便已发现了自己的错误。他的错误判断，无疑是受了不完整选票统计数字的影响。

人们欣喜地发现，布雷特维尔市正在设法同纽约的几位先生签订合同，拟用尼古尔逊铺路材料铺设那些几乎无法通行的街道。《每日呼声报》力推这一措施，似乎信心满满，坚信此举一定会取得成功。

我把手稿递交给总编，供他选用，修改或者撕毁。他匆匆浏览起来，脸沉了下来，目光掠过一页页文稿，脸色变得更加可怕了。很容易就看得出来，情况不妙。不一会儿，他一跃身子站立起来，并且说道："要严厉呵斥！你以为我提及那些畜生时会用这样的措辞吗？你以为我的报纸订户能够容忍如此蹩脚的文稿吗？把笔给我吧！"

我从未见过有人手里握着笔如此狠毒地乱涂乱划，如此毫不留情地把他人写下的动词和形容词删除。他挥舞着笔的当儿，有人从敞开的窗口对准他开了一枪，弄得我的两个耳朵不对称了。

"啊！"他说，"是史密斯那个恶棍，《道德火山报》

的——他原本昨天就会来的。”他从腰带处抽出一支左轮手枪，开了枪。史密斯被击中了大腿，倒下了。他的这一枪让史密斯未能击中目标。后者正要开的第二枪会伤及一位素昧平生者，那就是我。不过，它只是打掉了我的一根手指。

然后，总编继续涂改、增删。他刚刚完成时，一颗手榴弹被人顺着火炉烟管扔了下来。手榴弹爆炸后，火炉被炸得稀巴烂。不过，没有造成更大的伤害，只是一块飞舞的弹片敲掉了我的两颗牙齿。

“这个火炉彻底毁了。”总编说。

我说，我觉得火炉是没有用了。

“得啦，没有关系——眼下这种天气也用不上火炉。我知道是谁干的。我一定要抓住他。对啦，这篇东西应该这样写才对啊。”

我接过手稿。稿件已经被涂改得面目全非了。它若是有个母亲的话，是断然认不出儿子来的了。现在的文稿内容如下：

田纳西报刊新闻荟萃

关于十九世纪最伟大的设想——哈利巴克铁路的报道，《地震》半周刊那些冥顽不化的制造谎言者显然在处心积虑，一定要用另一套卑鄙无耻的谎言来蒙蔽一个品德高尚、宽容大度的民族。把巴扎维尔搁置一旁不管的想法根本就是他们肮脏的脑袋想出来的——应当说，是从他们自以为是的脑袋里冒出来的。他们若要保全自己已被抛弃的微不足道的行尸走肉，使自己免除应该受到的鞭抽，最好将这个谎言咽下。

希金斯维尔《霹雳与自由呐喊报》的布洛瑟姆那头蠢驴又窜到这儿了，像条寄生虫似的赖在范·布伦旅馆。

我们注意到，泥潭泉《咆哮晨报》那个昏庸愚昧的下流胚以他热衷于说谎的习性抛出消息说，范·维特没有当选。新闻从业者的天职是传播真理，修正谬误，教育、优化和提升公众的道德和礼貌程度，让所有人变得更加文雅，更富美德，更加仁慈，方方面面都更加理想，更加崇高，更加幸福。然而，那位黑心肝的恶棍却一刻都不消停地贬损他伟大的职业，散布无耻谎言，恶意诽谤，肆意谩骂，俗不可耐。

布雷特维尔想要使用尼古尔逊铺路材料铺设路面——但更需建造一座监狱和一座济贫院。一个乡间小镇总共才两家小酒馆、一个铁匠铺，还有那家卖狗皮膏药的报纸——《每日呼声报》竟然想得出要铺什么路面！它的总编，巴克纳尔那条小爬虫，以他素有的低能极力鼓吹这件事情，还自以为说得有道理呢。

“你看看，这才是写文章的方法呢——辛辣又有要点。和风细雨一般软绵绵的新闻稿件，让我看了挺不是滋味的。”

大概就在这个时候，只听哐当一声，有人从窗口扔进一块砖头，狠狠地砸在我的背上。我把身子移出遭受攻击的区域——感觉自己碍了人家的事。

总编说："很可能是那位上校吧。我已经等他两天了。他立刻就会上来的。"

他说得没错。不一会儿，上校便出现在门口，手里握着一把左轮手枪。

他说："先生，我可以很荣幸地和编辑这份狗屁报纸的胆小鬼说几句话吗？"

"可以啊。请坐吧，先生！小心椅子，缺了一条腿呢！我确信自己很荣幸地与之说话的是臭不可闻的说谎者——布拉瑟斯凯特·特库姆塞上校吧？"

"正是啊，先生！我有一笔小账要和你算一算呢。你要是有空儿，现在就开始吧！"

"我正要完成一篇有关美国道德与知识进展有了令人鼓舞的进步的文章呢。不过，不用着急。那就开始吧。"

两支手枪同一时刻猛烈开火了。总编损失了一绺头发，上校的弹夹在我大腿肉多的部位结束了使命。上校的肩膀被削掉了一点点。他们再次开火了。这一次，双方都没有击中对方；我倒是摊上了，胳膊挨了一枪。第三次开火时，两位绅士都受了轻微伤，我被削掉了一个指关节。这个时候，我说，我觉得自己应该出去散散步了。因为这是一桩私事，我若是继续参与其中，多有不便。但两位绅士都恳求我继续坐着，并向我保证，我不会碍事的。

然后，他们一边往弹夹里装子弹，一边讨论着选举和收成的问题，而我则开始包扎伤口。没过一会儿，他们浑身是劲，再次开枪了，且枪枪见效。不过，准确地说起来，六枪之中有五枪射到了我身上。第六枪重伤了上校，他却兴致勃勃地说，现在必须说再见了，他要到镇上去办事。他打听了去殡仪馆如何走后，便离开了。

总编这时转身对我说："我约了人吃午饭，得去准备一下了。麻烦你帮忙看看校样和接待一下顾客。"

一想到要接待顾客，我不禁心里发毛。但刚才那连续发射的枪声仍在耳畔回响，我一时不知所措，不知道该怎么说。

总编接着说："琼斯下午三点会来这儿——给他吃一顿鞭子吧！吉莱斯皮说不定会到得早些——把他从窗户口扔出去！弗格森四点钟会过来——宰了他！这就是今天要接待的顾客——我想是这样的。你若是还有多余的时间，可以写一篇讽刺挖苦警察的文章——给那个总督察一顿臭骂。牛皮鞭子在桌子下面，武器在抽屉里——子弹放在角落里——棉花和绷带在那上面的文件格里。若是出了什么意外，到楼下去找外科医生兰塞特。他在我们报上登过广告的——我们以此来冲抵费用就行了。"

总编离开了。我浑身颤抖。随后的三个小时结束时，我经历了种种令人恐怖的危险，以至于平静的心态和兴致勃勃的感觉全都消失得无影无踪了。吉莱斯皮光顾了，但把我给扔到了窗户外。琼斯随即到达，当我严阵以待、准备对他实施鞭抽时，他从我手上接过了这项工作。我还和日程表上没有列出来的一位陌生人有过一次交锋，结果被他揭掉了头皮。另外还有一个陌生人，名叫汤普森的，把我的衣服撕扯得一塌糊涂，只剩下碎布条了。最后，我被逼到一个角落，遭到一群怒不可遏的编辑、赌场骗子、政客和亡命之徒的群殴。他们疯狂叫嚣，恶语相向；紧接着，挥舞着各种武器，劈头盖脸地击打我，空中闪烁着耀眼的刀光剑影。我正要写辞去报社职位的信，总编回来了，陪同他的还有闹哄哄的一帮兴高采烈、热情洋溢的朋友。接着，又出现了打斗和厮杀的一幕。如此场面，无人能够诉诸笔端，加以描述，即便那支笔是钢制的也罢。厮杀之中，有人遭到枪击、刀砍、肢解、轰炸，被扔出窗外。短促的骚乱如暴风骤雨一般，留下一片含糊不清的谩骂声。场面乱成一团，人们处于癫狂状态，犹如跳起了临战舞蹈。然后，打斗结束了。五分钟之后，一切归于沉静，只有我和血肉模糊的总编坐在那里。环顾房间，地板上一片狼藉，全是这场厮杀后留下的战果。

总编说："等你习惯了这一切，你会喜欢上这个地方的。"

我说："我一定要请求您原谅。我觉得，我可能要需要一段时间才能写出合您意的文章来。经过锻炼，学会了如何措辞，我相信，我是能够做到的。不过，实话实说，那样一种强劲的表达方式有其不妥之处，一定会招致人家的打搅的。这个情况，您自己也看到了。毫无疑问，强劲有力的行文旨在鼓舞大众的精神，但毕竟还是不乐意引起如此这般的关注的。像今天这样，受到这么多的打搅，我无法安心写文章。我挺喜欢这个职位，但我不喜欢留下来接待顾客。我确实觉得，这种种经历很是新奇，还可以说别有一番风尚，可让我来承受这一切就有失公允了。有位绅士对着窗户朝你开枪，结果伤到了我。一颗手榴弹从火炉的烟道落下，原本是要感谢您的，结果火炉门顺着我的喉管落下了。有位朋友上门来是要来问候您的，结果打得我满身是弹孔，弄得我皮都包不住身子了。您去吃饭后，琼斯来了，用鞭子抽了我一顿；吉莱斯皮把我扔出了窗外；汤普森把我全身的衣服都撕破了；还有一位素昧平生的人熟门熟路，像个老相识似的揭掉了我的头皮。不到五分钟时间，整个地区的流氓无赖全都涂着鬼脸上门了。他们手持战斧，把我吓得魂不附体。总体说来，同今天的境遇相比，我一辈子都没遇到过这么多的热闹场面。不，我喜欢您！喜欢您不动声色地对顾客作出解释的风度！但您知道，我不习惯这样。南方人的性情太过冲动了。南方人招待陌生人太过豪爽了。我今天写出的文稿片段索然寡味，但您大笔一挥，酣畅淋漓地注入了田纳西新闻界的热辣韵味，准要捅开另一个马蜂窝。那一帮乱七八糟的编辑一定会找上门来——他们也是饿着肚子来的，想要拿某人当早餐呢。我不得不向您告辞了。我不想置身于如此喜气洋洋的场面。我来南方，为的是促进自身健康。为了同样的目的，我还是回去的好——立刻就回去。对我来说，田纳西新闻业的动静闹得太大了。”

我说了这番话后，我们彼此惋惜地告别了。我随即去到医院，在那里住下了。

竞选州长

数月前，我被提名代表独立党成为大纽约州州长候选人，同斯图尔特·伍德福德和约翰·霍夫曼展开竞争。

我多少有些感觉，与那两位先生比起来，我有一个显而易见的优势。那就是优秀的人品。从报纸就很容易看到——倘若他们也知道一个人应该懂得珍惜自己的好名声——这样的时期已一去不复返了。很显然，近些年来，他们把种种无耻的罪恶勾当当成了家常便饭。

正当我暗自得意、庆幸自己有了这样一个优势的时刻，愉悦的内心深处却总有一股污浊的暗流在涌动。那就是，我的名字必须同那些人的混在一起，传播开去。我越来越感觉不安起来。

最后，我写信把这一情况告诉了祖母。她的回信来得很迅速，措辞尖锐。她在信中说：

> 你平生没有干过一件丢脸的事——一件也没有。看看报纸吧——看过后就会明白，伍德福德和霍夫曼之流都是些什么样的货色；然后，再看你是否愿意把自己降到他们的层次，与他们一道接受公众的选举。

这也正是我的想法啊！我当晚一宿没有合眼。但是，我怎么也不能撤出啊。既已深涉其中，我就必须义无反顾地面对。我一边用着早餐，一边百无聊赖地浏览报纸。结果，我看到了以下这么一段文字。可以说，我先前从未如此惶恐不安过。

伪证罪

> 马克·吐温先生既然作为州长的候选人出现在公众面前，或许愿意屈尊俯就，作出一番解释，解释自己是如何犯下伪证罪的。1863 年，在交趾支那①的瓦卡瓦克，有三十四位证人证明他犯了此罪。犯罪动机是想要抢占区区一片属于当地一位贫穷寡妇和她无依

① 交趾支那（Cochin China）是越南南部一个地区的旧称。

无靠的家人的芭蕉地。那可是他们在蒙受了丧亲之痛后身处惨境的唯一安身立命之所啊！马克·吐温先生无论对于他要求给予选票的伟大人民，还是对于他本人，都应该出面澄清此事。他会这样做吗？

我觉得自己当时充满了惊愕之情！如此残忍无情、丧尽天良的指控……我压根儿就没有到过交趾支那啊！没有听说过瓦卡瓦克！就像不知道袋鼠一样，我根本不知道什么芭蕉地！我不知道应该怎么办。我情绪激动，却无能为力。当天悄然过去了，什么事都没有做成。翌日早晨，同一家报纸没有其他内容，只有下面一句话：

意味深长

人们会注意到，关于交趾支那的那桩伪证罪，吐温先生缄口不言。意味深长啊！

[备忘：竞选期间，该家报纸凡是涉及我时，一律使用“臭名昭著的伪证犯吐温”这个称号]

接下来，《新闻报》登载了以下内容：

有待查明

恳请新的州长候选人出面向他的同胞（因为他们火急火燎地打算投他的票呢）解释清楚一个小情

况。马克·吐温先生当初在蒙大拿州①宿营时，他的伙伴会时不时地丢失东西。最后，那些东西无一例外地在马克·吐温先生身上找到，或者发现存放在他的“箱子”里（其实是他卷起来藏匿那些东西的报纸）。无奈之下，为了他好，他们不得不对他进行友好的劝诫。于是，他们在他身上涂上柏油并粘满羽毛，叫他跨坐栅栏②，然后劝他永远让出帐篷里他通常占据的位置。他会站出来解释吗？

还有什么比这更加令人发指的吗？有生以来，我压根儿就没有去过蒙大拿州。

[此后，这家报纸照例把我称作“蒙大拿州的小偷吐温”]

我发展到只要拿起报纸就会战战兢兢的地步——就好像有人想要掀起毯子，但心里又害怕，担心毯子下面有一条响尾蛇。一天，下面的文字映入了我的眼帘：

谎言揭穿

兹经五点区的迈克尔·奥弗拉纳根先生以及沃特街的基特·伯恩斯先生、约翰·艾伦先生宣誓后的书面陈述确认：马克·吐温先生曾用心险恶地宣称，我

---

① 蒙大拿州（Montana）是美国西北部的一个州。

② 涂上柏油并粘满羽毛（To Tar and Feather Sb.）跨坐栅栏，是古代欧洲一种私刑处罚方式，是对受刑人的一种严厉处罚和侮辱。

们尊贵的旗手约翰·霍夫曼的已故祖父因拦路抢劫而被处以绞刑。这种说法实乃恶毒无端的谎言，纯属子虚乌有。攻击安息于坟墓中的逝者，用无耻谣言玷污他们的英名，以如此卑鄙下作的手段来谋取政治上的成功，莫不令有道德和良知的人看了痛心疾首。当我们想到这种无耻谎言一定会给逝者无辜的至爱亲朋带来莫大痛苦时，恨不得鼓励蒙受伤害和侮辱的公众对造谣者实施非法报复。但这样不行——还是让他遭受良心谴责的痛苦去吧！（不过，如果公众情绪失控，一气之下盲目地采取行动，对造谣者造成身体伤害，很显然，陪审团不可能对肇事者定罪，法庭也不可能对其实施惩处）

上述结尾处的巧妙文句产生了效果，当天晚上，我吓得从床上迅速爬起来，然后从后门逃走。因为“蒙受伤害和侮辱的公众”从我家前门拥了进来。他们怀着正义的愤慨之情，捣毁了室内的家具和窗户，凡能搬得动的财物都被搬走了。然而，我可以把手按在《圣经》上起誓，我从来没有造谣中伤过霍夫曼州长的祖父。此外——直到那天为止，我压根儿就没有听说过他，或者提起过他。

［顺便指出，登载上述引文的那家报纸随后一直称呼我为“盗尸犯吐温”］

以下一篇报纸上登载的文章引起了我的注意：

一位可怕的候选人

马克·吐温原本昨晚要在独立党的群众集会上发表一番诋毁性的演讲，却未能及时到达！他的医生发来电报声称，他被一辆疾驶的马车撞倒了，腿部两处负伤——躺在床上，痛苦不堪，等等，等等，一大堆诸如此类的废话。独立党人处心积虑，含混不清地喊出了这样拙劣的托词，假装不知道他们提名为旗手的放荡之徒缺席的真正原因。昨天晚上，人们看见有个人喝得酩酊大醉，摇摇晃晃地进入了马克·吐温先生下榻的旅馆。独立党人有义不容辞的责任证明，那个不省人事的醉鬼并非马克·吐温先生本人。我们终究抓住他们的把柄了！此事不容躲躲闪闪。民众的质疑之声如雷贯耳："那个人是谁?"

一时间，此事简直令人难以置信！绝对令人难以置信！我的姓氏竟然真的同无耻的嫌疑人联系在一起了。漫长的三年过去了！其间，我从未沾过麦芽酒、啤酒、葡萄酒，或者任何一种酒。

[我要说，我知道那家报纸翌日会狂妄地给予我"酒鬼吐温先生"的称号，却无动于衷。不过，我知道，那家报纸会自始至终、忠贞不贰地如此称呼我。由此可见，时势对我有多么大的影响啊]

到了那种时候，匿名信成了我邮件的重要部分。常见的形式有：

有个老妇人到你家门口要饭，被你一脚踢开了。她现在怎么样了呢？

包打听

还有这样写着的：

你干的那些事情，除了我之外，无人知晓。你最好掏出点儿银子来！否则，我们报上见。我是个——

狠主儿

大都是诸如此类的内容。如若需要，我还可以继续引述下去。想必读者定会感到腻烦的。

不久，共和党的重要报纸“宣判”我犯有巨额贿赂罪，而民主党的重要报纸则把一桩恶劣的敲诈案“钉”在了我身上。

[这样一来，我又多了两个名号：“丑恶的贿赂犯”和“恶劣的敲诈犯”]

这时候，针对加在我头上的种种可怕的指控，舆论哗然，纷纷要求作出“回复”。我所属的党派的报纸总编和领导说，如果我再沉默不语，我的政治生涯算是被毁掉了。好像是为了使他们的呼吁更加显得迫切似的，以下一段文字就出现在翌日的一家报纸上：

关注此人

那位独立党的候选人仍然保持沉默。原因是他不敢出声。针对他的每一项指控，都已经得到充分证明。同时，他本人意味深长的沉默也一而再、再而三地佐证了那些指控。直到今天，他已经铁定有罪，永远翻不了案啦。看看你们的候选人吧，独立党的成员们！看看那位臭名昭著的伪证犯！那位蒙大拿州的小偷！那位盗尸犯！想想你们那位醉鬼的化身吧！你们那位丑恶的贿赂犯！你们那位恶劣的敲诈犯！好好注视他吧——好好想一想他吧——然后再看看，如此一位恶贯满盈之徒得到了一连串恶名，却对其中任何一个都不敢开口辩白，加以否认！你们是否还会把自己正当的选票投给他啊！

我陷入了如此困境，简直无法脱身了。因此，怀着深深的屈辱，我着手准备“回应”一大堆毫无根据的指控和卑鄙邪恶的谎言。但我始终未能完成这项任务。就在翌日早晨，某家报纸登出了一桩耸人听闻的新案件，严厉指控我烧毁了一家疯人院——里面的病人也统统烧死了——就因为它有碍于我家庭院的观瞻。这让我陷入了惊恐之中。然后，又冒出了一项新的指控，说我毒死了自己的伯父，因为迫不及待地想要侵吞他的财产，还强烈要求开棺验尸。我被逼到了神经崩溃的边缘。更有甚者，他们还指控我，说我在负责管理育婴堂事务期间，聘请牙齿脱落、年老无能的亲戚为育婴堂准备膳食。我晃晃悠悠——晃晃悠悠。最后，党派之争令我蒙受的无耻迫害自然而然到达了高潮，有人竟然教唆九个蹒跚学步的孩子——肤色各异，衣衫破旧——冲上公众集会的演讲台，抱住我的双腿，管我叫爸爸！

我退出了竞选，扯下旗帜投降了。我不符合参加纽约州州长竞选活动的要求，递交了退出竞选的声明，并怀着痛苦的心情签上了自己的名字。

你们忠实的朋友，曾经是个体面人，现在却是臭名昭著的伪证犯、蒙大拿州的小偷、盗尸犯、酒鬼、丑恶的贿赂犯和恶劣的敲诈犯！

马克·吐温

我是如何编辑一份农业报的

我接受了一家农业报社的临时编辑工作，心里却还是怀着忧虑，如同生活在陆地的人要去驾船时一样。尽管如此，我当时处境不佳，赚取薪水是我要努力追求的目标。那家报纸的正式编辑正要离岗度假，我便同意了他提出的条件，接替他的职位。

又有了工作可干，我心里觉得很舒服，并且乐此不疲，兴致勃勃，勤勉工作了一个星期。我们的报纸要付梓了，我心里充满了期待。等待了一整天，我想要看看自己的努力是否会引起关注。

夕阳西下时，我离开办公室。这时候，楼梯下面一群成年男子和少年小伙儿兴冲冲地闪了开去，给我让出道来。我听见他们当中一两位在说："就是他!"面对如此场景，我自然感到很惬意。

翌日早晨，我发现了与楼梯下的人们相似的一群人，有的成双成对，有的独自一人。他们零零散散地站立在街道上或者街对面，正饶有兴致地注视我。等我走近时，人群分开往后退。我听见有人在说，"看他的目光"。我假装不去注意自己吸引过来的关注，内心却觉得挺受用，还打算给姑妈写封信，告诉她眼下这一情形。我登上了很短的一段楼梯，快要到达门口时，听见了开心的说话声和爽朗的大笑声。我推开门，看见室内有两个乡村人模样的年轻人。他们看见我时，脸色煞白，脸拉得很长。紧接着，他们发出砰的两声巨响，从窗口冲了出去。我感到很惊讶。

大概半个小时后，一位老先生进来了。只见他长着一口飘逸的胡须，有一张儒雅但显得严肃的面孔。我请他坐了下来。他看上去好像有心事，脱下帽子，放在地板上；随后，他从帽子里取出一条红绸手帕，还有一份我们的报纸。

他把报纸放置在膝上，一边用手帕擦拭眼睛，一边说："你就是那位新编辑吗?"

我说我是。

"你先前编辑过农业方面的报纸吗?"

"没有。"我说，"我这是头一次尝试。"

“怪不得。你有过从事农业的实际经验吗?”

“没有。”我肯定地说,“没有。”

“直觉告诉我,是这么回事。”老先生说着,戴上眼镜,严肃的目光透过镜片看着我,一面把手上的报纸折成方便携带的形状。“我想把那段让我产生直觉的文字念给你听听。是这篇社论。看看是不是你写的。

> 萝卜绝不能采摘,那样会损坏它。最好派个孩子爬上去,让他摇动树干。

“好了,你认为这个怎么样?我在想,这当真是你写的吗?”

“我认为怎么样,啊,我认为这很好啊。我认为这很有道理啊。我毫不怀疑,仅仅在本区域,当萝卜半生不熟时就采摘,每年将糟蹋无数万担。要是打发一个孩子爬上去,摇一摇树干……”

“摇一摇你奶奶的!萝卜可不是长在树上的!”

“噢,萝卜不是长在树上的吗?啊呀,谁说过是长在树上的呢?这句话是用来比喻的,完全是个比喻的说法。凡是明白点儿事理的人都会知道,我的意思是说,孩子上去摇一摇萝卜的藤啊。”

紧接着,老人站起身来,把他手上的报纸撕成碎片,还在上面跺上几脚,又用手杖打坏了几件东西,说我的知识还不如一头母牛。之后他便出去了,砰的一声把门关上了。总之,从他的行动来判断，他就是心里对什么事情不满。但我不知道问题出在哪儿，所以帮不上他什么忙。

随后不久，一个身材瘦长、形容枯槁的人闯进门来。只见他那几缕细长的头发下垂到了肩膀上，凹凸不平的脸庞上长着胡茬，怕是一个星期没修脸了。他站立着，一动也不动，一根手指按在唇上，垂着头，弓着身子，像是在倾听。没有听见任何声音，但他仍然坚持着，还是没有声音。他随后把门锁上了，小心翼翼，蹑手蹑脚地朝我走过来。离我还有一定距离时他停下了，饶有兴致地打量一番我的面孔后，从怀里掏出一份折好的我们的报纸说："看看，这是你写的。请你把它读给我听——赶快，好让我释怀！我受着煎熬呢。"

我朗读了如下的文字。当它们从我嘴里冒出来时，释怀的效果出现了——看得出来，他那紧绷的肌肉松弛了下来，脸上焦躁不安的神态消失了，宁静安详的表情悄然显现在他的眉宇之间，犹如柔和的月色倾洒在凄凉的景致之上。

瓜诺①是上等鸟，但饲养起来需要格外细心。引进的时间不能在6月之前或9月之后。冬季期间，应该把它安置在温暖处，以便让它孵出小鸟。

很显然，今年的谷物收获季节要向后推迟了。因此，农民最好在7月开始插上麦秸，播种上荞麦饼，

① 原文Guano并非鸟名，而是指海鸟成群栖息处。如秘鲁沿岸岛屿堆积起来并经过部分分解的鸟粪，含有大量氮和磷，是上好的肥料。

而不要等到 8 月份。

关于南瓜的问题，这种浆果是新英格兰①内地的居民最爱吃的。他们更加喜欢用它来做成果子饼，而非用醋栗。他们也同样喜欢拿它来喂牛，而非用悬钩子②。因为牛更容易喂饱，而且也更加爱吃。除了西葫芦和另外一两种瓜类变种之外，南瓜是柑橘科中唯一能够在北方地区长势良好的可食用蔬菜。但是，那种把南瓜和灌木一同种植在前院的习惯做法很快就不流行了。人们普遍认为，用南瓜藤来遮荫是见不到成效的。

现在，温暖的天气来到了，雄鹅也要开始产卵了……

情绪激动的倾听者一跃身子，朝着我蹦过来，握着我的手说："是啊，是啊——这就对啦。我现在知道了，自己一切正常。因为你读这段文字时同我读的一模一样，一字一句的。但陌生的朋友啊，我早晨读它时心里觉得——尽管我的朋友盯我盯得很严，而我先前压根儿，压根儿就不相信那是真的，但我现在相信——是我疯了。怀着那样的情绪，我大声吼叫起来——你可能在两英里远的地方都听得见——然后冲出去，想

① 新英格兰（New England）是指美国东北部地区，包括缅因、佛蒙特、新罕布什尔、马萨诸塞、罗德岛和康涅狄格六个州。它于 1616 年由英国探险家约翰·史密斯（John Smith，1580－1631）命名。

② 悬钩子（Raspberry）也是一种植物浆果，常呈红色或紫色。

要杀人——你知道吧，我清楚这样的事情迟早会发生，所以，还不如早点儿开始呢。我再次读了文章中的那一段，以便确认一下自己的状况，然后把自己的住房烧毁了，开始行动起来。我把几个人打残了，还把一个家伙弄到了树上。这样一来，我想要干掉他就干掉他。但我认为，自己路过这儿时还是进来看一看，把事情彻底搞清楚。现在，完全清楚了。我可告诉你，待在树上的那个家伙也算他走运。否则，等我回去后，一定把他给宰了。再见啊，先生！再见！你让我如释重负了。我的理智已经抵挡住了你一篇农业方面的文章的影响。我知道，现在什么情况都动摇不了我了。再见吧，先生。”

此人为了给自己寻开心，把人打残，纵火烧毁住房。对于这种事情，我心里有点儿不舒服。我不禁觉得，自己同这些行径扯得上关系，是间接的帮凶。但这些想法很快停止了，因为那位正式编辑走了进来。（我心里想着，如果你听从我的劝告到埃及去，那我可能还有机会插手其中。但你不会这样做，你回来了。我预料你会这样的）

编辑看上去表情悲伤，态度惶恐，精神萎靡。

那个老暴徒和两个年轻农民把室内搞得一片狼藉。编辑将现场察看一番，然后说：“这是一件悲惨的事情——非常悲惨的事情啊。胶水瓶打碎了，还有六片玻璃、一只痰盂、两个烛台。不过，这还算不上最糟糕的。报纸的声誉受到了破坏——恐怕永远给破坏掉了。确实，本报过去从未有过这么大的需求量，从未有过这么大的发行量，或者如此名声大振。但是，人们难道需要用疯狂行径出名吗？难道需要靠他们病态的心智来繁荣事业吗？我的朋友啊，我实话告诉你吧！外面街道聚满了人，有些人爬到了栅栏上，等着一睹你的尊容呢！他们认为，你发疯了。看过你写的社论后，他们很可能就会这么认为了。对于新闻业而言，你的那些文章是奇耻大辱。对啊，你的头脑里都想些什么啦！竟然会编辑出版如此这般的一份报纸？你好像对农业方面的情况一无所知啊。把犁沟和犁耙当成同一东西，谈论什么母牛换羽毛的季节，主张饲养臭鼬，因为它很好玩，还是捕捉耗子的能手！说什么给蛤蜊演奏音乐，它就会安安静静地躺着不动——如此言论，简直就是废话——十足的废话。什么情况也惊动不了蛤蜊。蛤蜊本来就是安安静静地躺着不动的。蛤蜊才不会在乎什么音乐不音乐呢。啊，天哪，朋友啊！如果你把不学无术当成人生的一门学问，即便等到毕业，也不会获得比今天更高的荣誉啊。我还从没见过这样的事情呢。你说什么作为商品的七叶树上的坚果正越来越受到人们青睐，简直就是存心要毁掉这家报纸。我想要你放弃这个职位，立刻走人。我也不想去度什么假了。即便去度假，也不会有心思。有你坐在我的位子上，我肯定没心思度假的。我会一直战战兢兢，不知道你下一步又要抛出什么劳什子来。每次想到你在《园艺》专栏谈论什么牡蛎养殖场的问题，我就会失去耐性。我想要你走人，什么情况也不能再让我安心去度假了。噢！你对农业一窍不通，怎么当时不告诉我啊？”

“告诉你吗，你这个玉米秸秆?！你这个白菜帮子?！你这个卷心菜崽子?！如此没心没肝的话，我还是头一回听见。我可告诉你，我在编辑这个行当里持续干了十四年了，还是头一回听说一个人必须有知识才能编辑报纸。你这个萝卜！是什么人给那些二流报纸写剧评的？对啊，还不是那一伙出师了的鞋匠和药剂师学徒干的吗？关于戏剧方面的知识，那些人与我在农业方面的知识比起来丰富不到哪里去。是什么人在给书籍写评论呢？是那些从来都没有写过书的人。是谁撰写的关于财政的长篇大论？是那些最有可能对财政一无所知的人。是什么人在批评对印第安人发起的战争呢？是那些绅士们，他们分不清楚哪是印第安人在临阵呐喊，哪是印第安的棚屋的，因为他们从来都不需要举着印第安人的战斧猛冲，或从他们家庭成员身上拔出箭来点燃夜间的营火。是什么人在撰写檄文号召戒酒，大声疾呼，历数酗酒的害处呢？是那些一辈子都醉醺醺、直到进了坟墓才消停的人。是什么人在编辑农业报纸呢？你啊——薯蓣。一般的情况是，写诗缺乏诗意的人，写黄色小说不成功的人，写惊悚剧本毫无建树的人，编辑本地新闻不受欢迎的人，作为避免进入收容所的权宜之计，才退而求其次、编辑起农业报纸来。你竟然还试图向我面授报业方面的机宜！先生，我对这一行的情况从头至尾都经历过了。我告诉你吧，一个人越是无知，他发出的声音反而越大，拿到的薪水也越高。如果我没有受过教育的熏陶，而是愚昧无知；不是谨小慎微，而是鲁莽行事，我说不定已在这个冷酷无情、自私自利的世界上功成名就了——天知道啊。我要走了，先生。既然你如此这般地对待我，我十分愿意离开。但是，我已经尽到了自己的责任。我在许可的范围之内，尽力履行我的合同。我说过，我能够让你的报纸得到所有阶层人士的关注——我已经做到了。我说过，我可以让你的报纸发行量达到两万份——若是再有两个星期的时间，我就能实现了。我本来可以帮你赢得一家农业报纸所能赢得的最优秀的读者群——其中不会有一个农民，不管哪一位，无论如何都分辨不清哪是西瓜树，哪是桃子的枝头。这一次的决裂，受损失的是你，而不是我——你这根食用大黄。再见啦。”

紧接着，我便离开了。

好孩子的故事

从前有个好男孩儿，名叫雅各布·布利文斯。但凡父母提出要求——不管他们的要求有多荒谬，有多不合情理——他都会一一照办。他一直勤奋读书，上主日学校时从不迟到。他从不逃学，即便心里明白逃学是他能够做的最有利的事情也罢。别的孩子对他捉摸不透，因为他的行为举止很奇怪。他从不说谎，即便说谎是多么方便省力的事情也罢。他只会说，说谎是不对的。这就是他充分的理由。他格外忠厚老实，以至于人们觉得他简直荒唐可笑。雅各布行为奇特怪异，真可以说是绝了。在星期天，他不去玩弹子游戏，也不会去捣毁鸟巢，不会把带有辣味的糖喂给街头艺人的猴子吃。反正，对任何正当的娱乐活动，他似乎都不感兴趣。因此，其他孩子总是想方设法要弄清楚其中原因，以便了解他这个人。但是，他们终究还是无法得出满意的结论。正如我先前说过的，他们只能得出一种模糊的看法，感觉他“有情况”。于是，他们就将他置于自己的保护之下，不让他受到任何伤害。

这个好孩子阅读了主日学校的所有书籍，因为书籍给他带来了巨大的乐趣。全部秘密就在这儿。他相信主日学校教科书中记载的好孩子的故事，而且坚信不疑。他渴望今生有朝一日能够遇上他们中的某一位。说不定他们在他出生之前就已经离开人世了呢。每当他读到某个特别优秀的孩子的故事时，便会赶紧翻到结尾部分，想要看看好孩子的结局如何——他想要千里迢迢地赶过去，但总是无济于事。那个好孩子总会在最后一章死亡，还会附上一幅葬礼的插图——所有亲属和主日学校的孩子们围在他的坟墓边，穿着过短的裤子，戴着过大的帽子，每人手里都拿着一条足有一码半长的手帕，掩面哭泣着。雅各布的全部希望往往就这样被葬送了。由于每个好孩子都会在最后一章死亡，雅各布不可能见到他们中的任何一位。

雅各布有一个崇高的志向，即立志被写进主日学校的教科书。他想要自己被写入教科书时附上一些插图，特别荣耀地展示他拒绝对母亲说谎的情景，还有母亲为此喜极而泣的情景。他还要附上一些插图，展示他站立在门口台阶上把硬币给予一位领着六个孩子乞讨的可怜女人，告诉她尽可能拿去花销，只是不要铺张浪费，因为铺张浪费是犯罪。他还要附上一些插图，展示他宽容大度的雅量，不肯去告发那个坏孩子。那个孩子放学后常常藏在街道拐角处等他，用板子打他脑袋，然后驱赶他回家。坏孩子跟在后面“嗨，嗨”地嚷嚷着。这就是小雅各布·布利文斯的志向。他希望自己能够被写入某一主日学校的教科书中。有时候，当他想到好孩子都会死亡时，心里难免不舒服。他热爱生活，想要活下去。这您是知道的。若要成为一个载入主日学校教科书中的孩子，这是最让人感觉不舒服的一点。他知道，若要成为一个好孩子，身体便好不了。他知道，若要像教科书中的孩子那样优秀，不同凡响，就会比罹患肺病还要更加可怕。他知道，那些好孩子没一个活得长久的。因此，他痛苦地想到，即便人们把他写进了某本教科书，他也无法看到。或者说，即便书本在他死亡之前出版了，也不会受到欢迎，因为课本最后一部分没有附上他葬礼的插图。里面若没有他弥留之际对世人的忠告，便算不上合格的主日学校教科书。面对这一情形，他最后作出了决定，要尽力而为——好好生活，尽可能延续自己的生命；在死亡降临之前，把遗言准备好。

可不知怎么回事，这个好孩子诸事不顺。他遇到的情况都不是教科书上那些好孩子遇到过的。书上的那些好孩子，日子总是过得很愉快；坏孩子们则会摔断腿。而他的情况呢，会像某个地方螺丝松动了，情况往往背道而驰。他若是发现吉姆·布莱克偷盗苹果，并去到苹果树下，把书本上坏孩子偷盗邻居家苹果时从树上掉下来、摔断一条胳膊的故事念给吉姆听，吉姆也确实会从树上掉落下来，却是掉在他的身上，把他的胳膊给压断了，他自己的胳膊倒是什么事也没有。雅各布对此不理解。主日学校的教科书中没有出现如此情况啊。

有一次，一位盲人被几个坏孩子推倒，掉进了泥坑，雅各布跑过去把他扶起来，希望能够得到他的祝福。盲人不但没说任何祝福的话，反而用拐杖敲打他的脑袋，并说雅各布想将他再次推进泥坑，然后装模作样地扶他起来。雅各布翻遍了教科书，想要弄清楚这到底是怎么回事。

有件事是雅各布想要做的，那就是寻找一条瘸腿狗。这样一条狗无家可归，忍饥挨饿，备受欺凌。他要把狗领回家养起来，把它当宝贝，从而从狗那里获得对他永久的知遇之恩。最后，他果然寻到了一条，高兴不已。他把狗领回家去，喂它吃的。但当他想要抚摸它时，狗却扑了过来，撕破了他的衣服，只留下前裆一点点，让人围观，惊诧不已。雅各布从各种书籍中查找原因，但还是没有弄明白。那条狗和书本上描述的一模一样，行动却大不相同。这个好孩子无论做什么，都会招致麻烦。书本上描述的孩子做了好事总会有回报，他却得不偿失。

有一次，雅各布在去往主日学校的路上，看见一些坏孩子乘着帆船正要出发，兴致勃勃。他诚惶诚恐，因为他在书本上看到过，安息日乘着帆船外出，必定会溺水身亡。于是，他跑过去坐了木筏，前去提醒他们。他踩踏在一段圆木上，却滑到河里去了。不一会儿，有人把他救了起来。医生挤压出了他肚子里的水，还帮他恢复了呼吸。他因此着凉感冒了，抱病卧床，长达九个星期之久。最不可思议的是，那些坏孩子倒是一整天都快快乐乐的，然后活蹦乱跳地回到了家里。如此情形，令人惊讶不已。雅各布·布利文斯说，教科书当中没有记载过这样的事情。他是完完全全给弄糊涂了。

雅各布身体痊愈后，感觉有点儿气馁，但他决心无论如何也要继续尝试下去。他知道，迄今为止，自己的经历还不足以写进教科书，但他还没有到达好孩子的年龄极限。他希望自己坚持下去，等到生命终结时，能够载入教科书。即便其他事都实现不了，那番临终遗言还是靠得住的。

雅各布在他的那些书籍中查找，结果发现，他此时应该出海去，到船上找份差事。于是，他前去拜访一位船长，并提出了申请。当船长要求他出示推荐信时，他充满自豪感地掏出一本宗教小册子，指了指上面题写的文字："赠予雅各布·布利文斯。赠自挚爱他的老师。"船长是个大老粗，不通文墨。他说："噢，去他妈的蛋！这管个屁用啊，证明不了你知道刷盘子，倒垃圾。我看他是不想有人雇用你。"雅各布平生头一次碰到如此不可思议的事情。但凡老师写在他们作为赠礼的宗教小册子上的赞美之词，总能够令船长们感同身受，总能够开启名利双收之门——他阅读过的书本中，都是这么写的。他当时还以为自己没听清楚船长说的话。

这个好孩子总是处处碰壁，教科书上记载的那些事他一件也没碰到过。最后有一天，他四处寻找坏孩子，以便对其进行劝诫。他发现，一座陈旧的铸铁厂里集聚着许多坏孩子。他们正在拿狗嬉戏，寻开心，把十四五条狗拴在一块儿，连成一长串，准备把装过硝酸甘油的空桶固定在狗的尾巴上，来一番装饰打扮。雅各布看到这种情形后心生怜悯，坐在其中一只空桶上（面对义不容辞的责任时，他是不会在乎油污的）。他一把抓住了最前面那条狗的项圈，眼睛看着那个捣蛋的汤姆·琼斯，目光中充满了责备的神情。正在此刻，市参议员麦克韦尔特进来了，怒气冲冲。坏孩子全都跑开了，雅各布·布利文斯却坦然无辜地站了起来，开始套用主日学校小开本教科书上的庄严言辞说开了。开始照例是“噢，先生!”之类的。事实却与此完全相反，无论好孩子或坏孩子，讲话从不以“噢，先生!”开始。那位市参议员根本不听解释，一把揪住雅各布·布利文斯的耳朵，把他转过身来，朝着他的屁股狠狠抽了一巴掌。瞬间，好孩子冲出房顶，向着太阳飞去了。那时，五条狗拴在他身后，像风筝的尾巴似的也飞走了。市参议员和那座陈旧的铸铁厂也从世界上消失得无影无踪了。至于小雅各布·布利文斯，费心劳神准备好的临终遗言却根本没机会派上用场，只能说给鸟儿听了。他身体的大部分虽然正好落在邻县一棵树上，其余部分却四散在四个镇上。人们只好前往五处验尸，看看他是否真的死亡了，还要查明事实真相。一个孩子身首异处①，您或许从未见过的。

勤奋上进的好孩子就这样死亡了，却不是按照教科书上描写的那样死亡的。除了他之外，每位像他那样表现的孩子都获得了成功。他的情况确实不可思议。其原因如何，恐怕永远也解释不清。

① 甘油惨案的素材来自一家非定期出版的报纸新闻。作者姓甚名谁，我若知晓，定会附上。——马·吐

大宗牛肉购销合同履行始末

关于本人同这种事的关系，不管多么微乎其微，我还是希望尽可能以寥寥数语向国人陈述清楚——这事已引起公众热议，招致了极大反感，以致两个大陆的报纸连篇累牍，充斥着各种报道和评论，歪曲事实，夸大其词。

我在此声明：下面的简要陈述中，每个细节都有中央政府的官方记录可资证明——这件不幸的事情起因如下：

大概在 1861 年 10 月 10 日，新泽西州希芒县鹿特丹区已故约翰·麦肯齐同中央政府签订了一份交易合同，拟向谢尔曼将军①总共提供三十大桶牛肉。

好事啊！

麦肯齐运送着牛肉，追赶谢尔曼去了。等他到达华盛顿后，谢尔曼已经去了马纳萨斯②了。于是，他再次运送着那些牛肉，跟随谢尔曼到了那儿。不过，他还是到得太晚了些。他跟随谢尔曼去纳什维尔③，从纳什维尔到达查塔努加④，再从查塔努加到达亚特兰大⑤。但是，他始终未能追赶上谢尔曼。在亚特兰大，他再次整装出发，一路前行，追踪他到了海滨。麦肯齐再次晚到了数日，只是听说了谢尔曼准备搭乘“贵格城⑥号”前往圣城⑦观光旅行。于是，他乘船前往贝鲁特⑧，想要追赶上那艘船。当麦肯齐运送着他的牛肉抵达耶路撒冷时

---

① 谢尔曼（William Tecuseh Sherman，1820 – 1891）是美国内战时期的联邦将领。曾参加布尔溪、维克斯堡登战役，率军横越佐治亚州攻克亚特兰大（1864），晋升中将（1866），任陆军总司令（1869）。著有《谢尔曼回忆录》。

② 马纳萨斯（Manassas）是美国弗吉尼亚州东北部的一座城市。1861 年 7 月，美国南北战争第一场大规模战役，即第一次马纳萨斯战役（也被称为“第一次牛奔战役”）的主要战场就在那附近。

③ 纳什维尔（Nashville）是美国田纳西州首府，位于田纳西州中部坎伯兰河畔，也是该州仅次于孟菲斯的第二大城市。

④ 查塔努加（Chattanooga）是美国田纳西州东南部的工商城市和河港。四面环山，田纳西河穿城而过。

⑤ 亚特兰大（Atlanta）是美国佐治亚州首府。坐落在海拔 3500 米的阿巴拉契亚山麓的台地上，是美国三大高地城市之一。

⑥ 贵格城（Quaker City）是美国著名城市费城（Philadelphia）的别称。

⑦ 圣城（Holy Land）指巴勒斯坦。

⑧ 贝鲁特（Beirut）是黎巴嫩的首都。

得知，谢尔曼并没有搭乘“贵格城号”扬帆远航，而是去了大平原地区，攻打印第安人去了。他返回美国，开始向着落基山脉①进发。经历了大平原地区六十八天的艰难跋涉后，当他临近谢尔曼大本营不到四英里时，却被印第安人用战斧劈死了，还被剥去了身上的皮。印第安人拿走了牛肉。他们几乎把全部牛肉都拿走了，只留下了一桶。谢尔曼的军队截获了那一桶。那位大无畏的航行者虽说身亡了，但还是部分履行了自己签下的合同。他在行程日志中写下了遗嘱。遗嘱中，他把合同转给了儿子巴塞洛缪·W。巴塞洛缪·W 开出了以下账单，然后便亡故了。

美利坚合众国：

政府应付新泽西州已故债权人约翰·威尔逊·麦肯齐如下款项：谢尔曼将军定制牛肉三十桶，每桶一百美元，共三千美元；行程和运输费用一万四千美元。总计：一万七千美元。

具领人：……

---

① 落基山脉（Rocky Mountains，又译作“洛矶山脉”）是美洲科迪勒拉山系在北美的主干，由许多小山脉组成，被称为北美洲的“脊骨”。主要山脉从加拿大不列颠哥伦比亚省到美国西南部的新墨西哥州，南北纵贯 4800 多米，广袤而缺乏植被。巍峨的落基山脉绵延起伏，自北向南，长数千公里，有名称的山就有三十九座。除圣劳伦斯河外，北美几乎所有大河都发源于落基山脉。它是北美大陆的重要分水岭。

巴塞洛缪离开了人世，但把合同留给了威廉·马丁。马丁想方设法要收取这笔款项，但未及履行合同，便撒手人寰了。他把合同留给了贝克尔·艾伦。艾伦也想方设法要收取这笔款项，却也不曾如愿便离开人世了。贝克尔·艾伦把合同留给了安森·罗杰斯。罗杰斯企图收取款项，一路通关，都已经到达第九审计官的办公室了。可就在这时，死神这位伟大的公平者未经召唤便来到了，也把他带离了人世。他把账单留给了自己在康涅狄格州①的亲戚，名叫文詹斯·霍普金斯。此人随后只活了四个星期又两天。他创造了最快的纪录，属于进入了第十二审计官范围的人之一。霍普金斯在遗嘱中将履行合同的账单传给了舅舅，名叫“啊－快乐吧”·约翰逊。快乐舅舅也受不了这份罪。他的临终遗言是：“别替我哭泣——我是心甘情愿走的。”而他也确实如此，可怜的人啊！在那之后，又有七个人继承了这份合同。但是，他们全都离开了人世。

这样一来，合同最后落到了我的手上。我之所以拿到这份合同，是通过了一位姓哈伯德的亲戚——印第安纳州的伯利恒·哈伯德。长期以来，此人对我心怀怨恨。弥留之际，他却嘱咐人把我找去，将过去的一切都一笔勾销了，而且哭泣着把这份牛肉合同转给了我。

这就是我继承这笔遗产的原委。在此，我要把涉及我本人的一切情况向国人陈述清楚。我把这份牛肉合同连带差旅费和

① 康涅狄格州（Connecticut）是美国东北部新英格兰地区六个州之一，北接马萨诸塞州，东接罗得岛州，西毗纽约州，南隔海峡与长岛相望。

运输费的账单，呈给合众国的总统。

总统说：“对啦，先生。我能够帮您什么忙吗？”

我说：“阁下，大概在1861年10月10日，新泽西州希芒县鹿特丹区已故约翰·威尔逊·麦肯齐同中央政府签订了一份交易合同，拟向谢尔曼将军提供三十大桶牛肉——”

我说到这儿，他让我打住，要求我离开他那儿——态度和蔼友善，但不容分说。翌日，我去见了国务卿。

国务卿说：“呃，先生？”

我说：“尊敬的阁下，大概在1861年10月10日，新泽西州希芒县鹿特丹区已故约翰·威尔逊·麦肯齐同中央政府签订了一份交易合同，拟向谢尔曼将军提供三十大桶牛肉——”

“别说啦，先生——别说啦。国务院与购买牛肉的合同毫无关系。”对方鞠躬，送我出来。

我把这件事情全面考虑了一番。翌日，我走访了海军部部长。对方说：“有事赶紧说吧，先生。别让我总候着。”

我说：“尊敬的阁下，大概在1861年10月10日，新泽西州希芒县鹿特丹区已故约翰·威尔逊·麦肯齐同中央政府签订了一份交易合同，拟向谢尔曼将军提供三十大桶牛肉——”

是啊，我的话只能说到这儿。关于谢尔曼将军购买牛肉合同一事，他也与之毫无关系。我开始觉得，这可是属于那种怪异离奇的政府啊。看起来，他们有点儿不想支付那笔牛肉款。翌日，我去找内政部部长。

我说：“尊敬的阁下，大概在1861年10月10日——”

“够啦，先生。我先前已经听说过您啦。出去，拿着您这份可恶的牛肉购销合同离开这个办公区！内政部根本不管军队的给养。”

我离开了。但是，我现在怒不可遏了。我说过了，我会缠着他们不放的，一定要搅得这个不讲信誉的政府不得安宁，直到合同的事情得到圆满解决为止。我一定要收取到账单上的款项；要不就倒下，像我前面那些人努力过了倒下一样。我进攻了邮政总局局长，围困了农业部，给众议院议长设了埋伏。他们都与军队购销牛肉的合同毫无关系。我把矛头转向了专利局。

我说：“尊敬的阁下，大概在——”

“下地狱的！你最终还是把这份充满了煽动性的牛肉购销合同带到这儿来了吗？我们和军队购买牛肉的合同没有任何关系，尊敬的先生！”

“噢，这不要紧的——但是，有人必须支付那批牛肉的款项！现在就得支付！否则，我就没收这个老专利局，包括里面的一切东西。”

“但是，尊敬的先生——”

“情况没有任何不同啊，先生。专利局对那批牛肉负有责任，我是这么认为的。再说了，不管是否有责任，专利局必须支付牛肉款项。”

不要管那些细节了。最后打起来了。专利局打赢了。但是，我发现了对自己有利的情况。他们告诉我说，财政部才是我应该去的合适地方。我便去了那儿。我等了两个半小时，然后得到许可，去见第一财政大臣①。

我说："最最尊贵的、庄严的、令人敬仰的大人啊，大概在 1861 年 10 月 10 日，约翰·威尔逊·麦肯齐——"

"够啦，先生。我已经听说了您的事情。您去找财政部第一审计官吧。"

我按他吩咐的做了。第一审计官打发我去找第二审计官。第二审计官打发我去找第三审计官。第三审计官打发我去找咸牛肉局的第一审计员。这一位才开始显得有点儿像办事情的。他翻看了手边的账本和所有尚未归档的文书，但没有找到任何牛肉购销合同。我去找咸牛肉局的第二审计员。他翻看了手边的账本和所有尚未归档的文书，但还是一无所获。我受到了鼓舞。那一周里，我一直找到了该局的第六审计员。随后一个星期，我找遍了整个赔款部。第三个星期，我开始去找误档合同部，问遍了那儿，并在呆账部建了一个据点，花费了三天时间去攻克。现在只剩一个地方可去了。我围攻了琐碎事务局局长，确切地说，围攻了他的属下——局长本人不在。办公室里有十六位美丽的年轻姑娘在记账，另有七位帅气的年轻男职员在指导她们记账。姑娘们扭过头来，笑盈盈的，男职员也对她们报以微笑。大家一团和气，开心愉悦，犹如听见婚礼的钟声在敲响。正在看报的两三位男职员看了看我，目光严厉，然后继续看报，谁也没有开口说什么。不过，自从我第一天踏进咸牛肉局第一办公室，直到走出呆账部最后一间办公室，在整个

① 以下职位和机构均为作者杜撰，旨在传达揶揄戏谑的意味。

不平静的讨账之旅里，我已经习惯了四级助理——普通办事员表露出来的那种敏锐的反应了。在这期间，我练就了过硬的本领——从进入办公室的第一刻起，直到某位办事员开口同我说话——可以一条腿站立着，只是换上两次、最多三次姿势。

我站立在那儿，一直站到第四次变换姿势。然后，我对其中一位看报的办事员说："声名显赫的无赖，土耳其大帝在哪儿呢?"

"您在说什么啊，先生？您指的是谁？您若指的是局长，他出去了。"

"他今天会去看望后宫吗?"

年轻人瞪着眼睛看了一会儿，接着看他的报纸去了。我知道这些办事员的处事方式。我知道，他若在纽约另一批邮件到达前看完报纸，我的事情便有把握了。他只剩两份报纸还没看。一会儿后，他看完了报纸，打了个哈欠，问我有什么事情。

"闻名遐迩、显赫尊贵的低能儿，大概在——"

"您就是那位为了牛肉购销合同要求付款的人呀。把您的单据给我吧。"

他接过单据。好一阵子，他都在翻找他那些乱七八糟的东西。最后，他终于找到了西北通道①——反正我是这么认为的——他找到了失落多年的牛肉购销合同——他终于找到了那

① 西北通道（Northwest Passage）指历经数百年努力寻找而形成的一条北美大陆通道，由大西洋经北极群岛（属加拿大）至太平洋。

块我的许多祖先还没接近便被撞得粉身碎骨的礁石。我深受感动。我欢天喜地——因为我幸存下来了。我充满感情地说：“把合同给我吧，政府现在可要兑现了。”他挥手示意我后退，并说还得先去办理一些手续。

“这位约翰·威尔逊·麦肯齐现在在哪儿呢？”他问了一声。

“去世了。”

“什么时候去世的？”

“他不是自然死亡——是被人杀害的。”

“怎么被杀的？”

“被人用战斧砍杀的。”

“是谁砍杀了他？”

“啊，印第安人，当然是。您总不会认为那是一位主日学校的校长干的吧？”

“不会。一位印第安人干的，对吧？”

“不错。”

“那位印第安人叫什么名字？”

“叫什么名字？我不知道他叫什么名字啊。”

“一定要弄清楚他的名字。谁看见了用战斧砍杀的情景呢？”

“我不知道啊。”

“这么说来，您本人不在现场？”

“您看看我的头发就明白了，当时还没有我呢。”

“那您怎么知道麦肯齐去世了呢？”

“因为他确确实实当时就亡故了。我有充分的理由相信，他从那以后便不在人世了。事实上，我知道他不在人世了。”

“我们必须有证据。您找到那个印第安人了吗？”

“当然没有。”

“那行，您必须找到他。您找到那把战斧了吗？”

“我从未想过这样的事情呢。”

“您必须找到那把战斧。您不需要交出那位印第安人和那把战斧。倘若人和物能够证明麦肯齐已经死亡，您便可以到一个接受委任、展开核查的委员会去对证，请求理赔您的账单。按这样的程序进行下去，估计您的子女有望活到那一天——领到款项，好好享受。但是，那个人死亡的情况必须有证明。不过，我还可以告诉您，政府是绝不会支付已故麦肯齐的那些运输费和差旅费的。您若是能够设法让国会通过一个救济法案，专门划拨一笔款项，政府支付谢尔曼的士兵截获的那一桶牛肉的款项倒是有可能，但不可能支付印第安人吃掉的那二十九桶牛肉的货款。”

“这么说来，我只能拿到一百美元，而且这个数额还不确定！麦肯齐运送那批牛肉，长途跋涉，遍及欧洲、亚洲和美洲，经历艰难险阻和重重磨难，旅途劳顿！那么多无辜者为了收到牛肉款项惨遭杀戮！年轻人，咸牛肉局第一位审计员当初为何不告诉我这个情况啊？”

“他根本不知道您索要的款项是否属实啊。”

“那第二位审计员为何不告诉我呢？那第三位为何不说呢？局里和部里所有那些人为何都不说呢？”

“他们没一个知道的。我们这儿是按照程序办事的。您按程序走了一遍，知道了您必须知道的情况。这是最佳的方式，也是唯一的方式。这样处理事情很正规，不过很缓慢，却万无一失。”

“是啊，死亡是万无一失的。对于我们家族绝大多数人来说，都是如此。我已经开始感觉到了，自己也在受到召唤呢。

“年轻人啊，您爱着那边那位亮丽的姑娘，就是长着一双温柔的蓝眼睛和耳朵后面别着几支钢笔的那位——我从您充满柔情的目光中已经看出来了。您想要娶她——但又很贫穷。得啦，伸出您的手来吧——把这份牛肉购销合同拿去。走吧，带着她享受幸福去。愿上帝保佑你们，孩子们！”

关于那份在社会上引起热议的大宗牛肉购销合同的履行情况，我知道的就是这些。我赠送合同的那位职员死亡了。关于合同后续履行情况，或者与其有关的任何情况，我一无所知。我只知道，一个人若是寿命足够长，便可以去通过华盛顿的拐弯抹角局查询一件事情。他就会发现，经过大量劳累、折腾和延误之后，假若那个拐弯抹角局也能像一家大型私人商业机构那样处理事情灵活而有序，终于找到的东西第一天就能找到的。

中世纪传奇故事一则

一　身份的秘密

夜间，寂静笼罩着古老雄伟的克鲁根斯坦封建城堡。1222年临近年关岁末，远处最高的塔楼上，飘忽地闪烁着一盏孤灯。那儿，正在举行一次秘密会议。

表情严厉的克鲁根斯坦老爵士坐在主座上，陷入了沉思。不一会儿，他说话了，语气温和："女儿啊！"

一位器宇轩昂、一身骑士铠甲的年轻人回答说："说吧，父亲！”

“女儿啊，你年纪轻轻，却一直受到身份之谜的困扰。现在，该是揭开秘密的时候了。那就听好吧，我现在要把秘密的来龙去脉说出来！我的兄长乌尔里奇是勃兰登堡①的大公爵。我们的父亲弥留之际遗命，乌尔里奇若无儿子，继承权就要转到我这一族。条件是，我必须有儿子。如若两家都没有儿子，只有女儿，大公爵的继承权就传给乌尔里奇的女儿。条件是，她必须品行清白。若非如此，我女儿的名声如果没有受到玷污，就可以享受大公爵的继承权。我和这位现在已然年迈的夫人充满了热忱，祈祷上帝赐予我们一个儿子，但祈祷没有应验，我们生下了你。我绝望了，看着至上的遗产从我的手上溜走了，美妙的梦想也悄然逝去；而我从前充满了多么大的希望啊！乌尔里奇结婚五年了，但他的夫人始终没有生个一儿半女的。

“‘但是，要沉住气！’我说，‘并非一切都毫无希望了。’我灵光一现，脑袋里闪过一个补救办法。你是午夜出生的。只有那位医生、那位保姆，还有六位侍女知道你的性别。我一个小时不到便绞死了他们所有人。翌日早晨，整个男爵领地内的人们欢欣鼓舞，情绪激奋。因为他们听说克鲁根斯坦有儿子了——强大的勃兰登堡有了继承人！我们对这个秘密守口如瓶。襁褓中的你，由你母亲的亲妹妹照顾。从那时到现在，我

---

① 勃兰登堡（Brandenberg，或译为“布兰登堡”）现为德国十六州之一，位于德国东部。其北部是梅克伦堡－前波美拉尼亚州，东临波兰，南滨萨克森州，西南部临萨克森－安哈尔特州，西部是下萨克森州。

们从未担心过什么。

“你长到十岁时，乌尔里奇有了一个女儿。我们很揪心，盼望那个孩子出麻疹死亡，医生医治不当死亡，或因婴儿的其他天敌死亡，但总是失望。她活得好好的，茁壮成长——愿上帝诅咒她，但什么事情都没有发生。不过，我们也万无一失，哈哈！我们不是有个儿子吗？我们的儿子不是未来的大公爵吗？我们深受爱戴的康拉德，是不是这么回事啊？像你这样二十八岁的女子——孩子啊，除此之外，不可能有别的什么称号落到你头上了！

“现如今，到时候了。我的兄长年迈体衰，要为公国的事情操劳，他已经支撑不住了。因此，他希望你到他身边去，准备继任大公爵——事实上，尽管你还没有获得大公爵的封号，但你的侍从已经准备就绪了——你今晚就起程出发吧！

“现在听好啦，记住我说的每一句话！任何女人，在由民众当面作证立为君主之前坐上大公爵的宝座，即便只是片刻工夫，她也必死无疑！所以，你要谨记我的话，要装出谦恭的样子。首相的座位在大公爵宝座的下首，你要在首相的座位上陈述自己的决断。你要坚持这样，一直等到加冕，一切都安全了。你的性别不大可能被人发现。但在这个充满尔虞我诈的人世间，让一切都尽可能万无一失，仍然不失为智慧之举。”

“噢，父亲，莫非就是为了这个，我的人生才成了一个谎言？难道要我从那从未冒犯过我的堂妹手中骗取权力不成？您饶恕了我吧，父亲！饶恕您的孩子吧！”

“什么啊，傻丫头！我为了你的未来，殚精竭虑，谋取了至尚荣耀。莫非这就是你对我的回报不成？我以我父亲的名义起誓，你这种多愁善感的性情与我的格格不入。去大公爵那儿吧，立刻去！千万当心，不要坏了我的计谋！”

父女间的对话到此已经够了。我们由此足以明白，天性温柔的姑娘不停地祈望，恳求，哀哭，但都无济于事，白费了力气。她的这些行为或别的什么情况都打动不了执拗的克鲁根斯坦老爵士。最后，女儿怀着沉重的心情，看到城堡一重重大门在她身后关上了，自己则处在漆黑的夜色中，由一队气势恢宏的武装卫队簇拥着，一队勇猛的仆从跟随着，乘着马车远行了。

女儿离别之后，老男爵沉默不语地坐了好一阵。随后，他转身向着自己悲伤不已的夫人说：“夫人啊，我们的事情看起来进展得挺顺利呢。自从我派遣那位机敏狠毒而又风流倜傥的德茨因伯爵去找兄长的女儿康斯坦斯执行他狠毒的使命，已经有三个月的时间了。他若是失败了，我们还不能算万无一失。他若是成功了，尽管不幸的命运让我们的女儿永远成不了男公爵，可任何力量都无法阻止她成为女公爵！”

“我的内心充满了种种不祥之感。不过，一切还是可能圆满成功的。”

“呸，妇人之见！让猫头鹰叫去①吧！你还是上床睡觉去吧，梦中想着勃兰登堡和荣耀吧！”

---

① 猫头鹰白天隐伏在多叶的树枝上，不鸣叫。夜间外出觅食时叫声洪亮，其目的在于加强同种个体之间的联系，以便觅食，繁殖后代。由于猫头鹰鸣叫时声音难听，迷信之人视之为不祥之兆。

二　欢欣与泪水

前面叙述的事情发生后第六天，富丽堂皇的勃兰登堡公国的首都流光溢彩，军人举行盛典，忠实的民众欢天喜地，热闹非凡。因为大公国的继位人——年轻的康拉德到了。老公爵内心充满了喜悦之情，康拉德仪表堂堂，举止优雅，立刻赢得了他的喜爱。宫廷的大殿里挤满了贵族，他们热烈欢迎康拉德。一切都显得那么令人欢欣和快乐，他的担忧和悲伤正在消逝，随之而来的是欣慰和满足。

但是，宫廷偏僻处的一套房间里，却呈现着另外一番景象。凭窗伫立的是大公爵的独生女儿康斯坦斯小姐。她两眼红肿，噙满了泪水，独自一人。不一会儿，她又哭泣起来，并且大声说道："德茨因那个恶棍跑了——已经逃离了大公国！刚开始时我都不相信，哎呀！千真万确啊！我那么爱他，尽管我知道，大公爵——我的父亲——决不会允许我嫁给他，但我还是大胆地爱他——而现在，我恨他！我对他充满了仇恨啊！噢，我该怎么办呢？我完蛋了，完蛋了，完蛋了！我要疯啦！"

三　枝节横生

几个月过去了。所有人都交口称赞年轻的康拉德治理公国的能力，颂扬他决断英明，量刑充满了仁慈，履行重大职责时内敛谦逊。老公爵很快便把公国的一切事务都交由康拉德来处理，他则端坐一旁，自豪而欢欣地倾听继任者坐在首相位置上发布公国的旨令。显而易见的是，如康拉德这样深受民众爱戴、赞扬和敬仰的人，哪还会有不开心的事？

但令人不可思议的是，他偏偏就是不开心。他惊愕不已地发现，康斯坦斯公主已经开始爱上他了！对于他而言，世上其他人的爱可是幸福美满的好事，但这种爱却充满了危险啊！除此之外，他还发现，兴致勃勃的老公爵也觉察出了女儿的情愫，也开始憧憬起婚姻大事来了。公主脸上那深深的悲伤一天天在消逝，目光中一天天闪烁出希望和活力的光芒。不久之后，那张曾经愁云密布的脸上甚至偶尔会掠过一丝微笑。

康拉德诚惶诚恐。他初来乍到时，同宫里的人素昧平生——他充满忧伤，渴望获得只有女性才能给予和感受到的那种同情——当时，他听命于自己的本能，与同性有了交往。他现在为此而痛恨自己，开始回避堂妹。可这样做只会让事情变得更加糟糕。很自然，他越是回避她，她越是刻意要去与他相遇。刚开始时，他感到很诧异，随即便觉得非常震惊。姑娘缠着他不放，追求着他！无论何时何地，无论白天黑夜，总是与他不期而遇，显得火急火燎，异乎寻常。这其中一定有什么不解之谜。

如此情形，不可能永远持续下去。世人开始议论纷纷了；大公爵开始显得不知所措了；可怜的康拉德担惊受怕，情绪沮丧，变成了一个十足的幽灵。一天，他正从一间与绘画陈列室相连的私室出来，康斯坦斯同他迎面相遇，急忙握住他的双手，激动地大声说："噢，你为何要回避我呢？毫无疑问，我曾经在你心中有着良好的印象。是我做错了什么事——还是说错了什么话，让你失去了好感？康拉德啊，不要鄙视我！可怜一个心灵备受折磨的人吧！我藏在心里的话再也不能忍着不说了，否则会要了我的命的——我爱你，康拉德！你若是一定要鄙视我，那就鄙视我吧！但是，这话我一定要说出来！”

康拉德闭口不言。康斯坦斯迟疑了片刻，随后，由于误解了对方沉默不语的态度，眼里洋溢着无法抑制的喜悦。她猛然用双臂绕着他的脖子说：“你变得温柔了！你变得温柔了！你是可以爱我的——你会爱我的！噢，说你会爱我吧！亲人啊，我顶礼膜拜的康拉德！”

康拉德高声呻吟着，脸色煞白，模样可怕。他像一棵颤杨似的颤抖了起来。不一会儿，他于绝望中一把甩开可怜的姑娘，并且大声说：“你都不知道自己提出的是什么要求啊！这是绝对不可能的！”随即，他像罪犯一样逃跑了。公主留在原地，呆若木鸡，惊愕不已。一会儿后，她呜咽着哭泣起来；康拉德则在自己的房间里呜咽，哭泣。两个人都处在绝望之中，两个人都在体验毁灭的逼近。

过后不久，康斯坦斯缓慢站立起来，走开了。“真是不可想象啊！我觉得自己的爱已经融化了他冷酷的心时，他却鄙视我的爱！我恨他！他轻蔑地拒绝我——此人竟然这样对我——他轻蔑地对待我，就像对待一条狗似的！”

四　骇人事态

时光流逝，大公爵善良的女儿脸上再次满布深深的忧伤。人们现在看不见她和康拉德在一起的身影了。面对如此情形，大公爵悲痛不已。几个星期过后，康拉德的脸上恢复了血色，目光中洋溢着昔日欢乐的神情。他头脑清晰，才智日臻成熟，稳妥地治理着公国的事务。

不久后，人们开始在宫廷附近听到一种怪异的窃窃私语，声音越来越大，范围也越来越广，充斥着城市的街头巷尾，传遍了整个公国——“康斯坦斯小姐生了一个孩子！”

克鲁根斯坦男爵听闻传言后，戴着饰有羽毛头盔的头摇晃了三下，大声吼了起来：“康拉德大公爵万岁！看吧，从今天开始，皇冠已经铁定戴在他头上啦！德茨因把差事办得很圆满。这个机敏狠毒的恶棍理应得到奖赏啊！”

于是，勋爵将这一消息广为散布。连续四十八小时内，男爵领地内所有人们载歌载舞，开怀畅饮，张灯结彩，欢庆这一伟大的事件。欢庆活动的全部费用都由克鲁根斯坦老男爵承担，人们倍感自豪和幸福。

五　灾难突降

法庭审判在即。勃兰登堡所有贵族男爵们全都聚集在公国宫廷的司法大厅内。大厅水泄不通，但凡可以站立或坐下的地方都是人。康拉德身穿紫袍，显示主官尊容，坐在首相座位上，两边坐着的是来自公国的各位大法官。大公爵语气严厉，已经下达命令，对女儿的审判一定不能徇私枉法。随后，他便躺卧在床，伤心欲绝，来日无多。可怜的康拉德犹如保全自己的性命一般，恳求不要让他去审判堂妹的罪行，但无济于事。

聚在一起的人当中，最为肝肠寸断的莫过于康拉德。

最为开心快乐的莫过于他的父亲。在女儿“康拉德”毫不知情的情况下，克鲁根斯坦老男爵来了。他混在贵族当中，正为自己这一族交上了好运而扬扬得意着。

传令官宣布开庭，紧接着履行其他必要程序。尊贵的大法官说：“人犯，站出来！”

不幸的公主站起身，没有戴面纱，站立于众目睽睽之下。大法官继续说：“最尊贵的小姐，您站立在本公国各大法官面前，法庭指控并证实，公主阁下未履行神圣婚约便生下了一个孩子。按照我们公国古老的法律，当处以极刑，除非出现唯一例外的情况，即我们尊贵的康拉德阁下代行大公爵职责，在即将进行的宣判中替您说话。请听好啦！”

康拉德勉为其难，伸出了他的权杖。但就在同一时刻，他紫袍之下的那颗女人之心充满了对已决罪人的怜悯之情，眼里噙满了泪水。他正要开口说话，大法官赶紧说：“不是在那儿，阁下，不是在那儿！除了在大公爵宝座上，其他任何地方对公爵家族成员的宣判都是不合法的。”

可怜的康拉德内心颤抖，他老父亲钢筋铁骨般的身躯也开始抖动起来。康拉德还没有接受加冕呢——他胆敢亵渎那宝座吗？他犹豫迟疑着，吓得脸色煞白。但是，他必须坐在那儿宣布。人们惊叹的目光已经落到他身上了。他再犹豫，人们便要开始怀疑他了。他登上了宝座。不一会儿，他再次伸出了权杖。“人犯，我以勃兰登堡公国君王乌尔里奇大公爵的名义，行使赋予我的庄严职责！注意听清楚我的话！根据本公国古老的法律，除非交代你的犯罪同伙，把他交给行刑人，否则你必死无疑。抓住这个机会吧——趁着还有可能，拯救你自己的性命，说出你孩子父亲的名字!”

宽敞的法庭内一片肃穆——人们沉静不语，都可以听见自己心脏的跳动了。然后，公主缓慢转过身去，眼里闪烁着仇恨，手直接指向康拉德说：“你就是那个人!”

康拉德的内心打了个寒颤，如同感受到死神降临一样惊恐万状。他坚信，自己无能为力、让一切希望破灭的危险降临了。世上还有什么力量能够拯救他啊！为了反证这项指控子虚乌有，他就必须暴露自己的女性身份；而没有接受加冕的女人坐上大公爵的宝座，那是要处以死刑的。就在同一时刻，他和他神情忧郁的老父亲昏厥了，倒在地上。

现在，这个扣人心弦而又案情重大的故事的后续情节不会在此披露了！将来任何时候也不会在任何出版物中披露了!

实际情况是，我已经让我的主人公（或者说女主人公）处于一种特别封闭的境地。我不知道，我如何才能让他（或者说她）重新走出那个空间。因此，我干脆甩手不管了，让人物自己去寻找走出来的最佳办法。否则，他们就待在那儿不动。我原本以为，解决这样一个小小的难题挺容易的，但现在看起来并非如此。

真实故事一则

（本人逐字逐句叙述亲耳所闻）

那是一年夏天。一日黄昏，我们坐在山脊上一幢农舍的前廊上。“雷切尔大婶”坐在我们下方的台阶上，一副毕恭毕敬的姿态。她是我们的仆人，是一个黑人。她人高马大，身体结实，已经六十岁了，但眼睛不花，力气不减当年。她兴致勃勃，热情开朗，如同鸟儿随时鸣唱一样，她遇事便会哈哈大笑。此时此刻，和往常一样，她完成了一天的事务，正处在炮火的攻击之下。也就是说，大家会毫不留情地拿她开涮，并以此逗乐。

她则会珍珠落盘似的发出一串串笑声，然后双手捂住脸坐着，笑得不亦乐乎，身子颤抖，喘不过气来，说不出话来。每逢这样的时刻，我便会突然冒出一个想法。“雷切尔大婶，你活到六十岁了，从来都没有过烦恼。是怎么做到的啊？”

她不再颤抖了，止住了笑声。片刻沉默之后，她扭头看着我，语气中没有笑意。她说：“克先生，您这是说真的吗？”

这话挺让我惊讶。听了后，我的态度和言语都显得庄重了一些。我说：“对啊，我觉得吧——也就是说，我的意思是——对啊，你不可能有什么烦恼。我从来都没听见你长吁短叹来着，你的眼睛从来都在透出笑盈盈的目光。”

她现在把脸差不多全转过来了，一副郑重其事的神态。“我有过烦恼吗——克先生，我来告诉您吧，您自己再去琢磨。我出生在奴隶当中，知道当奴隶是怎么一个滋味。因为我本人就是其中的一个。唉，先生啊，我的老头儿——也就是我丈夫——他爱我，对我很好，如同您对待您的夫人一样，温柔体贴。我们有了一群孩子——七个呢——如同您爱您自己的孩子一样，我们很爱他们。他们皮肤黝黑——老天爷让他们的皮肤有多么黝黑——但他们的母亲很爱他们，决不会抛弃他们。不会，拿世界上的任何东西来换，都不会答应。

“是啊，先生，我是在老福金尼①长大的，但我母亲在马里兰州长大。天哪，谁若是惹怒了她，那可是够吓人的，我的乖乖！她可是会气急败坏，大闹一场啊！她发起脾气来老爱说

① 指美国弗吉尼亚州。

那么一句话。她会挺直了身子，两只手握着拳头放在腰间，然后说：‘我要让你们知道，我可不是出生在烂泥坑里，让一伙垃圾一样的人来嘲笑取乐的！我属于老“蓝母鸡的小鸡儿”，我就是的！’您看看，凡是出生在马里兰州的人都是这样称呼他们自己的，而且引以为傲。是啊，这就是她说的话儿。我是不会忘记的，因为她经常说。而且还因为，有一天我的小亨利手腕弄破了，头也磕破了，正好在脑门子上面，那些黑家伙没有迅速跑过来照管他，而当他们顶她嘴时，她便来火儿了，骂了起来：‘你们可要当心点儿！’她说，‘我想要你们这些黑家伙知道，我可不是出生在烂泥坑里，让一伙垃圾一样的人嘲笑取乐的！我属于老“蓝母鸡的小鸡儿”，我就是的！’然后，她收拾好厨房，亲自给孩子包扎去了。因此，我若是被人惹恼了，也会说那句话的。

“是啊，不久后，我的老东家说她破产了，在当地卖掉了所有黑家伙。我听说他们打算把我们全部送到里士满①去拍卖。噢，天哪！我知道那是怎么回事！”

雷切尔大婶说到兴头上，便慢慢站立了起来。她此时居高临下地对着我们，满天的星星衬托出了她的黑影儿。

“他们给我们套上了锁链，让我们站立在像这个前廊一样的台子上——有二十英尺高——所有人都站立在周围，里三层外三层的。他们登上台子，上下打量我们一番，捏一捏我们的

① 里士满（Richmond）是美国弗吉尼亚州首府。南北战争期间，里士满是当时美国南方联邦的首都。

手臂，要我们站立起来，走几步，然后便说：‘这个太老了’，或‘这个腿脚不灵便’，或‘这个派不上多大的用场’。于是，他们卖掉了我的老头儿，把他带走了。然后，他们开始卖我的孩子，也把他们带走了。我开始哭喊起来。那个人说，‘闭上你的臭嘴’，还给我嘴上来了一巴掌。等所有人都卖完了，就剩下我的小亨利，我把他紧紧搂在怀里，然后站立起来说：‘你们不能把他带走！’我说，‘谁要是碰一碰他，我要了谁的命！’但是，我的小亨利低声说：‘我会逃跑的，然后去做工，再去给您买自由。’噢，上帝保佑孩子啊！他一直就那么心地善良！他们拉住了他——他们拉住了他，那些人干的。我扯住他们的衣服，扯破了几处地方，还拿用锁住我的锁链敲击他们的脑袋。他们也打了我，不过我不在乎。

“是啊，我的老头儿走了，还有我所有的孩子，我所有七个孩子——六个我一直都没有再见面。到上个复活节，已经二十二年了。买我的那个人来自纽伯恩，他把我带到了那儿。是啊，时间一年一年过去了，后来爆发了战争。我的主人是南方军队的一位上校，而我做了他家的厨子。当北方军队攻克那座城镇时，他们全家人都跑掉了，就留下我一个人和那些黑家伙待在那所大房子里。北方军队的大官们搬进了房子，要求我替他们做饭。‘上帝保佑你们啊！’我说，‘我正求之不得呢。’

“他们可不是些小萝卜头军官啊，您可知道，他们可是最大、最大的官呢，对着那些小当兵的吆来喝去。将军要我管着厨房里的事情。‘谁要是来捣你的乱，你就叫他滚蛋。你不要害怕！’他说，‘你现在是同朋友在一起了。’

“是啊，我寻思着，我的小亨利若是逮着了机会逃跑，一定会跑到北方去。当然会这样。有一天，我跑到那些大军官待着的地方，在大客厅里，向他们行了个屈膝礼，跟他们谈到了我的亨利。他们不厌其烦地听我讲述自己的难处，就好像我是白人似的。我说：‘我之所以来问一问，是因为他若逃跑了，去了北方各位长官来的地方，你们说不定会看到他，那你们就可以告诉我，我好把他找回来。他年纪很小，左臂手腕和额头上有伤疤。’他们显得很难过，将军问：‘你和他离别多长时间了？’我回答说：‘十三年了。’将军说：‘他现在不小啦——已经是大人啦！’

“我先前可从来都没有这样想过啊！他在我的心里就是那么一个小娃娃。我根本就没有想过他会长大，长成大人。但是，我这时候明白了。那些先生们没有一位见过他的，谁也帮不上我的忙。不过，那些年当中，尽管我毫不知情，但我的亨利还真是跑到北方去了。一年又一年过去了，他成了理发匠，自己替自己干活儿。后来，战争爆发了，他来了劲儿：‘我不想再理发了。’他说，‘我要去找我的妈妈，除非她不在人世了。’于是，他卖掉了理发铺，跑到了征兵点，给一个上校当仆人。然后，他随着军队转战各地，一路寻妈妈。是啊，确实如此。他伺候了一个又一个军官，找遍了南方各地。但您知道的，我对此毫不知情啊。我怎么会知道这个呢？

“是啊，一天夜里，我们府上举行了一个盛大的士兵舞会。纽伯恩那边的士兵常常会去跳舞，可热闹啦。有很多次，他们在我厨房里跳舞，因为那地方可宽敞啦。您可知道，看到他们这样做我心里很厌烦，因为我那个地方是供军官们使用的。他们普通当兵的在我厨房里面蹦蹦跳跳的，我可烦着呢。不过，我总是站在一旁看着，让他们跳去。我就是这么做的。有时候，他们惹得我实在生气了，我就会责令他们整理厨房。情况就是这样的，我可是实话实说啊。

“是啊，一天夜里——那是星期五的夜里——他们来了整整一个排，属于守卫那幢宅邸的黑人卫队——那宅邸是司令部所在地，这您是知道的——这时候，我可是来劲儿啦！疯狂吗？我只是开心啊！我转啊，转啊，跃跃欲试，就想要他们领着我也跳起来。他们和着华尔兹舞曲跳舞！天哪！他们玩得可痛快啦！我一直在转啊，转啊！不一会儿，有那么一个英俊帅气的黑人小伙子搂着一个黄皮肤的丫头在房间里转着，一直转啊，转啊，看着简直会让人陶醉。当他们跳到我身边时，好像为了保持身子平衡，一会儿跷起这条腿，一会儿又跷起那条腿。他们看到我的大红围巾后笑了，拿我打趣来着。我此时来脾气了：‘滚你们的！——杂种！’突然间，那年轻人脸色变了。不过，只有那么一会儿；紧接着，又和原先一样笑了起来。是啊，大概就在这个时候，来了几个乐队里奏乐的黑人。他们不管到达什么地方，都会耀武扬威摆架子。那天夜里，他们就那样神气活现来着。我故意惹上了他们！他们哈哈大笑起来，我便发火儿了。其他黑家伙也哈哈大笑起来，我振作起了精神，火爆脾气上来了！我的眼睛里充满怒火，挺直了身子——就如同现在这个样子，头都要顶着天花板了——我握紧拳头放在腰间，并且说：‘你们可要当心点儿！’我说，‘我想要你们这些黑家伙知道，我可不是出生在烂泥坑里，让一伙垃圾一样的人嘲笑取乐的！我属于老“蓝母鸡的小鸡儿”，我就是的！’这时候，我看见那个年轻人站立着，眼睁睁看着，身子僵在那儿，好像忘记了什么，一时间想不起来了。是啊，我对着那些黑家伙步步紧逼——模样像个将军似的——他们在我面前后退，逃到门外去了。而当那个年轻人出去时，我听见一个黑人喊道：‘吉姆！’他喊了一声，‘你先走吧！告诉上尉说我大概明天早上八点返回。我有事情要处理！’他说，‘我今晚再也睡不着了。你走吧，’他说，‘别管我。’

“这时已是凌晨一点钟了。是啊，大概七点钟时，我就得起来替军官们准备早餐。我正在炉子边弓着身子——就像这样，就拿您的脚当炉子吧——我用右手把炉门打开——就像我推您的脚一样，推开炉门——我手上端着一盘热面包，正要抬起头来，突然看见一张黑面孔凑到我的脸下面，双眼盯着我看，就像我现在盯着您的脸看一样。我就那样停在那里，一动不动！就这么盯着看，盯着看。我手上的盘子抖动着。突然间，一切都全明白了！装面包的盘子掉落到了地上，我抓住他的左手，卷起他的袖子——就是这样的，如同我卷起您的袖子一样——然后，我把目光移到他的前额，把他的头发往上推，就是这样的。‘孩子啊！’我喊了一声，‘你若不是我的亨利，你手腕上的这道疤痕和脑门上的这道疤痕是怎么回事啊？感谢上帝啊，我又见到我的儿子啦！’

“噢，不，克先生！我没有什么烦恼，但也没有什么欢乐啊！”

一段奇特的经历

以下故事，是那位少校讲述给我听的。我尽可能原原本本地将它回忆起来。

1862 年至 1863 年冬季，我在康涅狄格州新伦敦①的特拉姆布尔要塞担任司令官。我们在那儿的生活或许不如在“前

① 新伦敦（New London）是美国康涅狄格州一个城市，东临泰晤士河，南临长岛海湾。1646 年建立，1784 年设市。是该州最早的两个城市之一（另一个为纽黑文）。

线”那样充满活力，但那儿有那儿独特的情况，其实也是够充满活力的——大家的大脑并没有因为那儿缺乏刺激的东西而凝固到一块儿。拿一件事来说吧！当时，整个北方都充斥着神秘莫测的谣传。谣传说，叛军间谍神出鬼没，渗透到了每一个地方，准备要炸毁我们北方的一座座要塞，烧毁一家家旅馆，把传染疾病的衣服运送到我们的一座座城镇——诸如此类的情况。您记住这一点！这一切足以使我们提高警惕，保持清醒，打破驻防生活中惯有的那种枯燥乏味的状态。此外，我们那个要塞还是一个新兵招募站——这就是说，我们根本就不能把时间浪费在打盹儿、沉浸梦境或无聊闲逛上。是啊，尽管我们时刻警惕着，但每天招募来的新兵还是有百分之五十从我们手上遗漏，当晚就开了小差。入伍服役的津贴很是可观，一个新兵为了逃跑，可以拿出三四百美元来贿赂哨兵。如此之后剩余的津贴还是很可观，对于穷苦人而言，也算得上一笔财产啦。是啊，正如我先前说过的，我们的生活并不沉闷。

对啦，有一天我独自在营房写东西，一个十四五岁的少年走了进来。只见他脸色苍白，衣衫褴褛，有模有样地鞠了一躬，然后说：“我相信，新兵是在这儿招收的吧?”

“对啊。”

“您能够收下我吗，长官?”

“天哪，不行啊！你年纪太小了。孩子啊，个头儿也太小了。”

他脸上现出失望的表情。很快，表情进了一步，显得垂头丧气了。他缓慢地转过身，好像要离开的样子；犹豫了一下后他再次面对我，然后说话了，语气深深地打动了我。“我没有家了，举目无亲。您若是能够把我留下来，该有多好啊！”

当然，这是绝对不可能的。我尽可能语气和蔼地表达这个意思。我随即请他在火炉旁坐下来暖暖身子，然后补充说：“我这就去给你弄点儿吃的。你一定饿了吧？”

他没有回答。其实，用不着回答。他那双目光柔和的大眼睛里洋溢着的感激之情，比任何言辞都更能传情达意。他在火炉旁坐下来，我继续写东西，时不时偷偷瞥他一眼。我注意到，他的衣服和鞋子虽然邋遢破旧，款式和质地却都很好。这个情况挺耐人寻味的。除此之外，我还发现，他说话的声音低沉而又悦耳，眼睛深沉而又忧郁，态度和谈吐显得很优雅。很显然，可怜的少年一定是遇上了什么麻烦了。据此，我对他发生了兴趣。

不过，我慢慢把注意力又集中到手头的事情上了，完全忘了那个少年。我不清楚这一情况持续了多长时间。最后，我抬头看了一眼。少年侧脸背对着我，我可以看见他一边的脸颊——一行无声的泪水正顺着脸颊往下流。

“天哪！”我心里想，“我竟然忘记了这个小可怜正饿着肚子呢。”我随即对自己的残忍行为作出了补救：“来吧，孩子！和我一块儿吃饭吧！今天这里就我一人。”

他再次看着我，充满了感激，脸上露出了快乐的表情。到了餐桌旁，我站立着，两只手扶着椅子。待我坐下之后，他才坐下。我拿起刀叉——是啊，我只是举着。因为孩子低着头，在无声地表达着感激之情。这时候，我的心中涌起了关于家乡和童年无数圣洁的回忆。我不禁感慨不已，想到自己不断漂泊，远离了宗教，远离了宗教给予受伤的心灵带来的医治、安慰、解脱和支持。

我们用餐的当儿，我发现小威克鲁——罗伯特·威克鲁是他全名——知道如何使用餐巾，还有——是啊，总而言之，我发现，他是一个很有教养的孩子。具体情况就不说了。他也很淳朴、坦率，这一点也很合我的意。我们谈话的主要内容是关于他的情况，我轻而易举就让他说出了自己的身世。他说道，他在路易斯安那州出生长大。这时候，我对他更加有了亲近感，因为我曾在那儿待过一段时间。我对密西西比河“海岸”区域很熟悉，也很热爱，离开那儿也不算太久，兴趣还没有淡下来。他嘴里说出的一个个名字让我听起来舒心惬意——心里十分快乐，我有意把话题引到某些方面，让他说出来：巴吞鲁日、普拉克明、唐纳森维尔、六十英里点、博纳特卡雷、大码头、卡罗尔顿、轮船码头、汽船码头、新奥尔良、乔皮托拉斯街、海滨空地、邦昂方大道、圣查尔斯旅馆、蒂沃利圆环、谢尔大道、蓬查特兰湖。我很开心再次听人说起那些船只——“李将军号”“纳切兹号”“日蚀号”“奎特曼将军号”“邓肯·肯纳号”，还有其他一些很熟悉的汽船。如同再次返回那儿一样温馨，这些名字所代表的一切生动形象地再次呈现在我心中。下面简略叙述一下威克鲁的身世。

战争①爆发后，威克鲁同他生病的姑姑、父亲一块儿住在巴吞鲁日附近。那是一个广袤而又富庶的种植园。种植园属于他们家族已有五十年之久。他父亲是联邦政府的支持者，受尽了各种各样的迫害，却对自己设定的原则矢志不移。一天夜里，一伙蒙面人烧毁了庄园，他们一家人只好逃命去了。他们辗转各地，一直被人追踪，尝尽了贫穷、饥饿和困苦的滋味。生病的姑姑最后得到了解脱——艰难困苦和颠沛流离的生活剥夺了她的生命。她是在一片空旷的田野上离开人世的，像个流浪者，雨水打在她的身上，雷声响彻在她的头顶。不久过后，父亲被一伙武装匪徒抓住了。少年不停地告饶求情，但做了俘虏的父亲还是当着少年的面给绞死了。（说到这儿，少年眼中掠过悲愁的光芒。他像是在自言自语："我若是不能应征入伍，也没有关系——我会寻找到出路——我会寻找到出路的。"）匪徒宣布他父亲死亡之后，又对他说，不在二十四小时之内离开那个地区，就会有他受的。当天夜里，他潜逃到了河畔，藏匿在种植园码头附近。不久过后，"邓肯·肯纳号"

① 此处指美国南北战争（又称美国内战，American Civil War，1861 – 1865）。它是美国历史上最大规模的内战，参战双方为北方的美利坚合众国（联邦）和南方的美利坚联盟国（邦联）。战争的起因是南方十一州因亚伯拉罕·林肯（Abraham Lincoln，1809 – 1865）于1861年就任美国总统而陆续退出联邦，另成立以杰斐逊·戴维斯（Jefferson Davis，1808 – 1889）为"总统"的政府，并驱除了驻扎在南方的联邦军队，林肯总统下令攻打叛乱诸州。战争的结果是北方取得胜利，南方重建。奴隶制在南方被废除，对日后的美国社会产生了巨大影响。

停泊在那儿。他游了过去，躲藏在大船后面拖着的小船上。天还没亮，大船抵达了大码头，他溜上岸去。码头距离新奥尔良有三英里远，他步行去了好孩子街一个叔叔家里。这时候，他的苦难才算暂时告一段落。但他的叔叔也是联邦政府的支持者。没过很长时间，他叔叔作出决断，最好离开南方。于是，他和小威克鲁一道搭乘一艘帆船悄然离开了，终于抵达了纽约。他们下榻在阿斯特尔旅馆。小威克鲁暂时享受着一段愉快时光，来回漫步在百老汇大街①，见识了许多北方奇特的景致。可到头来，变故发生了——不是朝着好的方向。叔叔开始时倒是满心欢喜，现在却忧愁和沮丧起来了。此外，他变得神情忧郁，动辄生气，总是谈到钱会花出去却没办法挣进来——“供养一个人都不够了，更不要说供养两个人啦。”有一天早晨，他人都不见了——没回来用早餐。孩子到柜台处打听了一番，对方告诉他说，叔叔头天晚上就结过账了，现在应该离开了——旅馆职员认为，他是往波士顿去了，但不能确定。

少年独自一人，举目无亲。他不知道该怎么办，却认定自己最好一路跟随，去寻找叔叔。他到达汽船码头才知道，口袋里那一点点钱不够支付到波士顿的路费。不过，他可以到达新伦敦。他选择了那条航线到达新伦敦港，并决定相信上帝的保佑，帮助他完成剩下的行程。他在新伦敦街头徘徊了三天三

① 百老汇大街（Broadway）是纽约一条南北向的重要街道，南起巴特里公园，由南向北纵贯曼哈顿岛。由于此路两旁分布着为数众多的剧院，是美国戏剧和音乐剧的重要发祥地，“百老汇”因此成为了音乐剧的代名词。

夜，依靠人们发善心到处弄点儿吃的，找个地方打个盹儿。最后，他彻底放弃了，勇气和希望都没有了。要是能被允许参军入伍，谁都不会比他怀有更深的感激之情了。即便不能当士兵，他能不能当鼓手呢？啊，他一定会拼命干活儿，让人高兴，他自己则会满怀感激的！

是啊，以上就是小威克鲁的身世。除了细节，内容是他原原本本告诉我的。我说：“孩子啊，你现在置身于朋友中间啦——你不需要再担心什么了。”他的眼睛顿时闪亮了！我把约翰·瑞博恩上士叫了进来——他是哈特福德人，现在住在哈特福德。你或许认识他呢——然后说：“瑞博恩，把这个孩子领到乐队的乐手那儿去吧！我准备招收他为鼓手。我想要你来照顾他。注意，大家要善待他。”

是啊，当然啦，要塞司令官和少年鼓手之间的交流此时结束了。但是，我的心里一直记挂着那个可怜的无依无靠的少年。我一直都留心着，希望看见他脸上露出喜色，开心快乐起来。但是，没有用。日子一天天过去了，情况没有任何变化。他不同任何人交往，总是心不在焉，总是一副沉思的样子，脸上一直挂着悲伤。一天早晨，瑞博恩请求跟我单独交流一下。他说：“但愿我没有冒犯您，长官。实际情况是，乐手们十分着急。看起来，必须有人出面说话了。”

“呃，什么情况啊？”

“是关于威克鲁那个孩子的，长官。乐手们可厌恶他了，那种程度您简直难以想象。”

“好的，接着说！接着说吧！他都干什么啦？”

“总在祈祷，长官。”

“总在祈祷?!”

“是的，长官。那孩子不停祈祷，乐手们不得安宁。他每天早上做的第一件事就是祈祷，中午也是祈祷，晚上——啊，一个又一个晚上，他简直就像着了魔，搅得他们无法安宁！睡觉？天哪，他们根本无法入睡啊！套用一句俗话来说，他控制了说话权。他一旦让祈祷的风车转起来，简直就无法停下来了。他从乐队队长开始祈祷，随后找到号手领头的，为他祈祷，然后找到低音鼓手，引得人家也祈祷起来。如此这般，整个乐队轮了个遍，全都替他们祈祷一遍。看他那兴致勃勃的样子，您还会以为他感觉自己将不久于人世了，而且相信升天时不带一支乐队去，他会不开心的。所以，他想要亲自挑选乐队，以便依靠他们奏响国歌，同那个场面相得益彰。对啦，长官，猛然朝着他扔靴子都没有用啊——里面漆黑一团的。还有啊，无论如何，他都不是堂堂正正地祈祷，而是跪在那面大鼓的后面。因此，即便他们把靴子像下雨一样朝他扔过去，也等于没扔，他无动于衷——照样用柔和的颤音祈祷着，如同大家在给他鼓掌喝彩似的。大家高声嚷嚷起来：‘噢，住嘴吧！’‘还让不让我们休息呀！’‘把他给毙了！’‘噢，滚出去！’诸如此类。但那管什么用呢，干扰不了他。他才不在乎呢。”停顿片刻后，上士接着说，“他也是个心地善良的小傻瓜啊！次日早晨起床后，他会把那满地的靴子捡回去，一双一双挑出来，放回原处。朝他扔靴子的次数太多了，整个乐队的靴子他全都认得出来了——即便闭上眼睛，他也能分辨清楚。”

又是一阵停顿。其间，我忍住了，没有插话。

“最伤脑筋的是，他做完了祈祷，开始扯起嗓子唱起来。对啦，您知道，他说话的嗓音悦耳动听。您知道，那嗓音可以引得一条铁铸的狗跑下门口的台阶去舔他的手呢。关于这一点，您若是接受我的看法，长官，相对于他唱歌，说话的声音就差远啦！比起那孩子的歌声，笛子吹出来的音乐都显得刺耳。噢，他置身于黑暗中，犹如潺潺的流水声那样轻柔地歌唱，甜美而低沉，让您感觉如在天堂享受天籁之音呢。”

“这怎么会是‘伤脑筋’的事呢？”

“啊，正是啊，长官。您听他唱吧！

正像我一样——贫穷、受苦、眼瞎——

“您只要听他唱一次，看看您会不会受到感动，眼含泪水！我不在乎他唱什么内容，那可是直接渗透到您的心灵啊——深深地触及您的要害——每次都令您感动不已！您就听他唱吧！

有罪和悲伤的孩子啊，内心充满了恐惧，
不要等待到明天，你今天就屈从了吧！
来自上苍的爱
不要辜负了——

“听过之后，人们会觉得自己是世界上最最邪恶、最最忘恩负义的畜生。他给他们唱起那些歌曲，那些关于家乡、关于母亲、关于童年、关于昔日的记忆、关于逝去的事物和关于离世的老朋友的歌曲。这时候，歌声让您人生当中爱过但一去不复返的事物呈现在您面前——听着歌声，多么美妙啊！多么神圣啊！长官——但是，天哪，天哪，令人肝肠寸断啊！整个乐队——是啊，他们全都哭起来了——每个家伙都哭出声来了，也不想加以掩饰。首先，您得知道，朝着那孩子扔靴子的人猛然间又从床上跳下来，从黑暗中跑过去拥抱他呢！是啊，他们就是这样做来着——还满嘴口水地亲吻他，用亲昵的名字称呼他，请求他原谅他们。就在那个时刻，若是有一个团的人想要伤害那个小可爱一根头发，他们准会去同那一个团去拼命。即便是一个军团，也会如此！”

又是一阵停顿。

“说完了吗?”我问了一声。

“说完了，长官。”

“啊，这样啊。那有什么可抱怨的呢?他们想要干什么呢?”

“干什么?对啦，天哪，长官！他们想要您出面阻止他唱歌啊。”

“想什么呢！你刚才说，他的歌声是天籁之音。”

“正是这样啊。它太过神妙啦。俗身凡胎听了后，是受不了的。那歌声令人兴奋不已，简直会把人内心都掏出来，把人的情感搅得粉碎，弄得很不舒服，觉得自己很邪恶，除了下地狱去受苦，哪儿都不配去。他的歌声让人永不停息地忏悔，感觉一切都索然寡味，人生中得不到任何安慰。然后，那个哭泣声，您知道——每天早晨，他们都羞于彼此见面。”

“是啊，这是一件很奇怪的事情，也是一个很奇特的抱怨。这么说来，他们确实想要让那歌声停止吗？”

“是这样，长官！他们就是这么想来着，并不想提什么过分要求。他们当然希望够强势地让他停止祈祷，或者至少限制在一定程度上。不过，主要问题还是唱歌。若是能够抑制那歌声，他们觉得，祈祷倒是还能忍受，虽说那样的祈祷方式也挺折磨人的。”

我跟上士说了，我会考虑这事的。当天夜晚，我悄然潜入乐队住处，听了听动静。上士报告情况时没有言过其实。我听见祈祷声在黑暗中恳求着，听见了那些心烦意乱的人骂骂咧咧的声音，听见那靴子像雨点一样在空中扔过去时发出的飕飕声，还有靴子击打在鼓上发出的咚咚的声音。眼前的情形让我深有感触，也让人觉得很有趣味。没过多久，一阵扣人心弦的沉默后，歌声响起来了。天哪，歌声忧郁凄婉，令人陶醉！世上没有任何声音会如此甜润，如此优雅，如此温柔，如此圣洁，如此感人。我在那儿待的时间很短促，就感受到了一种同要塞司令官身份不相符的情感。

翌日，我发布了命令，禁止祈祷和唱歌。随后三四天中，大量新兵骗取了入伍津贴后开了小差。我情绪激动，义愤填膺，根本不曾想起少年鼓手的事来。一天早晨，瑞博恩上士来了。“那个新来的孩子的行为很不可思议啊，长官。”

“怎么啦？”

“啊，长官，他一直都在写东西呢。”

“写东西？他写什么呢——写信吗？”

“我不知道啊，长官。他一下岗，便独自在要塞徘徊，张望——我可以保证，要塞没有哪个角落是他没有光顾过的——过不了一会儿，他便会拿出铅笔和纸张，草草地写下些什么。”

听到这个情况后，我很不愉快。我本想对此嘲笑挖苦一番，但当时不是嘲笑挖苦任何情况的时候。此事但凡有些许可疑，都不便这么做。我们当时身处北方，面对周围发生的所有事情都要提高警惕，小心提防。我想起了这样一个耐人寻味的事实，即那个孩子来自南方——来自最南端的路易斯安那州——有了这个想法后，我心里反而不托底了。好一阵纠结、痛苦之后，我才给瑞博恩下达了命令。我感觉好像父亲要跟孩子过不去，要让他忍受屈辱和伤害。我嘱咐瑞博恩不要声张，注意观察，在孩子不知情的情况下想方设法弄到他写的东西给我看。我责令瑞博恩不要轻举妄动，以免孩子发觉被人监视了。我还命令说，要让孩子享受平常拥有的自由，但当他外出到镇上去时，要有人在一定距离内跟踪。

随后两天里，瑞博恩向我报告了几次。没什么进展，那孩子还是不停地写着什么。每当瑞博恩出现在附近时，他都会漫不经心地把纸张放进口袋。他去过镇上一座废弃不用的旧马厩两次，待上一两分钟便又出来了。我们不可轻视这样的情况——此事是不祥之兆。我心里不得不承认，自己开始有点儿忐忑不安了。我进到私人住处，派人把副司令官叫来。他是一位有智慧、善决断的军官，是詹姆斯·韦伯将军的儿子。他也惊讶不已，深感不安。我们针对此事进行了一次长谈，最后作出决断，应该展开秘密搜查。我决定亲自负责实施这个行动。因此，我吩咐人凌晨两点把我叫醒。不一会儿，我便到了乐队队员的住处。我在那些人的鼾声之中匍匐在地，向前爬行。最后抵达了那位酣睡的流浪者床边。没有惊醒任何人，我拿到了他的衣服和用具盒，又悄无声息地往回爬。我返回住处时，韦伯已经等在那儿了。他火急火燎的，想要知道结果。我们立刻着手行动。查看过衣服后，我们失望了，只在口袋里找到空白纸张和铅笔。此外，除了一把折刀和小孩儿常常藏匿起来当作宝贝、其实毫无用处的乱七八糟的东西，什么都没有。我们满怀希望地查看那个用具盒。里面也是什么都没有，只有一道对我们的训斥！——一本小开本《圣经》的扉页上写着："不知名的先生，请看在他母亲的分上，善待我的孩子吧！"

我看着韦伯，他垂下了眼睑。他看着我，我也垂下了眼睑。我们谁也没有开口说话。我怀着一颗虔诚的心把《圣经》放回原处。不一会儿，韦伯站起身离开了，一句话也没说。过了一会儿，我振作起精神，接着去完成棘手的工作，把那些私自攫取的物品放回原处。还和先前一样，我匍匐着爬回去。看起来，这样的姿势对于我所从事的行为很是相得益彰。

该做的事情已经做了。说老实话，我心里有说不出的高兴。

翌日中午时分，瑞博恩来了，和平常一样来报告情况。我打断了他的话："这件瞎胡闹的事情到此为止吧。那个可怜的小孩儿对于我们而言，就像一首赞美诗，对我们毫无妨碍，我们却把人家当作妖怪。”

上士露出惊讶的表情说：“是啊。您知道，这可是您的命令啊，长官。我手上已经拿到了他写的东西了。”

“写了些什么？你是如何拿到手的？”

“我悄悄透过门的锁孔窥视，看见他在写东西。估计他写得差不多了，我便小声咳嗽了一下。我看见他把写过的纸条揉成一团后扔进火里，一边还东张西望，看看是否有人来了。他随即平静下来，露出一副舒心惬意和漫不经心的样子。我进了房间，开开心心同他一块儿待着，吩咐他去跑腿儿。他丝毫没有不自然，立刻离开了。炉子里烧的是煤炭，而且是新生的火。写了字的纸条被扔在一个大煤块后面，不容易看见，但我把纸条取出来了。这就是，还没怎么烧坏呢。您看看吧！”

我瞥了一眼纸条，看到了一两句话。我随即吩咐上士，要他去把韦伯找来。纸条上的内容完整如下：

特拉姆布尔要塞，八号。

上校，我上次开列的单子结尾处提到了三门大炮，口径我给弄错了。大炮是放十八磅炮弹的，其余的和我描述的一样。炮台的情况还和上次报告的没有差别，只是先前准备调往前线的两个轻步兵连眼下还是暂时驻扎在此——无法搞清楚要驻扎多长时间，现在只知道这些。不过，很快就会弄清楚的。考虑到全盘情况，我们相信，事情最好还是往后拖一拖，直——

写到这儿中断了——瑞博恩这时候咳嗽了一声，他便停下了。得知这样一种冷酷无情的卑鄙行径后，我对那孩子全部的爱怜之情，对他的全部敬意，对他可怜境遇的怜悯之心，顷刻间消失了。

不过，我们先不管这件事。我们现在面临的事态，也是需要我们立刻充分关注的事态。我和韦伯进行了反复考虑，反复斟酌。韦伯说："他被打断了，真是可惜啊！有什么行动必须向后拖一拖，直到——什么时候？那个行动是什么呢？他可能会提到的。外表虔诚的卑鄙小混蛋！"

"说得没错。"我说，"我们未能识破一次骗局。信里说的'我们'指谁呢？是要塞内的同谋还是外界的什么人呢？"

这个"我们"意味深长，令人看后很不舒服。不过，在这上面猜来猜去不值得，我们要着手解决更加现实的问题。首先，我们决定设置双岗，实行最严厉的监视。其次，我们想把威克鲁找来，让他交代所有情况。但这不是最明智的做法，一定要等到其他方法都不奏效了才可以实施。我们一定要获取更多的文字材料。为了达到这个目的，我们开始筹划。随后，我们想出了一个办法：威克鲁从不去邮局——说不定那座废弃的马厩就是他的邮局。我把那位信得过的文书找来——一位德国小伙子，名叫斯特恩，天生是块干侦探的料——告诉了他事情的原委，责令他去调查清楚。不到一个小时，我便得到了消息，威克鲁又在写东西了。不一会儿，有消息说他要请假去镇上。我们让他滞留了一会儿。在这期间，斯特恩赶紧出发，先行藏在马厩里。不久后，他看见威克鲁信步走了进去。他东张西望了一番后，把什么东西藏在一个角落的垃圾下面，接着便逍遥自在地离开了。斯特恩急忙起获了它——一封信——把它交到了我们手上。上面没有收信人的姓名、地址，也没有写信人的落款。它复述了我们已经看到的内容，后面接着写了：

我们认为，行动向后再拖一拖，等到那两个连调离了再说。我指的是，这儿内部的四个人都是这么认为的。不过，还没和其他人联系——担心引起人家注意。我说四个人，是因为我们已经少掉了两个。他们刚刚应征入伍，混了进来，便被调往前线了。我现在迫切需要再有两人来接替他们。调离的那两个是来自三十英里点的兄弟俩。我有至关重要的事情要告知，但不能使用通信方式，要启用其他联络方式。

"这个小恶棍！"韦伯说，"谁曾想到他竟然是个间谍啊？不过，我们先不去管这个。我们先把已经掌握的情况综合起来分析一下。首先，我们已经知道了，我们中间有了一位叛军的间谍。其次，我们中间还有三位间谍，但不知道是谁。第三，那些间谍前来应征参加联邦政府的军队，成为士兵。通过这样简单便捷的方式混入我们中间——很显然，有两个人吃亏了，被我们调往了前线。第四，'外面'有间谍助手——数量不详。第五，威克鲁有要事报告，但他不敢启用'现行方式'——打算'试一试其他联络方式'。目前的情况就是这样。我们该把威克鲁抓起来、迫他招供呢，还是逮住取走马厩里那封信的人，再迫使他说出实情？还是我们先不动声色，等到获取了更多情况再说？”

我们决定采用最后那种方式。我们确认，现在还没必要采取紧急措施。情况很明显，阴谋分子很可能要等那两个轻步兵连调离后才会有所行动。我们授予了斯特恩充分的权力，吩咐他想方设法查清威克鲁的“另一种联络方式”。我们打算玩一场冒险的游戏。为了实现目的，我们仍然使用尽可能不打草惊蛇的策略。因此，我们责令斯特恩立刻返回马厩。一旦确认周围环境安全，他便把威克鲁的信放回先前藏匿的地方，等到阴谋分子前来取信。

夜幕降临了，未见任何动静。夜间天气寒冷，漆黑一片，雨夹着雪，凛冽的寒风呼啸着。我从温暖的被窝爬起来几次，亲自出去巡视，看看一切是否正常，每个岗哨是否足够警惕。我看到，他们全都大睁着眼睛，很警觉。很显然，到处都在悄然传播神秘危险的传言，而设置双岗则是那些传言的佐证。有一次接近黎明时，我遇见了韦伯。他顶着寒风，一直向前走。我这时才知道，他也巡视好几次了，看一切是否正常。

翌日发生的事，在一定程度上推动了事态的进展。威克鲁又写了一封信。斯特恩赶在他前面到达马厩，看见他把信藏匿了起来。威克鲁一走开，斯特恩便起获了那封信，然后溜出马厩，跟踪那个小间谍，与他保持一定距离。他们还安排了一位便衣侦探跟随在他身后。我们觉得，明智的做法应该是，只要有需要，随时可以得到法律上的援助。威克鲁去了火车站等待，直到从纽约开过来的火车进站。他密切注视着从车厢拥下来的人群的脸庞。不一会儿，一个上了年岁的绅士戴着绿色护目镜，手上拄着拐杖，一瘸一拐地向前走去。随后，他停留在威克鲁附近，开始环顾四周，充满了期待。片刻过后，威克鲁冲向前，把一个信封塞到老绅士的手上后便开溜了，消失在人群当中。紧接着，斯特恩一把夺过那封信。他急匆匆从侦探身边走过时说："跟着那位老绅士——别让他在视线中消失。"斯特恩随即顺着人群匆忙跑开了，径直返回了要塞。

关了门，我们坐了下来，吩咐门外的哨兵不许任何人打搅。我们先拆开马厩里起获的那封信。内容如下：

> 神圣联盟在平常的那尊大炮里找到了昨晚留在那儿的主人的命令。该命令宣布，先前从次一级机构获得的指令无效。已经在大炮处留下了平常的信号，表明命令已经到达该接受者手中——

韦伯插话说："那孩子现在不是持续受到监视了吗？"

我说："是这么回事，自从起获他上一封信后，他便受到严格监视了。"

"既然如此，他怎么能够把东西放到大炮里去，或从那儿取走什么东西而又没被人逮住呢？"

"是啊。"我说，"我看情况不是很妙啊。"

"我也觉得情况不妙。"韦伯说，"事情明摆着，说明我们的哨兵当中有同谋。没有他们的暗中配合，事情不可能成功得了。”

我派人把瑞博恩找来，命令他仔细查看炮台，看看能否发现什么。我们接着读信：

> 新的命令坚决果断，要求 MMMM 明天凌晨三点到达 FFFFF。两百人的兵力分成若干队伍乘火车或其他交通工具从四面八方到来，准时到达规定地点。我拟今天发出信号。很显然，胜券在握。但一定走漏消息了，因为这儿已经设置了双岗。两位长官昨天夜间外出巡视了几次。W. W. 今天会从南方过来，会收到密令——通过其他方式。你们六人一定要在凌晨两点整抵达 166 号。你们可以在那儿找到 B. B.。他会给你们具体指示。口令和上次一样，只是需要倒过来——开头的音节放置到末尾，末尾的音节放置到开头。记住 XXXX，一定不要忘记了！一定要沉着，冷静！不等明天的太阳升起，你们就是英雄啦！你们的英名将永载史册。你们将给历史增添不朽的一页，阿门！

“真是厉害呀！”韦伯说，“照我看来，我们面临的形势很严峻啊！”

我说，是的，只不过形势变得更加严峻罢了。“很显然，他们已经孤注一掷了。今晚是他们预定的时间——这一点也是明摆着的。他们采取行动的确切性质——我指的是方式、方法——藏匿在那些意义不明的 M 和 F 当中。根据我的判断，他们的目的是要来个措手不及，一举拿下要塞。我们现在必须采取迅速果断的行动。我认为，对付威克鲁，秘密方式已经起不到作用了。我们必须知道，且要尽快知道‘166 号’的确切位置。这样一来，我们凌晨两点便可把那伙人一举歼灭。毫无疑问，得到这个消息最便捷的方式就是逼迫那个孩子说出来。首先，我必须把这个情况报告国防部，请求获得处置权。”

紧急军情编成了密码，准备通过电报发过去。我看过了电报内容，表示认可，然后便发送了。

我们随即结束了关于那封信的讨论，再打开从瘸腿绅士手上抢过来的另一封。信封内只装有两张空白纸，别的什么也没有！我们本来充满了渴望和期待，这无异于给我们泼了一瓢冷水。一时间，我们脑袋一片空白，如同那空白信纸一样，完全不知所措。但这种情形只持续了片刻。当然啦，我们马上想到了“隐显墨水”。我们把信纸凑近火边去烤，盼着在热量的作用下文字能够显现出来。但除了几条模糊不清的线条，什么也没有，而我们对线条的含义一无所知。我们随后把医生叫来，命令他用熟悉的各种方法进行试验，直到弄清楚情况；一有结果，便要立刻把信的内容报告给我。事情卡在这个关口上可烦人啦，我们自然会因为这个延误而不爽。因为我们信心满满，期待着从信中获得有关这次阴谋的重大秘密。

这时，瑞博恩上士到了。他从口袋里掏出一段大概一英尺长的麻绳，中间打了三个结。他拿起绳子给我看。“这是我从水边一门炮里取出来的。”他说，“我把全部炮栓都取下来了，查看了每一门炮，但只看到了这段绳子。”

这段绳子就是威克鲁的“信号”，用以表明“主人”的命令准确送达了。我发出命令：过去二十四个小时内在炮台附近值守过的哨兵立刻单独关禁闭！未经我的允许，不得相互交流。

这时，国防部部长的电文来了。内容如下：

暂停人身保护权。全镇实行军事管制。必要时可以逮捕嫌疑人。行动要果断有力。有情况随时通报国防部。

我们现在可以采取行动了。我派人悄然逮捕了瘸腿绅士，将他带回要塞。我派人看守他，禁止他跟人交流。他起初情绪激动，但很快就泄气了。

后来又有消息传来，说有人看见威克鲁把什么东西给了新招募来的两位士兵。因此，他刚一转身，那两个人便被抓住并关押起来了。每个人身上都搜出了小纸片，上面用铅笔写着：

老鹰第三次飞行

记住 XXXX

166

遵照国防部指令，我给国防部发去了密电，报告事态进展，也描述了纸条内容。看起来，我们现在处于十分强势的地位了，可以大胆揭下威克鲁的假面具了。于是，我派人去找他。我还派人取回了那封用“隐显墨水”写的信。医生随信附了一个说明，说经过多次试验，密信还是未被破解，并说还有其他方法可用，他可以应我的吩咐一一试用。

不一会儿，威克鲁进来了。他有点儿面容憔悴，表情焦虑，但态度很平静，很自如。即便他觉察出了什么，也没有在表情和态度上显露出来。我先让他站立了一会儿，然后态度亲切而和蔼地说：“孩子啊，你怎么老往那个旧马厩跑呢?”

他露出一副天真的表情，毫不显得窘迫，回答说：“这个呀，我也不知道啊，长官。没什么特别的理由，只是我喜爱独处来着，一个人在那儿找点儿乐子。”

“你在那儿找乐子，对吧?”

“是啊，长官。”他回答说。还和先前一样，一副天真无邪的表情。

“你就只是在那儿干这个吗?”

“是啊，长官。”他说，抬起头来看着我，温柔的大眼睛里充满着稚气而又惊讶的神情。

“你确定吗?”

“不错，先生，确定。”

我停顿了片刻，说：“威克鲁，你为何老写东西呢?”

“我吗?我并没有写什么呀，长官。”

“你没有?”

“对啊，长官。噢，您若是指乱涂乱画来着，那我倒确实涂画了一些东西。就是好玩呗。”

“你那些乱涂乱画的东西都干什么去啦?”

“没干什么呀，长官——扔掉了。”

“从来没有送给哪个人吗?”

“没有啊，长官。”

我冷不防把那封写给“上校”的信凑到他面前。他略微怔了一下，但立刻平静了下来，脸颊上泛起了一丝红晕。

“那样的话，你为何要把这个送出去呢?”

“我从——从来都没有任何坏心眼啊，长官!”

“从来没有任何坏心眼!你泄露了要塞的军事布防和设施。你这样做，难道没有任何坏心眼吗?”

他耷拉着脑袋，默不作声了。

“好啦，说出来吧!不要再撒谎啦!这封信是要送给什么人的?”

他露出了心虚和痛苦的表情，但很快又镇定下来，语气十分恳切地回答说：“我会把实情告诉您的，长官——全部实情。这封信不可能送给任何人。我只是写着玩玩而已。我现在明白了，这样做是错误的，愚蠢的。但我以名誉担保，我就做过这么一件错事啊，长官。”

“啊，听你这么说，我感到很高兴啊。写这样的信是很危险的。但愿你能够确定自己就写了这么一封信，好吗?”

“好的，长官，完全确定。”

他胆大妄为的样子简直令人震惊，撒谎时脸上露出的那种发自内心的真诚，简直无与伦比。我停顿了片刻，压一压自己向上冒的火气，然后说：“威克鲁，你现在好好回忆一下!我想要调查、了解两三件小事，你看是否帮得上忙。”

“我会尽最大努力的，长官。”

“那好，首先——谁是‘主人’？”

他听我这么一说，很震惊，急忙朝我们脸上瞥了一眼，但仅此而已。片刻之后，他恢复了平静，镇定地回答说：“我不知道，长官。”

“你不知道？”

“我不知道。”

“你确定自己不知道吗？”

他极力想要让自己的目光对视我的，但因过于紧张，下巴颏慢慢朝着胸前垂下，缄口不言起来。他显得很紧张，站立在那儿摆弄着一个纽扣。他虽然做出了如此令人不齿的事，但还是想要用这个动作来博取他人的怜悯。不一会儿，我用下面的问题打破了沉默：“‘神圣联盟’是些什么人呢？”

他身子明显颤抖了起来，双手微微做着漫无目的的动作。我觉得，这种动作是出于绝望而寻求同情的表示。他没有吭声，持续站立着，脸朝着地面。我们坐下来盯着他看，等着他开口说话。这个当儿，我们看到大颗泪珠顺着他的脸颊流下，但他仍然沉默不语。片刻之后，我说话了：“你必须回答我的问话！孩子啊，你必须告诉我实情——‘神圣联盟’是些什么人？”

他不说话，哭泣着。不一会儿，我说话了，语气有点儿严厉：“回答问题！”

他竭尽全力控制自己的声音。然后，抬起头来看了看，目光中充满了乞求，哭泣着挤出了下面的话：“噢，可怜可怜我吧，长官！我无法回答这个问题，因为我不知道。”

“什么啊！”

“确实如此啊，长官！我说的是实话。到现在为止，我从未听说过‘神圣联盟’！我以名誉担保，长官！情况就是这样的。”

“天哪，看看你的第二封信吧。哦，你看到这几个字了吗，‘神圣联盟’？你现在还有什么要说的？”

他抬起头来盯着我的脸，一副很受伤的样子，好像蒙受了莫大冤屈，然后情绪激动地说：“这是个狠心的玩笑啊，长官！我一直都是一个循规蹈矩的人，从未伤害过任何人。他们怎么能够拿我开这样的玩笑呢？有人伪造了我的笔迹。我从未写过一行这样的文字，先前也从未看过这样的信！”

“噢，你真是一个无法形容的说谎者！看看，你对此有什么话可说的？”我一把从衣服口袋里掏出那封“隐显墨水”写的信，凑到他眼前。

他脸色煞白——像个死人的脸一样煞白，身子站都站不稳了，微微晃动起来，一只手扶着墙壁。过了一会儿，他问了一声，声音很微弱，几乎听不清楚。“您已经——看过信了吗？”

还没等我们来得及从嘴里冒出“看过”这个虚假的答案，我们脸上的表情一定已经暴露了实情。我很清楚地看到，他目光中恢复了勇气。我等着他开口说点儿什么，但他沉默不语。我最后开口说了：“对啦，关于这封信的内容，你有什么话可说呢？”

他镇定自若地回答说："没什么可说的。我只想说，里面的内容毫无害处，天真无邪，不会对任何人造成伤害。"

我现在倒是显得有点儿尴尬起来，因为我无法不认可他的说辞。我真不知道该如何才好。不过，我突然有了一个主意，感到如释重负了。我说："关于'主人'和'神圣联盟'，你确定自己什么都不知道，你说这封信是伪造的，你从来都没有写过这样一封信，对吧？"

"对啊，长官——确定。"

我动作缓慢地扯出那段打了结的麻绳，举了起来，什么也没说。他盯着绳子看，显得漫不经心，然后用试探的目光看着我。我忍无可忍，但还是没发脾气，仍以平常口吻说："威克鲁，你看见这个了吗？"

"看见了，长官。"

"这是什么呢？"

"好像是一段绳子。"

"好像是？这就是一段绳子。你认出来了吗？"

"没有啊，长官。"他回答说，神态再平静不过了。

他沉着冷静的态度绝对令人惊叹！我停顿了几秒钟，以便让这种沉默为我随后要说的话增加分量。我站起身，一只手搭在他的肩膀上，神态严肃地说："这样做对你没好处！孩子啊，一点儿好处都没有！这个给'主人'的信号，即这段打了结的绳子，是在水边一门大炮里找到的——"

"大炮里找到的！噢，不，不！不要说它在大炮里，而是在炮栓的缝隙里！——它一定是在那缝隙里！"他双膝跪地，双手扣在一起，抬起脸庞，显得十分可怜，面如死灰，诚惶诚恐。

“不，是在大炮里。”

“噢，那一定是出了什么差错了！天哪，我输得一败涂地啦！”他霍地站了起来，来回乱窜，闪开了别人抓他的手，孤注一掷地想要逃离现场。不过，当然啦，他不可能逃得了。他再次一骨碌地跪下来，拼命哭开了，使劲抱住我的两条腿。他缠着我，苦苦哀求：“噢，可怜可怜我吧！噢，宽恕宽恕我吧！别去告发我，他们一刻都不会饶恕我的！保护我，拯救我吧！我把一切都招供出来！”

我们费了好一阵才让他情绪平静下来，以减少他的恐惧感，让他能够理性地考虑问题。我随后开始询问他，他态度谦恭地予以回答，眼睛朝下看，还会时不时抹掉不停地流着的眼泪：“这么说来，你是打心眼里愿意充当叛徒啦？”

“不错，长官。”

“还是个间谍？”

“不错，长官。”

“一直都在遵循外面的指示行动，对吧？”

“不错，长官。”

“心甘情愿的吗？”

“不错，长官。”

“说不定还很高兴吧？”

“不错，长官。否认无济于事。南方是我的故乡，我的心向往南方，一切都为南方着想。”

“这么说来，你向我讲述的你如何蒙受冤屈，家庭如何受到迫害——这些情况，都是你存心捏造出来的，对吧？”

“他们——他们嘱咐我这样说的，长官。”

“你要出卖和毁灭怜悯你且给你提供栖身之所的人，对吧？你明白自己这样做有多么卑鄙吗，你这个可怜的误入歧途的东西？”

他只是用哭泣来回答。

“行啦，不说这事啦。言归正传吧。‘上校’是谁，他在什么地方？”

他开始哭得厉害起来，企图以此来祈求免于回答。他说，若是说出来，那会要了他的命。我威胁他说，他若是不说出来，我就要把他送进暗室，关在里面。同时，我还向他承诺，他若是一五一十说出来了，我会保护他，让他免受伤害。面对所有问题，他紧闭双唇，一副固执任性的姿态。我拿他没办法。最后带走他时，他只是瞥了一眼暗室便改变主意了。他情绪激动地哭了起来，哀求着，声称要把一切情况都告诉我。

于是，我带着他返回了。他说出了“上校”的名字，详细地对他进行了一番描述，还说他可以在镇上的主旅馆找到他，他穿的是平民服装。我只好再次对他进行威胁，他这才说出了“主人”的名字，并对他进行了一番描述，还说他可以在纽约的证券街 15 号找到“主人”，他化名为 R · 盖罗德。我把盖罗德的姓名和相貌发电报告诉了纽约警察局局长，请求他们逮捕盖罗德并实行关押，等我派人去押解。

“对啦，”我说，“看起来，‘外面’还有几位同谋啊，有可能在新伦敦呢。说出他们的名字，描述一下他们的情况！”

他说出了三个男人和两个女人的名字，同时描述了他们的情况——全都驻足在主旅馆。我悄然派人出去，逮住了他们和那位“上校”，把他们关押在要塞。

“接下来，我想要知道你在本要塞三位同谋的情况。”

他打算闪烁其词，用谎言来敷衍我，但我亮出了从两个哨兵身上搜到的神秘纸条。此举产生了理想的效果。我说，我们已经抓住了两个，他必须说出第三个。这可把他给吓坏了，大声哭了起来。“噢，别逼我，他会立刻宰了我的！”

我说，这纯属无稽之谈，我会派人在旁边保护他。此外，士兵集合时不能带武器。我命令把所有新兵都集中起来。然后，这个颤抖着的小可怜虫走出了房间，顺着那一队士兵走过去，尽可能显得漫不经心。最后，他对着其中一个说了一个词。于是，他还没来得及走开去五步远，那人便被逮捕了。

威克鲁刚一返回我们身边，我便下令把那三个人带进来。我叫其中一个站上前来。“好啦，威克鲁，听仔细啦！实话实说，不许有半点儿差错。这个人是谁？你知道他的一些什么情况？”

由于“没有退路”了，他不顾一切后果，眼睛盯着那个人的脸，毫不犹豫地和盘托出：他真正的名字叫乔治·布里斯托，来自新奥尔良。两年前，他在沿海定期邮船‘朱庇特神庙号’上担任二副，是个亡命之徒，两次因杀人坐牢——一次用一根绞盘棒打死了一个名叫海德的水手；另一次打死了一位甲板上的苦力，就因为人家拒绝抛铅锚。其实，这不是那位苦力该干的活儿。他是位间谍，‘上校’派他来这儿采取行动。1858 年，‘圣尼古拉斯号’在孟菲斯附近爆炸，他在船上担任三副。当一艘空木船把死伤的乘客运往岸边时，他掠夺那些人的财物，差点儿被抓起来处了私刑。

还有如此这般的一些情况——他详尽地展示了此人的身世。等他叙述完，我对那个人说：“你对此有什么可说的吗？”

“说句您不爱听的，长官，他这都是无耻透顶的谎言！从未见过有人会如此说谎！”

我嘱咐人把他押回禁闭室，然后把另外两个人依次叫上前来。结果是一样的。孩子详尽讲述了他们的身世。对于每句话、每个事实，他都毫不迟疑。但我从那两个恶棍嘴里听到的都是愤怒的说辞，说他这全都是谎言。他们拒不开口承认罪责。我把他们送回禁闭室，然后把其余嫌疑人逐个带出来。威克鲁介绍了所有人的情况——他们来自南方的什么城镇，还有他们与这次阴谋活动相关联的一切情况。

但他们对所有事实都矢口否认，无人供述任何情况。男人义愤填膺，女人大哭大闹。按照他们的叙述，他们全都是来自西部的清白无辜之人，热爱联邦政府胜过世界上的一切。我厌恶至极，把这伙人全都关了起来，再去审问威克鲁。“166 号在哪儿？谁又是 B. B？”

但是，他铁了心要就此画一条界线了，诱哄也好，威胁也罢，全都不起作用了。时间过得很快——必须采取严厉的措施了。我缚住他的两个大拇指，让他踮起脚尖，把他吊起来。疼痛越来越严重，他发出尖锐的惨叫声。我几乎要受不了了，但我坚定不移。不一会儿，他喊叫道："噢，请把我放下来吧！我说！"

"不行——你得先说，我再把你放下来。"

现在，每一刻对他都是难以忍受的痛苦。于是，他说出来了："166号，雄鹰旅馆！"他说的是沿江一家很不起眼的客栈，是普通劳工、码头工人和有欠体面者的驻足之地。

我放下他，要求知道此次阴谋活动的目的。

"今晚攻克要塞。"他说。态度坚决，不停地哭泣。

"我已经把阴谋活动的首要分子全都抓起来了吗？"

"没有。除了被抓的，还有那些在166号碰面的。"

"'记住XXXX'是什么意思？"

没有回答。

"进入166号的口令是什么？"

没有回答。

"那一连串字母'FFFFF'和'MMMM'是什么意思？回答！否则，你又要被吊起来了。"

"我决不会回答的！我宁愿先死掉。您想要怎么样，那就请便吧！"

"想想你都说了些什么吧，威克鲁！这是最后的决定吗？"

他坚定地回答了，声音毫无颤抖。"最后的决定：我热爱我那遭受蹂躏的南方，痛恨北方的太阳照着的一切！这个决定如同我的爱恨情仇一样确定。我宁可死去，也不会说出那些事情。"

我再次缚住他的两个大拇指，把他吊了起来。当可怜的孩子浑身疼痛时，惨叫声令人撕心裂肺，但我们未能从他嘴里听到任何情况。面对每个问题，他都是大喊大叫地回答："我可以死亡，我宁可死亡，但我决不会说。"

是啊，我们只好作罢。我们坚信，他肯定宁死也不会招供的。于是，我们放他下来，把他关了起来，严加看管。后来，我们忙碌了好几个小时，给国防部发去一封封电报，做好了突袭 166 号的各种准备。

那是令人躁动不安的时刻，我说的是那个漆黑寒冷的夜晚。有信息泄露出去了，整个要塞都在警惕着。设置了三道岗哨，任何人都不得流动，无论出入都不行。一旦有人违反规定，立刻会被责令站住，荷枪实弹地对准他的脑袋。不过，我和韦伯倒是不如先前那样忧心忡忡了。理由是，这次阴谋活动的首要分子已被我们控制了，阴谋遭受了沉重的打击。

我决定及时赶到 166 号，逮住 B. B. 。先堵住他，等其他人到达时再全部擒获。大概凌晨 1 点 15 分左右，我悄然离开了要塞，后面跟随着五六个强壮的正规士兵。还有那个孩子威克鲁，他的双手被捆绑在身后。我告诉他，我们正要赶往 166 号。还有，若是发现他再次说谎、误导了我们，他必须领我们去正确的地方。否则，他就得承担后果。

我们悄无声息地到达了那家客栈附近，进行了一番侦察。狭小的酒吧间亮着一盏灯，住宅的其他房间一团漆黑。我推一推前门，门开了。我们动作轻柔地进入室内，再把门关上。我们随后脱掉鞋子，我走在前面，进入酒吧间。德国房东坐在那儿的椅子上睡着了。我轻轻弄醒他，吩咐他脱下靴子，领我们走，同时警告他不要出声。他一声不吭地顺从了，但是很显然，他吓得不轻。我命令他领路到166号去。我们像一串猫儿似的轻手轻脚，登上了两三层楼梯，快到一个很长的过道尽头时，发现了一扇门。透过门上的玻璃小窗，可以看到里面亮着微弱的烛光。房东在黑暗中摸索着找到了我，小声对我说，这就是166号。我推了一下门——门在里侧反锁了。我小声对随我来的大个子士兵发布了命令。我们用宽大的肩膀顶住门，猛然撞击，门从铰链上脱落了。我隐约瞥见床上有个人——他急忙把头凑近蜡烛，烛光熄灭了。我们周围一片漆黑。我猛扑过去，到了床上，双膝夹住床上的人。被我夹住的人奋力挣扎，但我用左手扼住了他的喉咙。这样做，对我用双膝夹住他很有帮助，他被制服了。我立刻掏出手枪，拉开扳机，冰冷的枪管抵住他的脸颊，很有威慑力。

“哪位现在划个火吧！”我说，“我牢牢控制住他啦。”

有人遵命，火柴的光亮起来了。看着被我控制的人——天哪，原来还是个年轻女人啊！

我放开对方，下了床，感到怪难为情的。在场的每位都盯着自己身边的人发愣。面对如此突如其来、猝不及防的场面，大家都慌了神，不知如何是好。年轻女人开始哭了起来，用被子捂住脸。房东怯生生地说：“我女儿，她做了什么不对的事情，Nicht Wahr①？”

“您女儿？她是您女儿吗？”

---

① 此处为德语，意为“不是吗”。

“噢，没错，她是我女儿。她今晚刚从辛辛那提①回来，身体有点儿不适。”

“真该死！那孩子又说谎了。这不是我们要找的那个166号。这也不是B. B.。好啦，威克鲁！你要给我们找到真正的166号，否则——嘿，那孩子在哪儿呢?”

跑了，千真万确啊！更有甚者，我们连关于他的一点儿线索都没有。这是一件伤脑筋的事啊！我咒骂自己愚不可及，没有把他拴在一位士兵的身上。但现在为此烦恼也无济于事了。面对目前的状况，我该怎么办呢？这是个问题。说来说去，那位姑娘说不定就是B. B. 呢。我不相信是这么回事，但话说回来，把不相信当成确切无疑的事情毕竟不解决问题。我把随我过去的人留在166号对面的空房间里，叮嘱他们说，一旦看见有人接近那姑娘的房间，统统抓起来！房东也要一道抓起来，严加看管，等待进一步的命令。我随后急忙返回要塞，看看情况是否一切安好。

不错，一切都安好。一切都很正常。我整夜未眠，确保一切安好。没有出现任何情况。看见黎明再次降临，我有说不出的高兴。我能够给国防部发电报说，星条旗依旧在特拉姆布尔要塞飘扬着。

我心中一块沉重的石头落地了。不过，当然啦，我并没有放松警惕，也没有懈怠。当时的情况太过严峻了。我一个接一

---

① 辛辛那提（Cincinnati）是美国中部俄亥俄州西南端重要的工业城市和河港。位于俄亥俄、肯塔基和印第安纳三州交界处附近。

个地提审那些嫌疑人，一个小时一个小时地审问他们，就是想让他们开口承认，但没能奏效。他们只是咬紧牙关，揪着头发，什么都不说。

中午时分，失踪的孩子有消息了。清晨六点钟时，有人看见他在八英里开外的大路上行走，步伐沉重，一路向西。我立刻派了一名骑兵中尉和一名士兵前去追踪他。他们在二十英里之外发现了他。他爬过了一道围篱，疲惫不堪地拖着步子横过一片充满泥泞的田地，走向村镇边上的一座旧式大宅。他们骑马穿过一小片树林，绕道过去，从大宅的正对面包围过去；然后下了马，一闪身进了厨房。里面没有人。他们溜进了隔壁一个房间，那儿也空无一人。那个房间通向前面起居室的门敞开着。他们正要迈过那道门，突然听见了一个低沉的声音。那是有人在祈祷。于是，他们满怀敬意地停住了。中尉把头探了进去，看到一男一女两个老人跪在起居室的一角。祈祷的是那位老年男子。就在他完成祈祷的当儿，那个孩子威克鲁打开前面的门，进入房间。两位老人一同扑向他，紧紧搂住他，令他透不过气来。他们大声嚷嚷：“我们的孩子啊！我们的宝贝啊！感谢上帝。失掉的又回来啦！死亡的又复生了！”

是啊，先生！您猜怎么着！小鬼头原来是在这个家庭出生的，成长的啊，长到这么大都没有离家超过五英里。直到两周前游荡到了我的营地，编造了那么一个令人伤感的奇谈！这事绝对真实。老头儿是他父亲——一位很有学问的退休老牧师；老妇人是他母亲。

关于孩子和他的行为，我稍稍作点儿解释吧！原来，他对那些廉价小说和登载惊悚故事的报纸如痴如醉，怪异离奇的神秘故事和五光十色的侠义行为正合他的兴趣。后来，他从报纸看到有关报道说，叛军的间谍来来去去，偷偷潜入我们内部；还报道了他们种种耸人听闻的企图以及他们取得了两三次惊人的成功。到头来，关于这方面的事情，他的想象完全被激发出来了。有位新英格兰青年善于言辞，想象丰富，在长达三个月的时间里，经常同他玩乐在一块儿。那位青年曾在新奥尔良和密西西比河上游二三百英里区域内航行的一艘定期邮船上当过两年差，担任过“事务长助理”。因此，涉及那一地区的地名和其他细节时，他总能说得头头是道。是啊，战争爆发前，我在那个地区待过两三个月。由于对那儿的情况不是十分熟悉，很容易就被那个孩子蒙骗了。若是遇上一位出生于路易斯安那州的人，不等他说上十五分钟，可能就会发现他的破绽。您知道他为何那样说吗？说宁愿死也不会对他具有谋反含义的暗语作出什么解释。理由很简单，他无法对其作出解释！那些东西是毫无意义的。他是凭想象编造出来的，事先和事后都没有加以思索。因此，面对突如其来的问题，他无法编造出一个合理的解释来。比如，他说不出那封“隐显墨水”信的内容后面潜藏着什么——理由很充分，其中并没有任何含义。那封信只是空白纸张而已。他并没有把任何东西放进大炮里，也从来没有想到要这样去做——他的信全都是写给想象中的人士的。当他往马厩里藏匿一封信时，总会把前一天藏匿在那儿的信带走。他不知道那段打了结的绳子是怎么回事，我把绳子亮给他看时，他是头一次见到。不过，一旦我让他知道绳子是在哪儿发现的时，他就以自己浪漫的方式直接认可了，而且取得了良好的效果。他编造出了“盖罗德”先生，其实那时并不存在什么证券街15号。三个月前，那儿已被拆除了。他编造出了“上校”，编造出了我逮捕并让他们对质的无辜者，还天南海北地说出了他们的来历。他编造了“B. B.”，甚至编造了166号——可以说，在我们到达雄鹰旅馆之前，他根本就不知道那儿有这么个房号。他站在那儿，一旦需要，便可以编造出个什么人或什么东西来。我若要求他说出“外面”的间谍，他便立刻把自己在旅馆见过的陌生人描述一番，名字也是碰巧听来的。啊，在那几个很不平静的日子里，他生活在一个绚丽多姿、神秘莫测、充满浪漫的世界中。我倒觉得，那种生活对他而言很真实，他也是打心眼里享受着那种滋味的。

但是，他给我们带来了够多的麻烦，让我们蒙受了无尽的羞辱。您看吧，正是因为他，我们在要塞逮捕和关押了十五个甚至二十个人，在他们的门口设置了重重岗哨。逮捕的人当中，许多是士兵，或诸如此类的——我得跟他们赔礼道歉。而其余人则是来自各地的一流公民——对于他们，不是道歉一番就可以了事的，得让他们心服口服。他们大发雷霆，闹个没完！那两位女士——一位是俄亥俄州参议员的夫人，另一位是西部主教的妹妹——是啊，她们滔滔不绝，对我说出了一大堆侮辱和戏谑的话，还当着我的面流下了愤怒的泪水——一切都成了一份纪念品，我很可能在相当长一段时期内都会记住——我也一定会记住。那位戴着护目镜的瘸腿绅士是来自费城的大学校长，他是前来参加侄子的葬礼的。他先前当然没有见过小威克鲁。哎呀，他不仅错过了葬礼，还被我们当作叛军间谍给关押起来了。而威克鲁站在我的住处，感情淡漠地把他描述成了一位伪造犯、黑奴贩子、盗马贼、纵火犯，来自加尔维斯顿最臭名昭著的恶棍老巢。面对如此情形，那位可怜的老绅士似乎怎么也无法释怀。

还有国防部！噢，天哪！我们还是不要再谈这件事了吧！①

① 我把故事的文稿给少校看了。他说："您对军队的情况不很熟悉，有一些小错误。不过，描绘得挺生动——那就这样吧！军人看了会报以微笑，别人倒是看不出什么瑕疵来。您准确抓住了故事的要点，还原原本本地叙述了出来。"——马·吐

被盗走的大白象[①]

一

有位我曾经在火车上偶遇后相识的人跟我讲述了以下这个奇特的故事。

他是一位年过七旬的绅士，有一副绝对善良和蔼的面容

① 本故事没有收入《海外漫游记》。作者当时担心某些情节有点儿夸大其词，另外一些显得不够真实。等到这样的疑虑证明没有根据之后，书已付梓了。——马·吐

和真挚诚恳的态度。因此，从他嘴里说出的每一件事都会给人留下深刻印象，真实可信。

他叙述说：您可知道，暹罗国①的人们对于王室豢养的白象怀着多么深厚的崇敬之情啊！您可知道，历朝历代的国王们把白象奉若神明，因为只有国王才能拥有白象。也就是说，事实上，从一定程度上说，白象的地位比国王还要崇高。因为它不仅享有荣誉，而且受人顶礼膜拜。是啊，五年前，大不列颠和暹罗国之间发生了边境纠纷。不久，结果就很明显了，错在暹罗国一方。因此，很快便作出了补偿。不列颠方面的代表说，他很满意，过去的一切应该忘记才是。见此情形，暹罗国的国王也如释重负。一方面为了表达感激之情，另一方面或许为了消除英国人可能对他怀有的芥蒂，他想给英国女王送一件礼物。按照东方人的观念，这是同敌方和解的唯一稳妥的办法。这样一件礼物，不仅应该是高贵的，而且是超出一切的高贵。因此，礼物还有什么比白象更加合适的呢？我当时在印度的文职部门任职，便被认为特别适合执行向女王陛下呈送礼物的荣耀使命。暹罗国为我、我的仆役、随行官员和饲养大象的人配备了一艘船。我在预定的时间抵达了纽约港，并把王家礼物安顿在泽西城很体面的场所。继续新的航程之前，有必要逗留一段时日，让大象恢复健康。

两周过去了，一切都很顺利。后来，我的种种灾难便开始了。大白象被盗了！夜深人静时，有人把我叫醒，告诉我这件

---

① 暹罗国（Siam）是今日泰国的旧称。

可怕的不幸事件。一时间，恐惧和忧愁把我弄得六神无主。我无能为力了。后来，我慢慢平静下来，恢复了神志。我很快想出办法了。实际上，对于一个睿智的人而言，能够采取的办法也就只有那么一个。时间虽然很晚了，但我还是立刻赶往纽约，找了一位警察，让他领着我去刑侦警察总部。还算幸运，我抵达及时，刑侦队的头儿——大名鼎鼎的布伦特高级警监①——正准备下班回家。他中等个头儿，身体结实。陷入沉思时，他喜欢紧锁眉头，手指轻轻敲击前额。对此，您立刻会产生深刻的印象，坚信自己是站在一位不同凡响的人物面前。我一见到他，便有了信心，且充满了希望。我说明了自己此行的原委，他听后一点儿都不感到紧张。他镇定自若，犹如钢铁一般，我的话并没在他身上产生什么明显效果，如同我告诉他，有人盗走了我家的狗差不多。他示意我坐下来，态度平静地说："请容我思索片刻吧！"

他一边说着，一边在办公桌旁坐下，一只手支撑着脑袋。

---

① 本故事以美国纽约为背景，纽约警察局（NYPD）的警衔为（从低到高）：警员（Officer）、警探（Detective）、警司（Sergeant）、警督（Lieutenant）、警监（Captain）、副高级警监（Deputy Inspector）、高级警监（Inspector）、副总警监（Deputy Chief）、助理总警监（Assistant Chief）、处总警监（Bureau Chief）、局总警监（Chief of Department）。但是，纽约警察局的最高首长并非局总警监，而是警察专员（Police Commissioner），警察专员之下还有若干副警察专员（Deputy Police Commissioner），包括一名第一副警察专员（First Deputy Police Commissioner）。警察专员与副警察专员均为文职，不算警衔。而作为纽约警察局警衔最高的局总警监，行政地位要低于警察专员和副警察专员。

几位办事员在房间的另一端工作着。接下来六七分钟里，我听到的就是他们的笔在写字时发出的嚓嚓声。这时，高级警监坐在那里，陷入了沉思。最后，他抬起头，眉宇间的坚定神情似在说明他已经想好了，已经有计划了。他说话的声音很低沉，但给人印象深刻："这不是一桩平常的案件啊！每一个步骤都要小心谨慎，每一步都要走得坚实稳妥，然后才能冒险走下一步。此事必须严格保密——绝对要保守秘密。关于这件事，不要对任何人提起，即便对记者也不要提起。我会去应对他们的，我会努力做到，只让他们知道可能有助于我实现目的的情况。"他按响了铃声，来了一位年轻人。"阿拉里克，告诉记者们暂时留下来。"小伙子离开了。"我们现在继续谈正事吧——有条不紊地来谈！干我们这一行的，若是没有缜密精准的逻辑推导，是不会有任何成果的。"他拿起笔和纸，"对啦——那头大象姓什么？"

"哈森·本·阿里·本·萨利姆·阿布达拉·穆罕默德·莫伊兹·阿汉摩尔·贾姆塞特杰阿布霍伊·杜利普·苏丹·埃布·布德普尔。"

"很好，什么名字呢？"

"琼博。"

"很好。出生地呢？"

"暹罗国首都。"

"父母还健在吗？"

"没有——亡故了。"

"除了它，还有别的子嗣吗？"

“没有。它是独生子。”

“很好。这个栏目下面，有这些材料就足够了。现在就请叙述一下那头大象的外貌特征吧！不要遗漏了任何细节，不管那个细节多么微不足道——即您自己觉得微不足道，对于从事我这个职业的人来说，没有微不足道的细节——那样的东西并不存在。”

我叙述，他记录。之后，他说：“身高十九英尺。身长从额头顶端到尾巴根二十六英尺。鼻长十六英尺。尾巴长六英尺。全长——包括鼻长和尾长——四十八英尺。象牙长九点五英尺。耳朵的大小、长度与这些尺寸相称。脚印好像一只桶子放在积雪上留下的大坑。大象的颜色为灰白色。每只耳朵上都有一个佩戴珠宝的洞，像碟子一般大小。大象有一个非同寻常的习惯——把水喷射到围观者身上，还会用鼻子捉弄人——不仅冲着自己认识的人，还会冲着完全陌生的人。大象的右后腿稍稍有点儿跛，左腋下由于从前生过疥疮，留下了一块疤痕。大象被盗时，背上驮了一个可供十五人坐的塔楼①，还披着一块普通地毯大小的金丝缎鞍垫。”

没有任何差错。高级警监按响了铃，把这段描述形成的书面文字递给了阿拉里克，说：“将这份描述立刻印出五万份，邮寄到美洲大陆每个刑侦队和当铺去。”阿拉里克离开了。“是啊——情况至此，一切如意。接下来，我必须有一张丢失财产的照片才是。”

---

① 此处塔楼（Castle）指战象背上驮着、供人乘坐的装置。

我给了他一张。他仔细端详照片说："我们既然找不到更好的办法，也就只好如此啦。不过，大象把鼻子卷起来塞进嘴里了。这很不巧啊，一定会让人产生误解。当然啦，大象平常是不会把鼻子卷成那样的。"他再次按响了铃。

"阿拉里克，把这幅照片印出五万份！明天早晨先办这件事，和那份描述一同寄出去。"

阿拉里克出去执行命令去了。高级警监说："当然，这事必须有悬赏。我们来看看，数额多少为好呢？"

"您觉得数额多少为好？"

"首先，我得说——呃，两万五千美元吧。这事复杂又难办。逃跑的路径和藏匿的机会数不胜数。那些盗贼到处都有朋友和同伙——"

"天哪，您知道他们是谁吗？"

眼前这张谨慎的面孔练就了把思想和感情掩饰起来的本领，我看不到任何迹象。他那平静的回答也是如此："不去管这个！我可能知道，也可能不知道。我们通常都是凭作案方式，还有盗窃物品的数量，去巧妙获取蛛丝马迹、推测嫌疑人的。我们现在对付的不是扒手或过道小偷，这一点您必须心里有数。这次被盗的东西不是被某个新手'提走'了。正如我说过的，考虑到办案需要东奔西走，盗贼们一路逃窜，还要不断掩饰踪迹，看起来两万五千美元的数额小了点儿，但我觉得，刚一开始，这个数额也行。"

于是，我们定下这个数额作为初始时期的赏金。任何可能成为线索的东西都逃不过眼前这个人。他随后说："刑侦历史上，有那么一些案件表明，警方往往是通过了解嫌疑人的饮食特征来侦破案件的。对啦，那头大象吃什么，吃多少？”

“呃，至于大象吃什么——大象什么都吃，会吃人，也会吃《圣经》——从人到《圣经》，这中间大象什么都会吃。”

“很好——非常好！确实如此。但过于笼统。需要细节——干我们这一行，只有细节才是有价值的东西。很好——那就说说人吧！一顿——或者您乐意，也可以说一天——若是新鲜的，大象一天要吃多少个人呢？”

“大象才不会在乎人是否新鲜呢，一顿可以吃五个普通人。”

“很好，五个人。我们记下这一点。大象最爱吃哪个国家的人呢？”

“不在乎哪个国家的。大象爱吃认识的人，但对陌生人也没有偏见。”

“很好。对啦，说到《圣经》，大象一顿可以吃掉多少本《圣经》呢？”

“它能够吃下整整一个版本的印量。”

“这种描述不够清晰啊。您指的是那种普通八开本的，还是家庭插图本的呢？”

“我觉得，大象不在乎插图。也就是说，我觉得大象不会认为插图本比简装本价值更高。”

“不，您没明白我的意思。我指的是书的分量。普通八开本的《圣经》大概二点五磅重，但有插图的四开大本重达十到十二磅。大象每顿能吃掉多少本多雷①版的《圣经》呢?”

“若是认识那头大象，您就不会问了。它见到什么吃什么。”

“那行，那就用美元和美分来表述吧！我们总得有个大体的范围才行。多雷版《圣经》每部一百美元，俄国皮革包角的。”

“大象需要五万美元才够吃，如果一个版本五百本的话。”

“这样说就更加精确了。我把这一点记下来。很好。大象喜欢吃人和《圣经》。至此，情况很顺了。大象还吃什么呢?我需要知道具体情况。”

“大象会丢下《圣经》吃砖块，丢下砖块吃瓶子，丢下瓶子吃衣服，丢下衣服吃猫咪，丢下猫咪吃牡蛎，丢下牡蛎吃火腿，丢下火腿吃糖块，丢下糖块吃馅饼，丢下馅饼吃土豆，丢下土豆吃麦麸，丢下麦麸吃干草，丢下干草吃燕麦，丢下燕麦吃米饭，因为大象主要是吃米饭长大的。除了欧洲的黄油，大象几乎就没有什么不吃的。大象若是尝过了黄油的味道，也会吃黄油的。”

“很好。每顿大体上的量——说个大概吧——”

“呃，四分之一吨到半吨之间吧。”

“还有大象喝的——”

---

① 多雷（Gustave Doré，1833－1883）是法国的插图画家，擅长木版画。先后为基督教《圣经》及但丁、巴尔扎克、塞万提斯等人的作品创作插图，笔法精细，富于想象力。

"只要是液体，什么都喝——牛奶、水、威士忌、糖浆、蓖麻油、松脂、石碳酸——这样具体下去，没有什么用处啊。您想得到的液体都可以记下来。除了欧洲人喝的咖啡，只要是液体，大象什么都喝。"

"很好，分量呢？"

"您就写五到十五桶吧——大象口渴的程度时有变化，胃口倒是没什么变化的。"

"这些情况非同寻常。这为找到大象提供了很好的线索。"高级警监按响了铃。"阿拉里克，把伯恩斯警监找来。"

伯恩斯到了。布伦特高级警监把整个案情都说给他听了，细节也说得很清楚。然后，他发出了具体指令，语气很清晰，很坚定。由此可以判断，这是一个头脑里已有了清晰计划的人，也是一个惯于发号施令的人。

"伯恩斯警监，派遣琼斯、戴维斯、哈尔西、贝茨和哈克特诸位警探前去追寻那头大象吧！"

"是，长官。"

"派遣摩西、达金、墨菲、罗杰斯、塔珀、希金斯和巴塞洛缪诸位警探前去追寻那些盗贼吧！"

"是，长官。"

"调动强大的警力守卫——精选一支由三十人组成的卫队，还要三十个人轮换——在大象被盗的地方日夜严加看守；没有我的书面许可，任何人不许接近——记者除外。"

"是，长官。"

"调动便衣警探到火车站、轮船码头和渡口仓库，还有从泽西城通向外面的各条大路上，命令他们搜查所有可疑之人。”

“是，长官。”

“让那些人全部带上大象的照片和关于大象的描述，嘱咐他们搜查所有火车和驶离本地的渡船及其他交通工具。”

“是，长官。”

“大象若是找到了，截住它，发电报告诉我消息。”

“是，长官。”

“若是发现了什么线索，立刻告诉我——比如大象的脚印或诸如此类的情况。”

“是，长官。”

“发布一道命令，责令港口警察对河畔一带实施警戒和巡视。”

“是，长官。”

“速派便衣警探布防整个铁路线——北至加拿大，西至俄亥俄州，南至华盛顿。”

“是，长官。”

“安排一批专家前往电报局，接听所有电报；责令电报局把所有密码电报译出来，交给专家查看。”

“是，长官。”

“所有这一切都要高度保密——记住，不能走漏半点风声！”

“是，长官。”

“按照通常的时间，及时向我报告。”

“是，长官。”

“去吧。”

“是，长官。”

伯恩斯警监离开了。布伦特高级警监沉默不语，若有所思了一会儿。他目光中透出的火气已经冷静下来，慢慢消失了。他随即转身对着我，语气平和地说：“我不喜欢吹嘘。那不是我的习惯。但是——我们一定能够找到那头大象。”

我热情洋溢地握着他的一只手，向他表示感谢。我的心里也确实充满了感激之情。我越看眼前的这位先生，心里越是喜欢他，对他越是充满崇敬，越是惊叹他所从事的职业中那些神秘的奇迹。我们随后互道了晚安。我返回住处，心情比先前去他办公室时要轻松了。

二

翌日早晨，各家报纸都登载了完整的消息，报道很详细，甚至还添枝加叶，有了新的内容——有这位警探、那位警探和另外某些警探的“推测”，涉及盗窃行为如何实施，盗贼为何人，还有盗贼把赃物带到了何处。这样的推测多达十一种，涵盖了所有可能性。仅凭这些事实便可知道，警探们是怎样的独立思考者。没有任何两种推测是相同的，甚至彼此大致相似的情况都没有。只有一个引人注目的细节除外，在那一点上，所有十一种推测绝对一致。那就是，尽管我居住的房子后墙被捣毁了，但唯一的门仍是紧锁着的，大象并不是从墙壁的缺口处被牵走的，而是通过其他（未曾发现的）出口。大家一致认为，盗贼们之所以要在墙壁处打开一个缺口，目的就是为了误导警探们。我或其他外行恐怕无论如何都想不到这一点，但这样做丝毫蒙骗不了警探们。因此，我先前认为其中唯一毫无神秘可言的事情，实际上却是我错得最离谱的事情。十一种推测都指出了嫌疑盗贼的名字，却各有各的结果。嫌疑对象多达三十七人。报纸上形形色色的报道都在结尾处陈述了全部推测中最重要的，即高级警监布伦特的观点。以下是关于这个报道的部分内容：

> 高级警监知晓两位主要嫌疑人是谁，即“好汉”达菲和“红毛”麦克法登。盗窃事件发生前十天，他已经觉察到有人起了贼心，便派人暗中跟踪那两个有名的恶棍。很不巧的是，案发当晚，两个人去向不明了。等到重新找回线索时，鸟儿已经飞了——也就是说，大象不见了。
>
> 达菲和麦克法登是这个行当里最为胆大妄为的盗贼。高级警监有理由相信，去年冬天一个寒冷的夜晚，他们从刑侦警察总部盗走了火炉。由此导致的结果是，翌日天亮前，高级警监和每位在场的警探都被送到了医生那儿，有的冻僵了脚，有的冻僵了手指、耳朵和其他部位。

我看完上面这段文字的前半部分，对那位奇怪人物的惊人智慧更加震惊不已了。他敏锐的目光不仅看穿了眼前的一切，连未来的事情都看得透彻了。我很快便去了他的办公室，说自己忍不住希望他先前就把那些人给逮起来，以避免出现麻烦和损失，但他的回答很简单而且不容置疑："我们的职责不是预防犯罪，而是惩治犯罪。罪行没有发生，我们是不能加以惩治的。"

我说了，报纸已经捅破了他刚开始要求保守的秘密，不仅披露了我们的全部事实，也披露了我们的所有计划和意图，甚至还把所有嫌疑人的名字都点出来了。那些人现在毫无疑问会乔装改扮，藏匿起来的。

"随他们去吧！他们会明白的，我一旦做好准备对他们下手时，一伸手便可在他们秘密的藏匿处逮着他们，如同命运之手一样万无一失。至于那些报纸，我们一定要同它们保持信息畅通。名誉、声望，公众常常会提及——那些东西可是警探安身立命之本啊！他们必须公开他们掌握的事实，否则，公众就会认为他们没有掌握任何事实。他们必须公开自己的推测，什么也比不上警探的推测更加令人新奇或引人注目，或者激起人们对他的敬意了。我们必须公开我们的种种计划，因为报纸一心想要掌握的就是我们的计划。不向他们公开，就会得罪他们。我们必须时常让公众知晓我们在干些什么，否则，他们就会认为我们什么也没干。比较起来，与其让某家报纸说出刻薄的话，或者更加糟糕的是，说出讽刺挖苦的话，还不如让其说出'布伦特高级警监聪颖智慧和不同凡响的推测如下'之类的话让人感觉舒心些。"

"我知道，您说的一切有说服力，但我注意到，今天早晨报纸发表了您谈话的一部分，提及了您拒绝就某一细小问题作出推测。"

“是啊，我们经常会这样做。这样做效果明显。再说了，我对那个问题也还真是没有形成自己的看法。”

我给高级警监预付了可观的一笔费用，以便支付目前的开销，然后坐等消息。我们现在盼望着随时会有电报发来。同时，我再次看了报纸登载的消息，以及有关情况的告示。我注意到，我们那两万五千美元的赏金似乎是专门用来犒赏警探们的。我说了，我觉得赏金应该给任何拦截到那头大象的人。高级警监则说：“将来找到大象的一定是警探们，因此，赏金应该流向该去的地方。若是其他人找到了大象，不过是因为他们监视了警探，盗取了线索和迹象。从这一点来看，警探们也是有权利获得赏金的。赏金正当的作用是激励那些把时间和训练有素的智慧投入到这项工作中的人，而不是给那些偶然交上好运的人。他们虽然找到了被盗的东西，却并非凭着自己的才智和辛苦实现的。”

当然，这样说很合情合理。此时此刻，房间一角的发报机开始咔哒咔哒地响起来。收到的电文如下：

已掌握一条线索。此地附近一座农场发现了一连串很深的脚印。向东追踪了两英里，没有结果。估计大象已经向西了。现在应该朝着那个方向追踪。

警探戴利

上午7时30分

于纽约弗劳尔车站

“戴利是刑侦队的最佳警探之一。”高级警监说，“我们不久便可再次得到他的消息了。”

第二份电文来了：

刚刚到达。玻璃厂夜间遭袭，损失了八百个玻璃瓶。水源离此地有五英里距离。将朝着那个方向追踪。大象定会口渴的。玻璃瓶全是空的。

警探贝克尔

上午7时40分

于新泽西州巴克尔镇

“这也是个好兆头啊！”高级警监说，“我已经告诉过您了，大家伙的饮食可以作为线索的。”

第三份电文来了：

附近的一堆干草夜间消失了。

可能是被吃掉了。已有线索。我拟跟进。

警探哈巴德

上午8时15分

于长岛泰勒维尔

“看看大象四处乱窜的！”高级警监说，“我们先前就已经知道，此事挺棘手的，但我们还是要逮住它。”

朝西追踪了三英里。脚印巨大，很深，很凌乱。刚才遇见一位农民，他说那不是大象的脚印，而是去年冬季天寒地冻时为栽种遮阳树挖出的小坑。如何继续，请明示。

警探戴利

上午9时

于纽约弗劳尔车站

“哎呀！盗贼的一个同谋啊！事情变得热闹起来了。”高级警监说。他口授给戴利的电文如下：

逮捕此人，迫使其说出同谋。

继续追踪那些脚印——必要时可以追踪至太平洋。

高级警监布伦特

下一份电文到了：

煤气公司营业部昨晚遭袭，三个月未付款的账单被盗。已经有了线索，我出发了。

警探墨菲

上午8时45分

于宾夕法尼亚州康尼点

“天哪！”高级警监说，“大象会吃煤气账单吗？”

“出于无知——会吃的，但那也填不饱肚子啊。至少，解决不了问题的。”

这时候，收到了以下这份令人兴奋的电文：

刚刚到达。全镇一片惊慌。今天凌晨五点，大象经过此地。有人说，大象朝东了；有人说，朝西了；有人说，朝北了；有人说，朝南了——但是，众人都说，他们都没看仔细。大象吃了一匹马，已经找到了一块残骸，可作为线索。大象是用鼻子把马匹弄死的，使用的是击打方式，估计是从左边击打的。根据马匹倒地的姿势来判断，估计大象已经顺着贝克莱铁路线北上了。已经离开四个半小时了，我立刻追踪。

警探霍斯

上午9时30分

于纽约艾恩维尔

我发出了激动的欢呼声；高级警监则像一尊雕像似的镇定自若，冷静地按响了铃。“阿拉里克，把伯恩斯警监找来。”

伯恩斯到了。

“有多少人在严阵以待?”

“九十六人，长官。”

“立刻把他们派往北方，吩咐他们，集中力量巡查艾恩维尔以北的贝克莱铁路一线。”

“是，长官。”

“吩咐他们，行动要绝对保密。其他人下岗之后，立刻命令他们待命。”

“是，长官。”

“去吧！”

“是，长官。”

不一会儿，另一份电文来了：

刚刚到达。8点15分，大象经过此地。镇上除了一位警察之外，所有人都逃跑了。很显然，大象没有对准警察，而是对准了灯柱。但二者都被攻击了。我已经获取了警察遗体残骸作为线索。

警探斯塔姆

10时30分

于纽约塞治康纳斯

“因此，大象转身向西了。”高级警监说，“不过，它跑不掉的，我的人在那个地区到处都有布防。”

下一份电文内容如下：

刚刚到达。村镇上的人全跑光了，只留下老弱病残。大象三刻钟之前经过此地，正值反禁酒集会举行。大象把鼻子伸进一个窗户，把从蓄水池里吸的水喷了出去。有人遭受了象鼻的攻击，随即死亡。有几位被水淹死了。警探克洛斯和奥少纳西正好经过镇上，但朝南行了，与大象失之交臂。方圆数英里之内一片恐慌——人们飞速逃离家园，转向任何方向都会同大象遭遇，许多人丧了命。

警探布兰特

11 时 15 分

于格罗弗镇

我真要流泪哭泣了，这样的灾难令我很是痛苦难受啊。但高级警监只是说："您看看——我们正在一步步地包围大象呢。大象感觉到了我们的临近，再次转身向东了。"

然后，更麻烦的消息接踵而至了。发报机收到了这样一份电文：

刚刚到达。大象半小时前经过此地，引起了极大的恐慌和激动。大象显得很愤怒，横行街道。两位管道工路过，一位丧生，另一位逃离。广大民众一片悲伤。

警探奥法赫蒂

12 时 19 分

于霍甘斯波特

"大象现在进入我的包围圈了。"高级警监说，"它不可能跑得了了。"

一份份电文接踵而至，全是广布在新泽西州和宾夕法尼亚州的警探们发来的。他们在顺着一条条线索追踪——有糟蹋过的粮仓、工厂和学校图书馆；他们充满了希望——事实上，希望已经成了铁板钉钉的事情了。高级警监说："我若能同他们联系上、命令他们朝北追踪该有多好啊。但这已经不可能了。有位警探只是到电报局给我发了电报，紧接着又走了。你简直就不知道可以在哪里找到他。"电文如下：

从现在起，巴纳姆愿意每年出资四千美元购买专有权，独家使用大象为流动告示之用，直至警探截获大象为止。他想要在大象身上粘贴马戏团的海报。急盼回复。

警探博格斯

12 时 15 分

于康涅狄格州桥港

"这简直荒唐透顶！"我激动地大声说。

"当然荒唐。"高级警监说，"很显然，那位自认为思维敏捷的巴纳姆先生并不了解我——但是，我了解他。"他随即给上述急电口述了回复电文：

拒绝巴纳姆先生的提议，定价七千美元。否则免谈。

高级警监

“对啦，我们不用等待太久便可收到回电。巴纳姆先生不在家里，他在电报局。他手上有事情要处理，往往就是这种风格。不出三——”

成交。

P. T. 巴纳姆

电报机咔哒咔哒的声音打断了高级警监的话。我还没来得及对这段不同寻常的插曲说上什么，下面这份电报把我的思绪引向了另一个令人痛惜的方面。

大象从南面到达此地，11 时 50 分横过本镇，走向森林。途中冲散了一支送葬的队伍，让送葬者减员两个。居民朝着大象发射了几枚小炮弹，然后逃跑了。十分钟过后，我和警探伯克从北面赶到了现场。但我们误把一些土坑当成了大象的脚印，耽误了不少时间。最后，我们找对了路线，跟踪大象到了林地。我们随后匍匐在地，继续密切注视大象的行踪，追踪它到了灌木丛。伯克在前。不巧的是，那畜生停下来休息。伯克埋头仔细观察踪迹，脑袋碰到了大象的后腿才意识到大象就在眼前。他立刻站起身，一把抓住了大象的尾巴，兴高采烈地大声喊起来：“我要领赏——”他没来得及把话说完，大象的大鼻子一甩，英勇的年轻人身子就散架了，倒地而亡。我转身就跑，大象转身就追，一直追到了林子的边缘。它速度可快啦！要不是上帝保佑，再加上送葬者横插一杠子分散了大象的注意力，我一定会没命了。我刚刚得到消息说，送葬的队伍已无人幸存了。但这也算不了什么损失，因为这足以再举行一次葬礼。在这期间，大象再次遁形了。

警探穆罗尼

12 时 50 分

于纽约玻利维亚镇

新泽西州、宾夕法尼亚州、特拉华州和弗吉尼亚州到处布满了勤奋和自信的警探——他们全都在追踪新的和令人振奋的线索。除了这些情况，我们没有听到其他任何消息。下午两点过后不久，收到了以下电文：

大象到达了此地，浑身贴满了马戏团的海报。它冲散了一场奋兴布道会，导致了很多人死伤，而那些人正准备过上更加美好的生活呢。居民用围栏把大象围了起来，并设置岗哨值守。随后不久，我和警探布朗赶到。我们进入围栏，持照片和情况说明对大象进行了辨认。所有特征一律相符，只有一点我们没能看到——腋下的那块疤痕。为了确认，布朗躬下身子去查看，脑袋立刻开花了——头部被击碎，摧毁了，尽管残骸中什么也没有。所有人逃窜了，大象也是如此。它左冲右突，现场伤亡巨大。大象逃跑了。由于遭受炮击受伤了，一路留下了明显的血迹。一定可以再次找到的。大象向南逃窜，穿过了一片茂密的森林。

警探布仁特

2 时 15 分

于巴克斯特中心

以上是最后收到的电文。夜幕降临时，起了大雾，雾很浓，能见度只有三英尺。整个夜晚都是如此。渡船，甚至公共汽车，都停止了运行。

三

翌日早晨，各家报纸还和先前一样，连篇累牍地登载了警探们的种种推断，并且详细报道了种种惨剧。还有许多内容是各家报纸派出记者发回的电文。一个又一个栏目都占满了，一直向下占去了报纸三分之一的篇幅，还加上了醒目的通栏标题。我看过之后挺不是滋味。报道的一般语气是这样的：

大白象逍遥着！它一路前行，制造伤亡！各地村镇的居民惊恐万状，全部逃跑了！大象的前方弥漫着白色恐怖，死亡与毁灭接踵而至！随后跟上来的是警探们！粮仓遭摧毁，工厂遭洗劫，庄稼被吃光，公众的聚会被冲散，惨状无法形容！刑侦队三十四名最具声望的警探提出了种种推断！高级警监布伦特提出了自己的推断！

“是啊！”高级警监布伦特说，几乎掩饰不住自己的兴奋之情，“这真是了不起啊！任何刑侦机构恐怕都难以遇上如此好运。由此带来的声誉定会传遍天涯海角，历久弥新，直到永远！我的名字也会随之传扬啊！”

但是，我却没有任何快乐可言。我感觉那些血案全是自己犯下的，大象只不过是我的一位无需负责的代理者罢了。血案的清单增加得多么迅猛啊！在一个地方，大象“干扰了一场选举，剥夺了五位重复投票者的性命”。有了这个举动之后，大象又毁灭了两位可怜之人。他们名叫奥唐诺休和麦克法兰尼甘，“头天才来到这个世界上的被压迫者之家寻求庇护。他们正在选举现场首次行使美国公民的崇高权利，谁料突遭横祸，命丧无情的暹罗杀星之手”。在另一个地方，大象“发现了一位疯狂而又名噪一时的传教士。此人正准备在下一季对跳舞、戏剧和其他无法回应的事物进行英勇无畏的抨击。结果，大象一脚踩在他身上”。还有一处，大象“要了一位经营避雷针的代理商的性命”。血案的数量越来越多，案情越来越血腥，越来越令人伤心。六十人丢了性命，两百四十人负了伤。所有报道都记录着警探们的活动和真情付出，都会在结尾处说：“有三十万民众和四名警探看见过凶狠的大象，其中两位警探死亡。”

我诚惶诚恐，担心再次听见发报机咔哒咔哒响起来。不久后，消息开始源源不断涌入，内容令我既开心又失望。情况很快明朗了，大象的全部踪迹都消失了。大雾帮了大象的忙，让它能够寻到一处无人能够发现的理想藏匿地。一份份从极为遥远的地方发来的电文显示，某时某刻，人们透过浓雾瞥见一个模糊不清的庞然大物，“毫无疑问是大象”。纽黑文、新泽西州、宾夕法尼亚州、纽约州的腹地、布鲁克林，甚至在纽约市城区，都有人瞥见过那个模糊不清的庞然大物！但所有情境中，那个模糊不清的庞然大物都迅速消失，踪迹全无了。规模宏大的刑侦队里的警探全部布防在广袤的区域，按时发回报告。每人都有线索，都会去追踪什么，而且紧追不舍。

不过，当天过去了，没有其他结果。

翌日的情况也是如此。

第三天的情况还是一模一样。

各家报纸的消息开始老调重弹起来了——各种事实毫无价值，各种推断也几乎是绞尽脑汁，却不过是些令人惊讶、高兴和眼花缭乱的东西。

遵循高级警监的建议，我把赏金翻了一番。

沉闷乏味的四天过去了，可怜而又卖力的警探们遭受了更加沉重的打击——报纸记者拒绝报道他们的推断了，态度冷漠地说：“让我们消停一下吧。”

大象失踪两周后，我遵循高级警监的建议，把赏金提高到了七万五千美元。虽然款项巨大，但我宁可损失掉全部个人财产，也不愿意损失政府对自己的信任。现在的情况是，警探们身处逆境，报纸开始把矛头对准他们，冷嘲热讽，言辞刻薄。这倒是给了那些滑稽艺人以启示。他们将自己打扮成警探模样，用极其夸张的手法在舞台上表演追捕大象的情形。漫画家们用漫画的形式来传达警探们的形象，描绘他们用小型望远镜朝着乡野张望，而那头大象却躲在他们身后，偷吃他们衣服口袋里的苹果。画家们还把警探们的警徽画成各种滑稽可笑的漫画——毫无疑问，您一定看到过，侦探小说的封底用金色印着那个徽章——那是一只睁大的眼睛，题有“我们决不睡觉”几个字。警探们到酒吧去喝酒时，性情诙谐的酒吧老板会重新拾起早已过时的话：“喝杯醒眼酒好吗?”整个空气中弥漫着讽刺揶揄的气息。

面对如此情形，有个人始终沉着冷静，不动声色，若无其事。那就是坚如磐石的高级警监。他目光中透出的勇气从未丧失，平静坚定的信心从未动摇。他总是说：“让他们嘲笑去吧！谁笑到最后，谁笑得最好。”

我对此人的钦佩之情已经上升到了顶礼膜拜的地步。我一直待在他身边。对我而言，他的办公室成了一个很不舒服的地方，现在更是一天天严重起来了。不过，他既然能够忍受得了，我也要设法忍受——至少，坚持多久是多久。我常来常往，来了便待着——我似乎成了唯一能够忍受这种情形的外人。人人都惊叹，我怎么能够忍受得了啊。我常常也觉得自己一定会放弃，但每当这时，我就会仔细打量那张沉静而又明显地满不在乎的脸，并坚守着自己的阵地。

大概在大象失踪三周后的一天上午，我正要说自己必须放弃阵地、撤退了，大侦探突然提出一个无与伦比的绝招，让我打消了念头。

那就是同盗贼妥协。我也算是有过见识的人，同世界上智慧超群的人有过广泛的交流，但此人足智多谋的创造力我还是头一回见到。他说，他相信，拿出十万美元就可以同他们达成妥协、找回那头大象。我说了，我可以东拼西凑，聚齐这个数额，但可怜警探们忠心耿耿，卖力工作，他们怎么办呢？他说："遵循妥协的办法，他们总是可以分到一半赏金的。"

这么一说，我的唯一异议打消了。于是，高级警监写了两封便函，内容如下：

亲爱的夫人，您丈夫若是立刻同我约谈，便可挣得一笔巨款（且完全受到法律保护）。

高级警监布伦特

他派了心腹把其中一封送给"好汉"达菲所谓"声望卓著的夫人"，另一封送给"红毛"麦克法登那位确实声望卓著的夫人。

不到一个小时，他便收到了两封措辞简慢无礼的回复：

你这个老笨蛋："好汉"达菲死了两年了。

布里奇特·马奥尼

榆木脑袋高级警监："红毛"麦克法登已被处了绞刑、升入天堂都十八个月了。除了做侦探的，哪头蠢驴都知道这件事啊！

玛丽·奥胡里甘

“我老早就觉得有这样的事情了。”高级警监说，“有了这些证据，说明我的直觉准确无误啊。”

眼看这一绝招不起作用，他又想出了另外一招，立刻给各家晨报草拟了一份广告。我抄录了一份：

A.——xwblv. 242 N. Tjnd——fz328wmlg. Ozpo，——；2 m！ ogw. Mum.

他说，盗贼若还活着，见到这则广告后一定会到平常会面的地点去。他进一步解释说，那个平常会面的地点就是警探和罪犯之间谈判的地方。见面定在翌日晚上十二点。

那个时间之前，我们无所事事。我没有磨蹭，立刻离开办公室。确实，由于享受到了这样一份权利，我心里洋溢着感激之情。

翌日晚上十一点，我带着十万美元现金交到了高级警监手上。少顷，他便告辞了，眼睛里依旧闪烁着那种英勇无畏而又充满了自信的目光。一个小时以几乎令人无法忍受的漫长接近尾声了。这时，我听见了他令人愉快的脚步声，就气喘吁吁地站起身，踉踉跄跄地走过去迎接他。他明亮的眼睛里闪耀着得意扬扬的目光！他说：“我们达成了妥协！那些无足轻重的小人明天就会改变论调啦！随我来吧！”

他举着一支燃烧中的蜡烛，大步向下走进那间宽敞的有拱顶的地下室。那儿是六十位警探睡觉之地，这会儿有二十来位正在玩牌，消磨时光。我紧随在他的身后。他急忙走到地下室昏暗偏僻的另一端。正当我闷得慌、快要晕倒时，他突然一下绊倒了，跌在一个大个头儿伸开的肢体上。我听见他跌倒时激动地大喊了起来："我们这个高贵的职业真是实至名归啊。您的大象在这儿呢！"

他们把我抬到了上面的办公室，用石碳酸让我苏醒过来。整个刑侦队的人全都拥了进来，接下来是好一个欢天喜地庆贺的热闹场面。此情此景，我先前从未见识过。他们请来了记者，开了一篓又一篓的香槟酒，推杯换盏，开怀畅饮。他们频频握手，互致庆贺，连续不断，热情洋溢。不用说，高级警监是此时此刻的英雄。他满心欢喜，而如此幸福时刻的到来，也是他凭着自己沉稳的耐性、高尚的品格和英勇无畏的精神换来的。我见后感到很高兴，尽管我孤独地伫立在那儿，像个无家可归的乞丐。我所委托的价值连城的宝贝已经死亡，我替国家效力的地位已经没有了。这都似乎是我在接受重大委托时、在执行过程中漫不经心的致命习惯造成的。多少双意味深长的眼睛把深深的敬佩之情送给高级警监，多少位警探在喃喃低语："看看他吧——正是这个职业里的王者啊！只要给他提供一点点线索，便是他全部所需。但凡被藏匿起来的东西，没有他找不到的。"分发那五万美元赏金时，场面一片欢喜。活动结束之后，高级警监一面把自己分到的钱放进衣服口袋，一面做了个简短的演讲。他当时说："好好享受吧，伙计们！这是你们挣来的。还有就是，你们给刑侦这个职业赢得了不朽的声誉。"

有人发来了一份电文，内容如下：

三个多星期了，我头一次遇见电报局。我骑着马，顺着脚印一路跟踪，穿过树林，跋涉一千多英里到达此地。脚印一天天变深，变大，变明显。请勿担心——不出一个星期，我一定找到大象。这一点确凿无疑。

警探戴利

上午10时

于密歇根州门罗镇

高级警监欢呼了三声，说："戴利是刑侦队最聪明、睿智的人之一。"他随后吩咐，电告戴利返回，领取属于他的赏金。

被盗大象的这段惊心动魄的插曲就这样结束了。翌日，各家报纸再次兴致勃勃地登载着充满了溢美之词的文章。只有一家例外，不屑一顾。那家报纸说："警探真是伟大啊！在寻找如失踪的大象这样的小东西时，他们的速度可能有点儿缓慢——三个星期当中，他们整天追踪大象，夜间则同象的尸体睡在一块儿。但他们最后还是会寻到大象的——假如他们能够寻到丢弃大象的人来指明地点！"

可怜的哈森永远离开我了。炮弹给大象造成了致命伤害。浓雾中，它悄悄进入了那个凶险的所在，处在敌人的重重包围之中，时刻都有被发现的危险。大象忍受着饥饿和痛苦，直到死神把安宁给了它。

妥协行动花费了我十万美元，我还另外支付了警探们的费用——四万二千美元。我再也没有向自己国家的政府申请过任何职位。我破产了，成了浪迹天涯的流浪汉。但我认为，那个人是迄今为止世界上最了不起的侦探。时至今日，我对他的敬佩之情仍然没有减退，而且会终生保持下去。

百万英镑

我二十七岁时受雇于旧金山一家矿业经纪人事务所，对证券交易全部细节都很熟悉。我举目无亲，独自生活在这个世界上。我头脑聪明，声名清白。除此之外，我没什么可以依靠的。不过，我凭着上面的这两个优点，最终踏上了成功之路。因此，我对这个前景感到心满意足。

我可以自由支配星期六下午证券交易收盘后的时间。那个时候，我习惯驾着小帆船到海湾去。一天，我冒险过了头，将帆船驶入了大海。夜幕降临时，我差不多已经绝望了。就在这个当儿，一艘驶向伦敦的小型双桅横帆船把我给搭救了。旅途遥远，狂风暴雨，船上的人要求我干普通水手的活儿，不付工钱，以此来冲抵搭船的费用。我在伦敦登岸时，衣衫褴褛，口袋里只有一美元。这一美元让我维持了二十四小时的食宿。

翌日上午十点左右，我没精打采，饥肠辘辘，独自徘徊在波特兰广场①一带。这时候，一个小孩儿由保姆牵着从我身边经过，把一个美味香甜的大梨——只是咬掉了一口啊——扔进了路边的阴沟。我当然停住了脚步，目光中充满了渴望，盯着那个沾着泥巴的宝贝看。我馋得直流口水，胃则渴望它来填充，整个躯体都在祈求着它。可每当我向前挪动身子，想要把梨捡起来时，总会有路过者看出我的企图。这时候，我当然会挺直身子，现出一副无所用心的姿态，假装压根儿没对那个大梨动过什么念头。同样的情形一次又一次重演，我终究未能拿到那个大梨。我决定孤注一掷，不顾一切颜面，准备抓起梨子。突然，我身后的一扇窗户向上拉起了百叶窗，一位绅士探出头来喊道："请进屋来吧!"

一位外表体面的仆人把我领了进去，来到一个奢华的房间。房间里端坐着两位上了年纪的绅士。他们支开仆人，请我坐了下来。他们刚刚用完早餐。看见剩下的食物，我几乎控制不了自己；面对食物，我几乎要失去理智了。但由于他们并没有请我品尝，我就得尽最大努力忍受饥饿的痛苦。

是啊，那儿不久前发生了一桩事情。我当时对此一无所

---

① 波特兰广场（Portland Place）是伦敦中心的一条街道。

知，直到好些天后才知晓。不过，我这就向您叙说吧！两天前，老绅士兄弟二人为一件事争得不可开交，最后一致同意以打赌来做决断。这是英国人决定事情时常用的方式。

您一定还记得，英国同某个国家有过公共交易。为了达到某个特殊目的，英格兰银行发行过两张纸钞，每张面值一百万英镑。不知为什么，只使用并注销了其中一张，另一张仍然存放在银行的保险库里。是啊，绅士兄弟二人闲聊时正好思忖着，如果有那么一位陌生人绝对诚恳老实、聪颖智慧，却流落到了伦敦，无亲无故，身上除了揣着一张百万英镑的大额钞票外一无所有，还无法证明自己就是钞票的拥有者，境遇会如何呢？兄长说，此人会活活饿死。弟弟说，他不会饿死。兄长说，此人无法把钞票拿到银行或任何其他地方去使用，因为他会当即遭到逮捕。兄弟二人一直争论着。最后，弟弟说，他愿意赌两万英镑。他断定，陌生人揣着钞票无论如何可以活上三十天，还不会进监狱。兄长接受了他下的赌注。弟弟跑到银行，把那张百万英镑的钞票买了下来。您看看，完全是英国人的气派，浑身都是勇气。紧接着，他口授了一封信，由秘书把信用漂亮的圆体书写了出来。然后，兄弟二人在窗户前坐等一整天，观察着，希望有合适人选可以把信托付出去。

他们倒是看到了许多长着诚恳老实面孔的人经过，但显得不够聪颖智慧。有许多聪颖智慧的人，但又显得不够诚恳老实。有许多人两者兼而有之，但看上去不是穷人，或即便是穷人，又不是陌生人——总是美中不足，直到我出现了。他们一致认为，我符合所有条件，就毫无异议地选定了我。我此刻正在等待着，想要知道把我召唤进屋的缘由。他们开始询问我本人的情况，很快就清楚了我的经历。最后，他们告诉我说，我符合他们设定的目标。我说，我打心眼里高兴，便问了那是什么目标。有人随即递给我一个信封，说可以在里面找到答案。我正要把信拆开，却被他制止了，要我把信带回寓所，仔细认真地浏览，不要匆忙或草率行事。我被弄得云里雾里，想要把事情说得清楚一些，但他们不肯。我于是告辞了，心里觉得委屈，感觉受到了侮辱。很显然，这就是一个恶作剧，我则成了被嘲弄的对象。不过，我只好忍辱负重。深陷眼下的处境，面对有钱有势之人的轻蔑简慢态度，我是不能表露任何愤怒情绪的。

我原本可以把那个大梨捡起来，堂而皇之地吃掉的，现在梨子却不见了。由于这桩倒霉事，我失去了梨子。想到这一点，我便对那两人没有好感。一到看不见那幢房子的地方，我便拆开了信封。里面装了钱呢！我对那两人的看法瞬间有了变化。我可告诉您啊，我片刻都没有耽搁，就把信和钞票塞进背心口袋，兴冲冲地跑进附近一家廉价餐馆。哎呀，我铆足了劲儿吃啊！最后，我肚子再也装不下东西了，便把钱掏出来，展开。只是瞥了一眼，我就要晕过去了。五百万美元①啊！天哪，我感觉到了天旋地转。

我一定是坐在那儿目瞪口呆，眼巴巴地看着钞票。足足有一分钟之久，我这才回过神来。当时，我注意到的第一个目标

① 这个数字是百万英镑折合来的。

就是餐馆老板。只见他眼睛盯着钞票，呆若木鸡。他全身心地对它顶礼膜拜着，但看上去手脚都动弹不得了。我瞬间有了主意，做了当时唯一符合理性的事情。我把钞票递给他，用漫不经心的口气说："请给我找零钱吧。"

他随后恢复了常态，一个劲儿地赔礼道歉，说无法找零。我没法儿说服他接过钞票。他想要看一看，持续不断地看着，目光中充满了如饥似渴的神情，似乎怎么也看不够。但他退缩着，不敢接过钞票去，好像是什么过于神圣的东西，可怜的俗身凡胎不可以触碰。我说："如果带来了不便，很对不起啊。但我必须坚持我的立场，请找零吧！我别无他物了。"

餐馆老板说，没有关系的，区区一笔小账，他很乐于延迟到下一次。我说，我可能好一阵子不会再到这一片来了。他说，无关紧要，他可以等待的。此外，我还可以想吃什么吃什么，任何时候都可以，而且账目可以记着，想要拖欠多久就拖欠多久。他说，不敢相信像我这样的富翁纯粹由于性情诙谐，有意要在衣着装束上跟公众开玩笑。这时来了一位顾客，餐馆老板示意我把巨额钞票收起来，又一路点头哈腰地把我送到门口。我径直走向那幢住宅，回到那两兄弟身边，想趁警察还没逮着我，纠正已经犯下的错误。我战战兢兢，事实上，已被吓坏了。不过，这并不是我的错。但我知晓人情世故，心里很清楚，当发觉自己把一张百万英镑的钞票当成一英镑送给一位流浪者时，他们会气势汹汹地冲着他发怒，而不是责怪自己视力不佳。临近那幢住宅时，我激动的心情有所缓和，因为周围一片静谧。我据此确信，他们尚未发觉出了差错。我按响了门铃，应门的还是先前那位仆人。我请求见那两位绅士。

“他们出门了。”说话的语气傲慢冷漠。这种人说话往往如此。

“出门了？去哪儿了？”

“旅行去了。”

“到底去哪儿了呢？”

“我估计是去欧洲大陆了。”

“去欧洲大陆了？”

“是啊，先生。”

“哪边走的——走哪条线路？”

“我说不准啊，先生。”

“他们什么时候回来呢？”

“一个月之后。他们说了。”

“一个月！噢，这真是要命啊！请你给我想想办法吧，看可否给他们捎个信儿。事情非同小可啊！”

“我无能为力，真的。我根本不知道他们去哪儿了，先生。”

“那我一定要见见这个家庭的其他成员。”

“其他成员也不在家，出国都已经几个月了——在埃及和印度。我觉得是这样。”

“伙计啊，出了一个莫大的差错。他们天黑前一定会回来的！请您转告他们，说我来过这儿了。我还会不停地来，直到错误纠正了为止。不过，他们用不着害怕，好不好？”

“如果他们回来了，我会转告他们的。不过，我看他们是不会回来的。他们说了，您一小时之后会来这儿打听情况。我必须要告诉您，一切都很正常。他们会准时回来，在这儿等着您。”

于是，我只好放弃原先的打算，离开了。这究竟是一个什么样的谜团啊！我好像要丧失理智了。他们会“准时”回到这儿。这是什么意思啊？噢，那封信兴许解释清楚了。我竟然把那封信给忘掉了。我掏出信来，内容是这样的：

> 根据您的面容，人们可以判断：您是一个聪颖智慧、诚恳老实的人。我们推测，您很贫穷，还是个外来者。您会发现，信封里装了一笔钱。钱借给您三十天，免付利息。三十天结束时，请前来本住宅汇报情况。我在您身上下了赌注。如果我赢了，您将获得我可以提供的任何职位。也就是说，您能够证明自己在行且能胜任的任何职位。

没有署名，没有地址，没有日期。

是啊，惹上麻烦了！您对这一切情况已经很清楚了，但我当时却浑然不知。我那会儿觉得，这纯粹是一个不解之谜，深不可测，晦涩神秘。我心里没有一点儿底儿，这到底玩的是什么游戏啊，也不知道是祸是福。我走进一座公园，坐下来好好寻思一番，想想自己该怎么办。

过了一个小时，我经过反复推理，得出了一个结论。

那两个人或许对我怀有善意，或许怀有恶意，但没有办法作出决断——那就顺其自然吧。他们在玩着某种游戏，或者策划着某种阴谋，或者做着某种实验，没有办法确认究竟属于哪种情况——那就顺其自然吧。他们在我身上下了赌注，但没有办法弄明白是什么赌注——那就顺其自然吧。无法确认的事情就这么处理了，其余情况倒是确凿无疑，实实在在，可以归类和确切地加以说明。我若请求英格兰银行把这张钞票归入它所属的账户，他们会这样办的。尽管我不知道他是谁，但他们是知道的。不过，银行会追问，我是如何获得这张钞票的。我若是实话实说，很自然，他们会把我送进精神病院。我若是编造谎言，他们则会把我送进监狱。我若是想要把钞票存入任何一家银行，或者用钞票来做抵押贷款，结果都会是一样的。无论我愿意与否，我都必须背负着这个沉重的包袱，直到那两个人回来。这种钞票对我百无一用，就像一把灰烬，毫无用途。然而，我即便乞讨度日，也还是得小心照料钞票，仔细将它看护好。我即便想把钞票送人，也未必送得出去。诚实正派的公民或拦路抢劫的强盗都不会接受它，或者愿意同它有任何瓜葛。那兄弟二人倒是安然无恙。我即便把他们的钞票弄丢了，或者烧毁了，他们仍会安然无恙。他们可以挂失，银行不会让他们蒙受任何损失的。我却要遭受一个月的罪，没有薪水，也没有好处——除非我有助于他赢得赌注——不管那是什么赌注——从而获得已被承诺的职位。我很想谋得那个职位。他们那种人提供的职位，肯定是值得我去谋取的。

关于职位的事情，我想了很多。我的期望值开始升得很高了。毫无疑问，薪水一定是可观的。职位一个月后就可以谋得，从此，我会一切顺利。我很快便滋生了良好的感觉。这时候，我又开始在街道上踱起步来。看见一家裁缝店后，我心里顿时有了一种强烈的渴望，很想把身上的破衣烂衫扔掉，让自己重新穿得体体面面的。我买得起吗？买不起。除了身上这张百万英镑的巨额钞票，我一文不名。我强迫自己继续往前走，但很快又徘徊着，返回来了。我内心纠结着，受着煎熬，来来回回的，一定走了有六趟。最后，我就范了，我不得不这样做。我问他们，有没有做得不合身、被顾客退回来的衣服。我问到的那位伙计对着另一位点了点头，根本不接我的茬儿。我走到他点头示意的那位伙计跟前，而他又冲另一位点头示意，还是不搭理我。我走到第三人跟前，他说："马上过来为您效劳。"

我一直等他忙完手上的活儿，他随后把我领进后面一个房间。他翻看了一大堆没有用的服装，挑了一件最寒酸的给我。我把衣服穿上，不合身，毫无气派可言。衣服倒是新的，我迫不及待地想要了，就没有挑剔它，只是有点儿不好意思地说："请你们照顾一下我，我过几天再来付款，因为身上没带零钱。"

伙计脸上露出了最最揶揄的表情说："噢，您没带零钱，是吧？当然啦，我预料得到的。我看像您这样的绅士，身上带着的只有大额钞票。"

我被惹毛了，便说："朋友，您可不该总由衣着来判断一个陌生人啊。我是有能力支付这套衣服的，只是不想让您因为找不开一张大额钞票而烦恼。"

听我这么一说，他的态度稍稍有了变化。不过，还是有点儿飞扬跋扈的派头。“我并无恶意。不过，既然您表示了不满，我倒是可以告诉您，您用不着这样匆忙下结论，说我们无法找开您随身带着的钞票。恰恰相反，我们找得开的。”

我把钞票递给他说：“噢，很好。我赔礼道歉。”

他接过钞票，脸上露着微笑。这种笑容属于巨大的那种，洋溢在整个脸庞上，其中还有皱痕、皱纹线和螺纹线，仿佛您往池塘里扔进一块砖头时荡起的波纹。他瞥了一眼钞票，微笑随即结成了硬邦邦的冰；面呈黄色，看上去就像向四处延展开来的凝固了的熔岩，呈波纹状和蠕虫状。这种情形，您可以在维苏威火山侧面那些小平地上看到。我还从未见过有笑容会如此这般地凝固并且僵持。那人伫立着，手里拿着钞票，现着那么一副尊容。店主急忙跑上前来，想知道是怎么回事。他开口说话了，语气显得很轻松：“呃，怎么回事？有什么问题吗？还需要什么？”

我说：“没有什么问题，我等着找零呢。”

“得啦，得啦，给他找零吧！托德，给他找零吧！”

托德回话说：“给他找零！说得轻巧啊，老板！您自己看看这张钞票吧！”

店主看了一眼，打了一个低沉而又意味深长的响哨。紧接着，他冲向那堆退回来的服装，开始四处翻找，情绪激动，一直念念有词，好像在自言自语：“竟然把这样一套糟糕得令人难以启齿的服装卖给一位异乎寻常的百万富翁！托德是个傻瓜——天生的傻瓜，老是干些这样的蠢事！他无法辨认谁是百万富翁，谁是流浪汉！永远都做不到。结果把光顾本店的每位百万富翁都拒之门外。啊，我可把您要的东西给找到啦！请您把身上的衣服脱下来吧，先生！扔进火里去！赏我个脸，把这衬衫和套装穿上！就是这套，最合身的——素雅大方，精致大气，庄重适度！正是公爵一样的大人物气派！这是给一位外国亲王定做的——您或许知道他的，先生！就是尊贵的哈利法克斯大公殿下——由于他母亲当时处于弥留之际，便把服装留下来了，制作了一套丧服——老夫人又活下来了。不过，这没有问题，我们不可能总让事情按照我们的方式——也就是说，按照事情本身的方式——好哇！裤子正合适！您穿着可精神啦，先生！现在来试一试背心！啊哈，还是很合身！试试外套吧——天哪！瞧瞧，哎呀！完美无缺啊——上下全套啊！我出道以来，从没见过这样十全十美的杰作呢！”

我表达了称心如意的意思。“说得对啊，先生！说得对！我必须说，这套衣服暂时凑合着穿一穿是可以的。不过，等以后我们按您的尺寸制作出来的，您再看看是怎么回事。嘿，托德，把记录本和笔拿来！记好了：腿长三十二”——等等。我还没来得及说上一句话，他便开始给我量尺寸了，吩咐替我做燕尾服、晨礼服、衬衫，还有其他种种服装。当有机会说得上话时，我说：“不过啊，尊敬的先生，我不能定做这些衣服，除非您能够不规定期限地等待，或者能够找开这张钞票。”

“不规定期限！这个词汇用得不够有力啊，先生，是‘永远’——这个词才恰当呢，先生。托德，赶紧把这些衣服做出来，然后送到这位绅士的住处去。别磨磨蹭蹭啊！让那些普通客户等一等吧！把这位绅士的住址记下来！还有……”

“我正要搬家呢。我到时再来，留下新住址。”

“说得对啊，先生！说得对！稍等——我送您到门口，先生。好啊——再见，先生，再见。”

行啊，您知道后面会发生什么吗？我自然是随意进入任何一家店铺去购买自己所需要的东西，并要求找零。一个星期之内，我豪气十足，但凡需要的舒适和奢侈的东西，都一应俱全了。同时，我下榻在了汉诺威广场①一家费用高昂的私人旅馆。我在旅馆用正餐，但坚持在低档次的哈里斯餐馆用早餐。我拿到百万英镑钞票后的第一顿就是在那儿吃的。我让哈里斯餐馆生意兴隆起来。一位国外的怪人，背心口袋里揣着百万英镑的钞票，俨然成了餐馆的守护神。这事已经四下传开了——这就足够了。小餐馆本来可怜兮兮，只够勉强维持的，现在变得闻名遐迩，顾客盈门了。哈里斯对我洋溢着感恩之情，一定要借钱给我，还不容我推辞。因此，我虽然还是个穷人，却有得钱花，日子过得像富翁和伟人。我心里清楚，崩溃是迟早的事，但我既然下水了，就得奋力游泳，否则就会被淹死。您知道的，人恰恰就有那种大难临头的意识，并由此看到当前事态中严峻的一面、昏暗的一面——对啊，还有悲剧性的一面。因为这种事态本来就是荒诞不经的。到了夜间，黑暗之中，悲剧

① 汉诺威广场（Hanover Square）是伦敦一个广场，处于牛津街与摄政街交叉路口的牛津环岛西南侧。

性的一面总会凸显出来，一直在警示着我，一直在威胁着我。于是，我呻吟着，辗转反侧，难以入眠。但到了舒心惬意的白天，悲剧的成分渐渐淡出并消失了，我趾高气扬地行走着。您可能会说，我高兴得忘乎所以了，如痴如醉了。

不过，这很自然，因为我已经成了世界大都会名噪一时的人物之一了。这事令我头脑发热，不是一点点，而是很大程度。您只要拿起一张报纸，不管是英格兰、苏格兰，还是爱尔兰的，总会在上面看见一两则有关那位“背心口袋里揣着百万英镑钞票的富翁”的消息，以及有关他最新的行动和言论。刚一开始，在这类报道中，我处在人物漫谈栏目的最底端，后来我跻身爵士①之上，接着是从男爵之上，然后是男爵之上，等等，等等。随着名声大振，我的地位也稳步攀升。最后抵达了至高无上的地位，而且稳居于此，高于所有非王室公爵和所有除全英首主教②之外的神职人员。但是，您可得注意啦！这并不是声誉名望，我得到的只是轰动一时的名声③而已。最后，有了登峰造极的一招——可以说是如同骑士称号的授予礼——顷刻之间，它把昙花一现的浮名糟粕点化成了恒久不变

---

① 指英国近代的爵士，地位低于从男爵（Baronet），名字前面的称号用Sir，如Sir John Smith。按照贵族等级高低，英国皇族和贵族的五大爵位（peerages）及其与之相对应的女性称谓是：公爵Duke（Duchess）、侯爵Marquis（Marchioness）、伯爵Earl（Countess）、子爵Viscount（Viscountess）、男爵Baron（Baroness）。

② 全英首主教（the Primate of all England）指坎特伯雷大主教（the Archbishop of Canterbury）。

③ 作者在此用的是Fame和Notoriety两个不同的词。

的声誉之金：《笨拙周报》① 以漫画展示了我的形象！对啊，我现在是个功成名就的人物啦，我的地位已经确立。也许，仍然有人拿我开玩笑，但他们怀着敬意，而非喧闹嬉戏，粗俗无礼。我可能会面对微笑，而非嘲笑。我被人嘲笑的时期已经过去了。《笨拙周报》把我刻画成一个破衣烂衫飘舞着的形象，在同伦敦塔②的看守讨价还价。对啊，您可以想象得到，那是怎样的一种情形：一个过去无人注意的年轻小伙子，突然之间，举手投足都会引起人们的关注，到处传播。每逢出门，就会不断听见人们在交头接耳地议论："他出门了，那就是他！"他用早餐时，总会引来围观的人群。他一旦出现在歌剧院，总会成为上千长柄望远镜的聚焦点。啊，我整天都沉浸在荣耀之中——情况大体就是这样的。

您可知道，我甚至保留着昔日那套破烂衣裤，还时不时穿上它出现在人们面前，购买些零星杂物，受人侮辱，然后掏出百万英镑钞票，把鄙视我的人吓得半死，以便重享昔日的那种快乐。但我无法坚持这样做，报纸上的漫画把我的这身装束弄得家喻户晓，以至于我穿上它外出时，立刻就会有人认出来，然后就有一大堆人跟着。我一旦打算买件什么东西，还没来得及在店主面前亮出那张钞票，他立刻就会主动提出，我可以挑

---

①《笨拙周报》（Punch）是适合于中产阶级趣味的伦敦幽默刊物，创刊于 1841 年。

② 伦敦塔（Tower of London）是英国伦敦泰晤士河北岸的一组建筑物。曾作为堡垒、军械库、国库、铸币厂、宫殿、天文台、避难所和监狱。1988 年被列为世界文化遗产。

选店铺里的所有东西，记账就是。

大概在我出名之后的第十天，我去向美国驻英国大使馆的公使表达敬意，以便尽到我对祖国的义务。公使热情洋溢地接待了我，那份热情适合我的身份。他责备我不该姗姗来迟，这么晚才来履行一个公民应尽的义务。他说，我要想得到他的谅解，办法只有一个，那就是出席当晚举行的宴会，以便填补他的一位客人因病而出现的空缺。我说我会出席的，于是，我们交谈起来。交谈中得知，他和我父亲原是小时候的同学，后来在耶鲁大学也是同学，他们之间真挚的友谊一直保持到我父亲去世。因此，他请求我一旦有空儿就上他家走走，我当然很愿意。

实际上，我不仅仅是愿意，而是高兴。一旦出现了崩溃的局面，他或许可以拯救我，让我免遭灭顶之灾。我不知道他会如何拯救我，但他或许可以想出办法来。现在为时已晚了，不，我不能冒险向他推心置腹说出实情。如在伦敦那可怕遭遇的最初阶段，我当即就会这样做的。我已经陷得太深，也就是说，深陷的程度迫使我不能冒险向新近结识的朋友推心置腹说出实情了，尽管我觉得，其程度还没有明显达到深不可测的地步。您可知道，面对所有借贷，我都会谨慎从事，确保借贷额度在自己的偿还能力之内——我的意思是说，控制在我的薪水额度之内。当然，我并不知道自己将来的薪水是多少，但我有充分理由作出估计——我若赢了赌注，就可以选择那位富裕的老绅士提供给我的职位，条件是，我胜任得了——我肯定能够证明自己有这个能力，我对此坚信不疑。关于赌注，我并不担心什么，因为我一直都是吉星高照。我估计，我的薪水是一年六百到一千英镑，比如说，第一年是六百英镑，然后逐年增加，最后凭着自己优异的业绩到达额度的最上限。目前，我只是欠下了自己第一年的薪水额度而已。人人都争先恐后地把钱借给我，但我都以这样那样的借口推辞了大多数人的好意。因此，我的欠款不过三百英镑现金，另外三百英镑是生活和购物的赊欠。若能继续谨慎从事，精打细算，我相信，第二年的薪水足以让我度过这月剩下来的日子。我是会严格把握这一点的。只要一个月的期限结束，我的雇主便旅行回来了，那就一切都好办了。我可以把两年的薪水分期支付给我的债主们，然后全身心投入工作。

这是一次气氛融洽的宴会，有十四位客人参加。肖尔迪奇公爵和公爵夫人，以及他们的女儿安妮－格蕾丝－埃莉诺－西莱斯特小姐，等等，还有德－博恩小姐，纽盖特伯爵和伯爵夫人，奇普塞德子爵，布拉瑟斯凯特勋爵和夫人，几位没有爵位的男女客人、公使和夫人以及他们的女儿，还有一位是公使女儿的朋友——一位二十二岁的英国姑娘，名叫波西娅·兰厄姆。刚过了两分钟，我就爱上了她，她也爱上了我——我不戴眼镜都看得出来。还有一位客人，是个美国人——但我叙述故事时提前了一点儿。那时，客人还待在客厅里，刺激食欲准备用餐，冷静地打量着后面来的客人。只听仆人大声宣布："劳埃德·黑斯廷斯先生到！"

通常的礼貌寒暄刚一结束，黑斯廷斯就瞥见了我。他径直向我走来，热情洋溢地伸出手。正要同我握手时，他突然停住了，开口说话，表情显得尴尬："对不起，先生，我以为我认识您。"

"对呀，你确实认识我啊，老伙计。"

"不对，您是那位……那位……"

"背心口袋里揣着百万英镑钞票的怪物吗？我确实是。不要有顾虑，直接叫我的绰号好啦。我已经习惯了。"

"哎呀，哎呀，哎呀！这真是出乎意料啊！有一两次，我看见你的名字同那个绰号联系在一起，却压根儿没想到你竟然是人们提到的那位亨利·亚当斯。对啦，不到六个月之前，你还在旧金山给布莱克·霍普金斯当办事员挣薪水呢。为了挣到额外的加班费，还通宵达旦地帮我整理和核对古尔德和柯里拓展计划的文件和统计数据。没想到你会在伦敦成了百万大富翁，鼎鼎有名的名人！是啊，简直就是天方夜谭故事的再现啊！老伙计，我简直就不相信这是事实！我还没弄明白是怎么回事呢！给我点儿时间，让我乱糟糟的脑袋平静下来！"

"实际情况是，劳埃德，你的脑袋并不比我的更乱啊！我自己也还没弄明白是怎么回事啊！"

"天哪，这真是令人瞠目结舌啊！不是吗？对啦，我们有次一起上矿工餐馆用餐，到今天才刚刚过去三个月……"

"不对，那天上的是欣悦餐馆。"

"说得对，是欣悦餐馆。我们凌晨两点去的那儿。为拓展计划的文件熬了六个小时后，我们到那儿去吃了一块牛排，喝了一杯咖啡。我当时努力说服你同我一道前往伦敦，还主动提出帮你去请假，帮你支付全部费用。我若是做成了买卖，还会给你一些好处。你就是不听我的劝告，说我不可能成功，还说你若跟着去了，回来时业务操作不熟悉，还要没完没了地花时间捡回来，损失可是大了去了。你现在却在这儿了，真是不可思议啊！你是怎么到这儿来的，又是什么情况让你这么飞黄腾达的？”

“噢，纯粹是个意外。说起来话长啊——可以说，是个传奇故事。我以后会告诉你的，但不是现在。”

“什么时候？”

“本月底。”

“那还有两个星期呢。一个人的好奇心得不到满足，会备受煎熬的。那就一个星期吧。”

“我做不到。慢慢你就会知道的。你说说，你的买卖做得怎么样吧？”

就像一阵微风吹过似的，他愉快的心情顷刻间消失得无影无踪了。他叹息了一声说：“你是个真正的预言家啊，哈尔！真正的预言家！我要是当初没到这儿来，该有多好啊！我不想谈论这件事情。”

“你必须谈。今晚离开这儿后，你一定要到我那儿去！就住在那儿，把全部情况都告诉我。”

“噢，我可以去吗？你这话当真吗？”他说这话时，眼睛都湿润了。

“对啊，我想要听听全部的情况，一五一十。”

“我感激不已啊！在这儿经历了一切之后，竟然能够再次从友人的声音和目光里感受到对我本人和我的事情的关怀——

天哪！我可以为此而跪下啦！”

他紧紧握住我的手，振作起了精神，随后情绪很好，兴致高昂，准备用餐——但那是不会开始的宴席——出现了常有的情况。英国的礼仪制度拙劣可恶，令人窝火。按照这样的制度行事，有一个情况是一定会出现的——先后顺序的问题解决不了，压根儿就不会有什么宴席。英国人总是用餐之后再外出赴宴，因为他们清楚自己将要面临的风险。但没人会提醒外来者，因此，他会悠然自得地步入圈套。当然，这一回没有谁是受害者，因为我们全都有过赴宴的经验。除了黑斯廷斯，没有谁是生手。而公使在向黑斯廷斯发出邀请时已经挑明了，为了表示对英国习俗的尊重，他不会准备任何餐宴。每位客人都领着一位女士，列着队进入餐厅。过场通常是要走一走的，但争议也随之开始了。肖尔迪奇公爵想要走在最前端，并坐在首席。他坚持认为，他的地位超出了公使。因为公使仅仅代表一个国家，而不是一个王国。但我坚持捍卫自己的权利，决不妥协。在报章的人物漫谈栏目中，我的位置居于所有非王室公爵之上。我还这样说了，我有权居于此公之前。当然，尽管我们争来争去，问题还是解决不了。他最后（而且很不明智）企图玩弄出身和古老家族的把戏，我“看出了”他祖上的征服者①，便搬出亚当②来“超过”他。因为我是亚当的嫡系后

---

① 指威廉一世（William I（the Conqueror），1028? －1087）。他原为法国诺曼底公爵，1066－1070年征服英国。

② 亚当（Adam）是基督教《圣经·创世纪》中的人物，被认为是人类始祖。

人，我的姓氏表明了这一点①。而他的姓氏和他晚近的诺尔曼血统表明，他只是征服者的旁系，而非嫡系。因此，我们全部列着队返回客厅，享用了一顿站立餐——一盘沙丁鱼和一份草莓。客人自己组合在一块儿，站立着吃起来就是。在此，先后排序的争夺就不再显得你死我活了。等级最高的两位客人掷出一先令硬币来决定胜负，胜出的那位先享用草莓，输了的那位拿到那一先令。接下来的两位也掷了硬币，然后又是两位。依次下去。吃过点心后，摆好桌子，大家玩起了克里比奇牌戏②，每局六便士。英国人从来不玩娱乐性的牌局。不能赢来一点儿或输掉一点儿——对输赢倒是不在乎——他们是不会玩牌的。

我们玩得很惬意。其中两人肯定是这样的，即我和兰厄姆小姐。我被她迷得神魂颠倒，以至于手上的同花顺数量超过两张我就数不过来了。牌要赢了，但我压根儿没看出来，还从外面一排开始打。我原本每局都会输掉的，只因姑娘的状态也是如此——她的心境同我一模一样，这您是知道的——我们两个人谁都没有什么建树，也没有费心思去琢磨情况为何如此。我们只知道过得很愉快，别的也不想知道个究竟，不想受到干扰。我告诉她——我确实这样做了——告诉她说，我很爱她。而她——啊，脸涨得通红，最后连头发都映红了。但她喜欢这

---

① 前文提到“我”名叫亨利·亚当斯。

② 克里比奇牌戏（cribbage）是一种由二人、三人或四人玩的牌戏，用插在有孔的记分板上的小钉计分。

样，说她也爱我。噢，从未有过的美妙夜晚啊！我每次计分时都要加上一句附言。而她每次计分时，一边数着手上的牌，一边认可收到了我的附言。对啦，我说“给他记两分”时甚至都会附上“天哪，你多么可爱啊”，而她会说，“十五得出二，十五得出四，十五得出六，一对得出八，八得出十六——你真是这么认为吗?”——她眼睛在睫毛的掩盖下斜睨着朝外看——您知道的，多么甜蜜，多么可爱。噢，太甜蜜了，太可爱了！

是啊，我对她的态度完全忠诚老实，直率坦陈。我告诉她说，除了那张她如雷贯耳地听说过的百万英镑钞票之外，我身上一文不名，而且那张钞票也非我所有。这话令她充满了好奇。随后，我降低了说话的声调，把事情的来龙去脉告诉了她。她听后，差一点儿笑死了。我弄不明白，她到底觉得这件事情有什么好笑的。但事实就是明摆着的。每隔半分钟，就会有某个新的细节让她觉得好笑。这时候，我就得停上一分半分钟，以便让她平静下来。是啊，她笑得连站都站不稳了——她确实如此。这种情形我从未见识过。我的意思是说，我从未见识过一个令人痛心疾首的故事——关于一个人麻烦不断、充满了忧虑和恐惧的故事——竟会产生如此这般的效果。因此，看见她对并非舒心惬意的事情都会这样兴致勃勃，我对她的爱更加深入了一层。我可能很快就需要这样一位太太了。您知道的，从事态上来判断，就是如此。当然，我告诉她，我们还得等待两年；到时，我就可以领薪水了。但她对此并不介意，只希望我开销时要精打细算，绝对不可以殃及我们第三年的收入。这时候，她开始有点儿忧虑起来，担心我们是不是弄错了，把我第一年的薪水估计得比实际情况高了些。这是一种清醒的认识，让我觉得自己不如先前那样充满信心了。这倒让我生出了正确处理事情的想法，于是我坦承了。

“波西娅，亲爱的，我同那两位老绅士见面的那天，你愿意随我一同前往吗？”

她迟疑了一下，接着说：“没——关系，如果有我在场能够让你更有信心的话。但是——你觉得这样做妥当吗？”

“不，我不知道是不是妥当——事实上，我担心不妥当。但你看吧，成败在此一举，所以说……”

“这样的话，我就无论如何要去，不管妥当还是不妥当。”她说，态度优雅大度，热情洋溢，“噢，想到自己能够帮得上忙，真是高兴啊！”

“帮得上忙，亲爱的？啊，全依仗你啦。你这么美丽，这么可爱，这么迷人！有你在场，我还不把我们的薪水噌噌地往上加呀！到头来，我让好心的兄弟二人破费了，还不忍心讨价还价说什么。”

哎哟！您真该看看她脸上涨得通红的样子，眼睛里闪烁着幸福的光芒！“你这个巧言令色的坏蛋！嘴里说的话没一句是真的，但我还是会随你一道去的。说不定这样会让你长长见识，以后别指望他人的眼光同你的一样。”

我满腹的疑云消散了吗？我的信心恢复了吗？您可以根据下面的事实作出判断：我在内心里当场就把第一年的薪水提高到了一千二百英镑。但我并没有告诉她，以便给她来个惊喜。

返回途中，我一直云里雾里；黑斯廷斯一个劲儿地在说，我一句都没有听清楚。我们进到客厅时，他热情洋溢地赞美我舒适豪华的设施，才让我回过神来。

“让我在这儿再站一会儿，看个够。天哪！这是一座宫殿啊——简直就是一座宫殿！这儿应有尽有，包括舒适温暖的煤炭火，还有现成的晚餐呢。亨利啊，这不仅让我见识了你有多么富裕，还让我打心眼里意识到了自己有多么贫穷——我有多么贫穷，多么不幸，多么失败——一败涂地，败得彻底！”

真是该死啊！听了这话后，我感到不寒而栗。它把我给吓醒了，让我意识到自己正站在火山口，脚下的地面只有半英寸厚。我并不知道，原来自己一直在做梦——也就是说，我不让自己明白现状，但现在——噢，天哪！债台高筑，一文不名，一个姑娘家的幸福或悲哀全攥在我手上呢！我面前除了想象中的一份薪水，一无所有；而那份薪水也许永远都——噢，永远都——兑不了现！噢，噢，噢！我毁了，毫无希望了！我无可救药了！

“亨利，从你每天的收入中不经意地掉落一些，都会……”

“噢，我每天的收入！来吧，干下这杯烈性苏格兰威士忌吧，让你提提精神。我和你一同干！还是不要干吧——你饿了，坐下来，然后……”

“我一点儿都不觉得饿，都已经饿过头了。我吃不下东西，这些日子都这样。但是，我会陪你喝酒！喝到趴下也没有关系！干吧！”

“一桶对一桶①，我陪你！准备好了吗？我们喝吧！啊，对啦，劳埃德，趁着我调酒的工夫，把你的事情说出来听听吧。”

“把它说出来？什么，再说一遍吗？”

“再说一遍？你这话什么意思啊？”

“怎么啦？我的意思是说，你还想听一遍吗？”

“我还想再听一遍？这话让人费解啊！等等，别再喝这种酒了！你不适合喝这个！”

“你听我说吧，亨利！你让我感到惊诧！我来这儿的路上，不是说给你听了吗？”

“你说啦？”

“对啊，我说啦。”

“我发誓，一句都没有听到。”

“亨利，这是件很严重的事情啊！让我很费解！你在公使的府上都想什么来着？”

然后，我心里全明白了。于是，敢作敢当，我全都承认了。

“我把这个世界上最最可爱的姑娘给——俘虏了！”

于是，他向着我冲了过来。我们握手，握了又握。最后，手都握得酸痛了。我们步行了三英里，他一路上述说着自己的事。他并不因为我一句话都没有听进去而责备我。他坐着，和

---

① 这里指液体计量单位，一英桶为三十二英加仑，一美桶为三十一点五美加仑。

平常一样充满了耐性，脾气温和，把事情又原原本本地述说了一遍。概括起来，情况大体是这样的：他到达英国时，心里觉得遇上良机了。他拥有“期权①”，可以替“勘探者”出售古尔德和柯里拓展计划的债券，竭尽全力募集资金，超出百万美元的部分他可以留着。他很卖力，牢牢抓住自己掌握的每条线索，用尽了一切正当手段，花光了全部积蓄，还是没能让任何投资者动心，而他的期权到本月底就结束了。一句话，他完蛋了。然后，他一跃身子站立起来，大声说着：“亨利，你能够拯救我！你能够拯救我！你是世界上唯一能够拯救得了我的人。你愿意拯救我吗？你难道不会伸出手来拯救我吗？”

“告诉我如何拯救！说出来吧，伙计！”

“给我一百万和回家的路费，换我的‘期权’！别，千万别拒绝！”

我心里忍受着痛苦，话都快要到嘴边了：“劳埃德啊，我也是个穷光蛋——绝对身无分文，还背了一身债！”但我脑子里闪过一个念头，就咬紧牙关，保持镇定，最后像一个真正的资本家似的冷酷无情。接着，我开口说，态度像个商人，沉着冷静：“我愿意拯救你，劳埃德……”

“这么说来，我得救了！愿上帝永远保佑你啊！如果我有朝一日……”

“听我把话说完，劳埃德。我愿意拯救你，但不是用这样的方式。因为这样对你不公平，而你已经付出了努力，已经冒

① 指按规定价格在规定期限内买卖股票、货物等的特权。

了种种风险。我用不着购买矿上的股票。在伦敦这样的商业中心，没有这个，我也可以让资金保持流动。我一直就是这么运作的，我还会继续这样做。当然，我很了解那座矿，知道它的巨大价值。如果有人不信，我可以担保。你尽可以打着我的牌子去卖。不出两个星期，就可以募集到三百万美元。赚到的钱，我们对半分。”

您知道吧，他欣喜若狂。如果我没有把他绊倒，然后捆绑起来，他定会手舞足蹈，让室内的家具变成一堆柴火，什么东西都会被他损坏掉。

他躺在那儿，沉浸在幸福快乐之中，并且说：“我可以打着你的牌子！你的牌子——想想看吧！天哪，那些有钱的伦敦佬还不蜂拥而来，争相购买股票！我就是个成功的人了，我永远是一个成功的人了。我今生今世都不会忘记你的！”

还不到二十四小时，伦敦便热闹起来了！我每天什么都不干，只是坐在家里，对所有上门来的人说：“对呀，我告诉过他，有事情可以找我。我认识此人，了解那座矿。他的人品无可挑剔，那座矿远远超出了他要的价格。”

在这期间，我每天晚上都同波西娅一道在公使的府上度过。关于矿山，我没有对她吭过一声，打算以后给她一个惊喜。我们谈论薪水，除了这个和爱情，别的都不谈。有时候谈爱情，有时候谈薪水，有时候爱情和薪水一块儿谈。天哪！公使夫人和女儿对我们两个人恋爱的事情上心啦，没完没了地做出精致巧妙的安排，以便不让我们受到干扰。公使却蒙在鼓里，根本没有觉察出什么来——是啊，她们真是好人啊！

一个月结束时，我在伦敦国民银行的账户上已经有了一百万美元的存款，黑斯廷斯也存入了同样的数额。我穿着最气派的服装，乘车到达了波特兰广场那幢住宅边。根据那儿的情形，我判断出，我等待的人已经回来了。我继续前行，去往公使的府上，去接我的心肝宝贝。然后，我们返回来，路上一个劲儿地谈论我们的薪水。她情绪激动，态度迫切。这令她的美貌简直无与伦比。我说：“宝贝，看你漂亮的模样，我要努力争取一份一年三千英镑的薪水。少一个便士都是犯罪啊！”

“亨利，亨利，你会毁掉我们两个人的！”

“不用担心，你就保持这样漂亮的样子！相信我好啦，我会把事情办成的。”

结果，我一路都得给她打气鼓劲。她不停地向我请求，并且说：“噢，请你记住好啦！如果要求过高，我们可能一分钱的薪水都拿不到。那样的话，我们没有办法挣钱养家糊口！那可怎么办啊？”

还是先前那个仆人把我们领了进去，两位老绅士在家。当然，他们看见我身边站着一个美貌惊艳的丽人很是惊诧，但我说：“没有问题，她是我未来要供养的人和终身伴侣。”

接着，我把他们介绍给她，叫出了他们的姓名。他们对此并不奇怪，他们知道，我一定会去查阅名人录。他们请我们两个人坐下来，对我彬彬有礼，对她体贴周到，免得她感到拘束，尽可能让她放松下来。我说：“两位先生，我准备向你们汇报。”

“我们洗耳恭听啊！”选择了我的那一位说，“我和我兄弟埃布尔打了赌，谁胜谁负，我们可以决定了。如果您替我赢了，您可以得到我能够提供的任何职位。您带了那张百万英镑的钞票了吗？”

“在这儿呢，先生！”我随即把钞票递给了他。

“我赢啦！”他大声喊了起来，一边拍了一下埃布尔的背，“你现在怎么说啊，兄弟？”

“我说，他确实生存下来了，我还损失了两万英镑。我压根儿就不相信竟然会有这样的结果。”

“我还有更多情况要汇报呢。”我说，“说来话长。我想要你们允许我回头再来，把这一个月的经历详细述说一番。我向你们保证，还是很值得一听的。还有，看看这个吧！”

“什么啊，伙计！二十万英镑的存单？这是您的吗？”

“是我的，你们给了我那笔小的贷款。过去三十天里，我审慎地运用了贷款，挣了这些钱。我唯一的使用方式就是，购买小件东西，然后拿出钞票要求找零。”

“哎呀，这真是令人吃惊啊！简直不可思议啊，伙计！”

“没有关系，我会证明这是真的。别认为我在信口开河。”

现在，轮到波西娅惊诧了。她的两只眼睛睁得大大的，然后说：“亨利，这真是你的钱吗？你不是在哄我吧？”

“我确实是在哄你，宝贝！但我知道，你会原谅我的。”

她撅起嘴，然后说：“你可别这么自信！你是个淘气的家伙，竟然这样来欺骗我！”

“噢，很快就会过去的，宝贝！很快就会过去的！你知道，这只是闹着玩而已。得啦，我们走吧。”

“等一等，等一等！您知道，还有职位呢。我想要给您职位呢。”选定我的那位说。

“是啊，”我说，“我真的心怀感激。但是，我真的不需要职位了。”

“但是，您可以挑选一个我能够提供的最佳职位呀。”

“再次由衷地表示感谢，我连最佳的那个也不想要了。”

“亨利，我真的替你感到惋惜啊！你对这位好心的先生表达的谢意很不够，我可以替你表达谢意吗？”

“确实。如果你能够表达得更加清楚一些，当然可以啦，亲爱的。看你的能耐吧！”

她朝着选定我的那位先生走过去，坐到了他的膝上，伸出一条胳膊搂住他的脖子，在他嘴唇上亲了一下。紧接着，两位老绅士哈哈大笑了起来。我却目瞪口呆了，您甚至可以说，我是直挺挺地僵在那里了。波西娅说：“爸爸，他说了，您能够提供的职位他不想要。我感觉受到了伤害，就像是……”

“亲爱的，这是爸爸吗？”

“是啊，他是我的继父，而且是世界上最慈爱的继父。那天在公使的府上，由于你不知道我们的关系，你告诉我说，我爸爸和我伯父的计划如何给你带来了麻烦和忧虑，我当时哈哈大笑了。你现在该明白是怎么一回事了吧？”

当然，我直截了当地说出来了，不含半点儿欺骗的成分，直奔主题。“噢，最最尊敬的先生，我想要收回自己刚才说过的话。您确实有一个职位是我想要的。”

“说出来看看！”

“做女婿。”

“好啊，好啊，好啊！你可要知道，如果没在那个职位上效力过，你当然就无法满足合同提出的条款，所以说……”

“那就试用我吧——噢，一定要试一试，我恳求您啦！只需试用三四十年就行，而如果……”

“噢，好吧，没有问题。这只是一个小小的请求！带她走吧！”

我们两个人沉浸在幸福之中吗？大词典里都没有足够的词汇来描述我们的幸福感。一两天之后，知道一个月携带那张百万英镑钞票的种种奇遇最后有了什么结果，伦敦城里的人们还会津津乐道吗？会很开心吗？会啊。

我的波西娅的爸爸把那张友好、慷慨的钞票在英格兰银行兑现了。随即，银行把它注销了；然后，银行再把它当作礼物送给了他。我们举行婚礼时，他把它给了我们。从那以后，我们就把它用镜框装裱起来，放置在我们家最神圣的地方。是它给我带来了波西娅。如果不是它，我不可能待在伦敦，不可能现身公使府上，也绝不可能遇上他。因此，我总是说：“是啊，正如您看到的，这确实是一张百万英镑的钞票！但是，它只交易过一次。交易得到的东西也不过是其价值的十分之一啊！”

败坏了赫德莱堡的人[①]

① 《败坏了赫德莱堡的人》是马克·吐温的名篇，创作于19世纪末。19世纪末期的美国，资本主义经济迅速发展，南北战争中北方的胜利为国内资本主义的发展扫清了道路。《宅地法》的实施使西部地区得到开发，扩大了国内市场并提高了自然资源的利用率。欧洲大量资本和先进技术的转移应用，弥补了美国在相应领域的劣势，加之美国极为重视教育和科技——多种因素的综合作用下，美国的工业总产值于1894年跃为世界第一。经济迅速增长的同时，美国社会的资本集中度急剧提高，主要工业领域（如石油和钢铁业）出现了垄断性的企业集团。这些工业垄断企业与银行资本相互融合，形成了一些富可敌国的金融寡头。一小撮金融寡头不仅支配着美国经济，并广泛渗透到政治、文化和教育等诸多领域，从而加大了美国的贫富差距，激化了社会矛盾。整个社会金钱至上，人们变得贪婪，坑蒙拐骗和谋杀案频发，社会风气一落千丈。面对如此社会背景，马克·吐温意识到，社会的繁荣并没有带来人的进步，促进人性的改善。相反，人性的丑恶似乎在诱惑面前暴露无遗。《败坏了赫德莱堡的人》揭示了金钱诱惑下社会道德沦丧、良心泯灭这个不可避免的事实。本篇译文依据美国纽约兰登书屋的分支出版机构班塔姆－戴尔分公司2005年10月出版的《班塔姆经典丛书》（Bantam Classic）之一的《马克·吐温短篇小说全集》（The Complete Short Stories of Mark Twain）译出。

一

许多年前，附近整个区域里，就数赫德莱堡镇的居民品性最诚实，行事最公正。他们三代相承，始终保持着这个美名，不让其受到玷污。因此，拥有这个美名，感觉比拥有其他任何东西都更加脸上有光。镇上人对此很自豪，迫切希望美名能够长久保持下去。诚实处事的原则从襁褓中的婴儿便开始教导了；日后长时间的教育中，类似训诫仍是教化的主要内容。此外，年轻人在成长过程中不允许接触各种诱惑，旨在让他们有足够机会把诚实品性锤炼得更加坚定和稳固，并内化为他们性格的一部分。面对赫德莱堡的这种崇高品性，附近城镇的人们很是嫉妒，对其自豪感假装嗤之以鼻，称之为虚荣心作祟。话虽这么说，他们不得不承认，赫德莱堡确实是一座不可败坏的城镇。如果有人追问，他们还是会承认，走出去的年轻人若想觅一份体面差事，只要是赫德莱堡人这个身份就足够了。

久而久之，赫德莱堡终于交上霉运了。镇上的人们得罪了一位路过的陌生人。

他们或许并没有意识到，肯定也不在乎——赫德莱堡人仗着自己的声誉就足够了——当然不会在意陌生人的议论和他们的种种看法。尽管如此，赫德莱堡人当初若是把此人当作例外，情况也就不会如此了。那个人为人刻薄，惯于耿耿于怀。整整一年时间里，他游走四方，把受过的委屈记在心里，但凡有了闲暇，便会处心积虑地想出办法来报复，以求得心理平衡。他想了许多办法，全都很巧妙，但没有一个是完美的。其中最不管用的便是那种无法伤及许多人的办法。但他需要的却是足以殃及整座城镇的计划，不容一人幸免。最后，他终于有了一个巧妙的主意了。脑海中闪现那个念头时，他心里充满着恶意，洋溢着快乐。他立刻开始拟定实施方案，心里想着："这正是我要干的事情——我要败坏那座城镇。"

六个月后，陌生人动身前往赫德莱堡。夜间十点左右，他乘着一辆小马车，到达了银行老出纳的住宅旁。他从马车上取下一个袋子，扛在肩膀上，摇摇晃晃地走过院子，然后敲了敲门。一个女人的声音说"请进"，他走进室内，把肩上扛着的袋子放在客厅火炉的后面，一面彬彬有礼地对正坐在灯下阅读《福音先驱者报》的老太太说："您请坐着吧，太太！我不会打扰您。嗯——现在可算是稳妥了，不会有人知道袋子藏在这儿的。我可以见见您家先生吗，太太?"

"不成啊，他去布利克斯顿了，深夜前可能回不来。"

"那行，太太，没有关系的。我只是想请他保管一下这个袋子；等找到了袋子的合法主人时，再帮忙转交他。我是一个陌生人，他不认识我。我今晚只是路过本镇，想要了却一件长期挂念在心中的事情。事情现在办妥当了，我可以高高兴兴离开了，心里还怀着一点儿自豪感。您以后不可能再见到我了。袋子上附了一张纸条；纸条上解释清楚了事情的原委。晚安，太太。"

面对这个神秘莫测的大个头儿陌生人，老太太感到很恐惧。见他离开后，心里挺高兴的。她产生了好奇，径直走到袋子边，扯下了附在上面的纸条。纸条开头的文字是这样的：

请予广而告之，或通过私访的方式找到合法物主——两种办法均可。这个口袋里装的是金币，重量有一百六十磅四盎司——

“天哪，门都没有锁上啊！”

理查兹太太浑身颤抖，跑过去把门锁上，还拉下了百叶窗帘。她站在那里一动不动，心惊胆战，心神不宁，不知道还有什么办法能够让自己和那些钱更加安全些。她倾听了片刻，看看是否有贼；紧接着，她的好奇心又占了上风。她返回到灯光处，接着浏览纸条上的文字：

我是一个外国人，很快就要返回我的祖国去了，然后永久待在那儿。我长期旅居美国，受到了诸多优待，对此心怀感激。我尤其要感谢她的一位公民——一位赫德莱堡的公民——他在一两年前给予了我特殊的恩惠，实际上是两个巨大的恩惠。容我加以解释吧！我过去是个赌徒，我说的是过去，是个不可救药的赌徒。我夜间抵达本镇，饥肠辘辘，身无分文。我请求人们帮助——待在黑暗中，羞于在光亮处求助于人——我可找对人了，他给了我二十美元——也就是说，他给了我生命。反正，我是这么认为的。他也给了我财运。我凭着那二十美元，在赌桌上赢了大钱，成了有钱人。后来，我把他对我说过的一句话铭记在心，至今也没忘记。他的话终于征服了我。这样一来，我的道德品质才没有磨损殆尽，得以保留下来了。我不再赌博了。但我至今不知道那个人是谁。不过，我还是想要找到他，让他拥有这些钱。他把钱送人，抛弃或留下，悉听尊便。我仅仅想以此向他表达我的感激之情罢了。我若能留下来，是会亲自去找他的。但没有关系，有人会找到他。这是一座民风淳朴的城镇，一个败坏不了的城镇。我知道，我信得过它，用不着担心。能够说出当初劝慰我的话的那个人就是他。我相信，他一定记得那句话的。

我现在的计划是这样的：您若是倾向于私下里寻访，那就这么办。若是遇到可能符合条件的人，就把这张纸条上的内容告诉他。倘若他回答说："我就是那个人！我说的那句话是如此如此——"那就开始验证——打开袋子！您可以在里面找到一个密封的信封。里面装着那句话。如果对得上，就把钱给他，不要再询问什么了。因为他就是那个人。

您若是倾向于公开寻访，就把这些内容在当地报纸登载出来，另外附上说明：自即日起三十天内，请候选者（星期五）晚上八点到镇公所去，把他的话装在信封里密封起来，交给伯吉斯牧师（假如他愿意出面帮助的话）。再让伯吉斯先生拆除封签，打开袋子，看看那句话是否对得上。如果对得上，就把钱，连带我由衷的感激之情，交给我的恩人。

理查兹太太坐了下来，激动得微微颤抖起来，但很快便陷入了沉思："这是一件多么不可思议的事情啊！……那位大善人当初撒了点儿面包浮在水面上，现在可是发了啊！……假如行善的是我丈夫，该有多好啊！——因为我们很贫穷，又老又穷！……"紧接着，她叹息了一声——"但是，行善之人不是我的爱德华。不是，给那个陌生人二十美元的不是他。很遗憾，我现在明白了……"紧接着，她颤抖了一下——"但是，这是赌徒的钱啊！犯罪所得，我们不能接受！我们不能沾它的边！我都不想靠近它，好像它很肮脏一样。"她走到更远处的一把椅子边……"爱德华若能早点儿回来该有多好啊，那就可以把钱存到银行去，盗贼随时都有可能来。一个人在这儿守着这些钱可吓人啦。"

十一点钟时，理查兹先生回来了。太太说："真高兴，你可回来啦！"而他却说："我可累坏了——都累得要散架了。贫穷真是可怕，这么一大把年纪的人了，还得去干这种倒霉的跑腿活儿。为了挣点儿薪水，一直得拼命，拼命，再拼命——去当人家的奴隶，而他却穿着拖鞋坐在家里，富足安逸。"

"我替你难受啊，爱德华！这你是知道的。但你要知道自我安慰。我们有了自己的生计，还有好名声——"

"是啊，玛丽，这比什么都重要。别介意我说的话——只是一时情绪上来了，并无别的什么意思。吻吻我吧——哦，现在没事啦。我不会再抱怨什么了。你这是打哪儿拿来的东西啊？袋子里是什么？"

紧接着，太太把那个巨大的秘密告诉了他。他一时感到头晕目眩，然后说："重达一百六十磅？啊，玛丽，可是四——万美元啊——想想吧——一笔巨额财富啊！我们镇上有这么多钱的人不到十位。把纸条给我！"

他浏览了一下上面的文字，然后说："这岂不是一桩奇迹啊！是啊，简直是传奇故事！就好像人们从书本上看到的荒诞不经的传奇，现实生活中绝不可能见到。"他此时情绪高涨，兴致勃勃，甚至是兴高采烈了。他轻轻碰了碰太太的脸颊，诙谐幽默地说："哎呀，我们可富裕了，玛丽！富裕了。我们应该做的就是把钱埋起来，烧掉纸条。如果那个赌徒过来询问，我们只需冷眼看着他说：'你在胡说八道什么啊？我们从没听说过你，还有你装着金币的袋子。'这时候，他就会傻了眼，并且——"

"你现在不停地说笑的同时，钱依旧在这儿呢。很快就要到盗贼出没的时候了。"

"确实如此。是啊，我们该怎么办呢——私下去寻访吗？不，那不成，那样有损这个传奇。还是采用公开的办法更加理想。想想看，这事还不会引得议论纷纷啊！还会令所有其他城镇的人嫉妒呢。除了赫德莱堡，陌生人不可能把这样的事情托付给其他城镇的。他们清楚这一点。这就等于给我们做了一个大广告呢。我得赶紧去印刷厂，要不然来不及了。"

"不过，等一等——等一等——别把我一个人留在这儿守着这些钱，爱德华！"

但他已经离开了。不过，只是一会儿工夫，他在离家不远处遇到了报社的编辑——报纸的主人。他把纸条交给他，并且说："这儿有一则好新闻给您，柯克斯——把它登载出来吧！"

"可能来不及了，理查兹先生。不过，我去看一看。"

回到家里，他同太太坐下来谈论这件有趣而神秘的事情。他们毫无睡意。第一个问题是，曾给陌生人二十美元的公民会是谁呢？这似乎是个简单明了的问题，他们异口同声道："巴克莱·古德森。"

"对啊。"理查兹说，"他会这么做，也像他的做事风格。我们镇上不会再有别人了。"

"这种看法人人都会认可的，爱德华——不管怎么说，内心里会认可的。六个月过去了，这座城镇又是过去的模样了——态度直率，心胸狭隘，自诩正直，一毛不拔。"

"他一直就是这么说的，直到去世那天——当着众人的面也是这样说的。"

"是啊，因此招人记恨了。"

"噢，当然，但他不在乎。我认为，除了伯吉斯牧师，他是我们中间最招人记恨的一个。"

"是啊，伯吉斯自作自受——他在此地再也别想吸引到会众了。这座城镇虽然微不足道，却知道如何对他作出判断。爱德华，陌生人指定要伯吉斯转交这些钱！难道不有些蹊跷吗？"

"是啊，是这么回事——确实如此。也就是说——也就是说——"

"怎么这么多'也就是说'啊？换了你，会选定他吗？"

"玛丽，说不定那个陌生人比镇上的人们更加了解他呢。"

"这样倒是有助于伯吉斯呢！"

丈夫显得为难，不知该如何回答。太太目不转睛地看着他，等待着。最后，理查兹说话了。他一副犹豫不决的样子，好像意识到自己的说法会受到怀疑。

"玛丽，伯吉斯可不是坏人啊。"

他太太当然显得很惊讶。"胡说八道！"她激动地大声说。

"他不是坏人，我知道。他之所以不受欢迎，全部原因就是那件事——惹得人们议论纷纷。"

"'那件事'，可不是嘛！好像'那件事'本身还不够似的。"

"足够了，足够了。只是那件事并非他的罪过啊。"

"你这说的是什么话啊？不是他的罪过？人人都知道，他是有罪的。"

"玛丽，我向你保证——他是无辜的。"

"我不可能相信，也不会相信。你怎么知道的？"

"这是个告白，我很羞愧，但我要作出告白。我是唯一知道他是无辜的人。我原本可以拯救他，但是——但是——得啦，你知道，整个镇上的人们义愤填膺——我没有勇气那样做，否则会四面树敌。我感觉自己很卑鄙，十分卑鄙。但我就是不敢，没有勇气面对。"

玛丽显得很困惑，一时沉默不语。然后，她吞吞吐吐地说："我——我觉得，你如果那样做了——那是——那是不行的，决不能——呃——面对公众舆论——应该特别慎之又慎——特别——”这是一条艰难的道路，她陷入淤泥中了。片刻之后，她又重新开口说了：“这是一个莫大的遗憾，但是——对啊，我们承受不起啊，爱德华——我们确实无法承受得起。噢，我是无论如何也不会让你那样做的！”

“那样会失去很多人对我们的好感，玛丽，而后来——而后来——”

“我现在揪心的是，他是如何看待我们的，爱德华。”

“他？他根本想不到我当初可以拯救他。”

“噢！”太太激动地大声说，语气中透着轻松。“听你这么说，我很高兴。只要他不知道你当初可以拯救他，他——他——是啊，那就好多啦。对啊，我本来应该明白他是不知道的。他一直都在想方设法向我们释放善意，就算我们对他的态度不怎么热情也罢。人们不止一次拿这件事情来挖苦嘲笑我，比如威尔逊夫妇、威尔柯克斯夫妇，还有哈克尼斯夫妇——他们不怀好意，拿我寻开心，说‘您的朋友伯吉斯’什么的。他们明明知道，我听见这样的话会感到很难堪。我真心希望，他不再一如既往地对我们表示亲热了。我总不明白，他为何坚持如此。”

“我能解释。这是另外一个告白。那事正闹得沸沸扬扬的，镇上的人准备让他‘跨坐栅栏①’。这时候，我受到良心谴责，简直受不了了，悄悄跑去给他通风报信。结果他离开了镇子，一直到风平浪静后才返回。”

---

① 见《竞选州长》中的注释。

“爱德华，镇上的人当初若是发现了——”

“快别说了！我现在想起来还胆战心惊呢！我刚有了那个举动，心里就后悔了。我甚至都不敢告诉你，生怕你的表情让人觉得事情泄露了。我心里忐忑不安，当天夜里没怎么睡。几天之后我发现，没人对我生疑。从此，我便庆幸自己做了那件事。我现在还是感到挺高兴的，玛丽——由衷地感到高兴啊。”

“我现在也感到很高兴啊，因为那样对待他未免过于残忍了。是啊，我很高兴，因为你确实应该那样对他才是，你知道的。爱德华，若是将来有那么一天，事情露馅儿了，可怎么办啊！”

“不会的。”

“为什么呢？”

“因为人人都相信是古德森干的。”

“他们当然相信！”

“肯定啦。当然，他并不在乎。他们说服可怜的老索尔斯伯里去找到他，把罪名加到他身上。索尔斯伯里怒气冲冲地跑过去执行了使命。古德森仔细打量了他一番，仿佛要在他身上找到一处好让他瞧不起的地方似的。他说：‘这么说来，你是代表委员会行事的，对吧？’索尔斯伯里说，大体上是这么回事。‘哼，他们是想要了解详细情况呢，还是你觉得笼统回答一下就行了？’‘如果他们要了解详细情况，我就过来一次，古德森先生，我先把笼统的答案带回去。’‘很好啊！那么，告诉他们见鬼去——我觉得这样的回答够笼统的。我给你提点儿忠告吧，索尔斯伯里！当你返回来了解详细情况时，请你带个篮子来，以便把你身上剩下的东西装回家去。'”

“这完全是古德森的做派，明显地表现了他的特点。他只有一个自负的表现，觉得自己的看法比任何人的都更加正确。”

“这就把事情给了结了，我们也就没事了，玛丽。这个话题不会再被提起了。”

“天哪，我对此并不怀疑。”

紧接着，他们再次谈到了关于那袋金币的秘密话题，兴致勃勃。不一会儿，他们说话时断时续——沉思导致中断。中断的频率越来越高，理查兹最后完全陷入了沉思。他长时间坐在那里，眼睛盯着天花板，目光呆滞。然后，慢慢地，他的两只手开始做着小动作，显得很紧张，看起来内心烦躁，影响了思绪。同时，他太太也陷入了沉思，一声不吭。从举止判断，她内心不安，很不舒服。理查兹最后站起身，在房间里来回走着，漫无目的，双手不停地挠着头发，犹如梦游症患者在做着噩梦。他随后确定了一个明确目标，没有吭声，戴上帽子，匆匆忙忙走出了住宅。他太太仍然端坐在那儿沉思着，愁眉苦脸，仿佛并没有意识到此时就剩她一个人了。她时不时地喃喃自语：“别诱导我们进入……但是……但是……我们很穷，非常穷！……别诱导我们进入……啊，此事对谁会造成伤害呢——没人知道……可别诱导我们……”喃喃的说话声渐渐听不清楚了。片刻之后，她抬头瞥了一眼，立刻又自言自语起来，看样子半是惊愕，半是高兴——

“他离开了！但是，噢，天哪，他可能来不及了——来不及了……也可能还来得及，还有时间呢。”她站起身，伫立在那里思索着，胆战心惊，两只手时而紧握在一起，时而又松开，身子微微颤抖着。她又说话了，声音是从干哑的喉咙里冒出来的。“请上帝宽恕我吧——真可怕，心里竟然想到这样的事情——但是……上帝啊，您是如何造就我们的——怎么把我们造成怪模怪样的啊?!”

她把灯光调小了，悄然无声走了过去，跪在那个袋子前面，双手抚摸着袋子鼓鼓囊囊的四周，依依不舍地抚摸着，老眼昏花，目光中透着贪婪的神色。她魂不守舍，时不时又清醒过来，喃喃低语道：“我们先前若是等一等该有多好啊！——噢，若是等上那么一会儿，该有多好啊！要是不那么匆忙采取行动，该有多好啊!”

与此同时，柯克斯离开办公室回家了，把先前发生的那件怪异离奇的事情告诉了太太。他们热烈议论了一番，心里寻思着能够慷慨解囊，拿出二十美元去救济一位困境中的陌生人。整个镇上，唯有已故的古德森会这样做。随后，他们的交谈停下来了，夫妻二人若有所思，沉默不语。他们逐渐变得紧张和烦躁起来。太太最后开口说话了，像是自言自语：“除了理查兹夫妇，没人知道这个秘密……还有我们……没有别人了。”

做丈夫的微微怔了一下，从沉思中回过神来，凝神注视着太太，因为她脸色变得苍白起来。他迟疑着站起身来，悄然瞥了一眼自己的帽子，又把目光投向太太——这是一种无声的询问。柯克斯太太有一两次欲言又止，一只手按在喉咙处。她没有开口说话，而是点了点头。当她独自一人时，便喃喃地自言自语起来。

此时，理查兹和柯克斯匆匆行走在空无一人的街头，各自朝着相反的方向去了。他们在印刷厂的楼梯底下会面了，上气不接下气的。借着夜间的灯光，彼此看到了对方的表情。柯克斯低声说："这事除了我们之外，没人知道吗？"

对方低声回答说："没人知道——我保证，没人知道！"

"如果还来得及——"

两个人开始朝楼上走去。这时候，有个小伙子追了上来。柯克斯问："是你啊，约翰尼？"

"是啊，先生。"

"你不必去送早邮件——什么邮件都不要送了，等我通知。"

"邮件都已经送出去了，先生。"

"送出去了？"语气中透出的失望无法言表。

"不错，先生。去布利克斯顿和外面所有城镇的火车更改时间了，先生——报纸需要比平常提前二十分钟送过去。我必须跑着过去，若是迟了两分钟——"

两个人转过身，缓步走开了，没等听完他的话。十分钟的时间里，他们两个谁也没有开口说话。柯克斯显得很恼火："你中了什么邪，这么急匆匆的！我真是弄不明白啊！"

对方态度谦恭地回答说："我现在明白了。但不知怎么搞的，我怎么就从来没有想到呢，您知道的，直到事情无法挽回。但是，下次——"

“还下次呢，见鬼去吧！过上一千年也没有什么下次啦。”

紧接着，两个朋友分手了，连句告辞的话都没有说，各自拖着沉重的脚步回家，一副无精打采的样子。回到家后，他们的太太火急火燎地一跃身子站起来问：“事情办妥了吗？”——然后，凭眼睛就看到了答案，便坐了下来，垂头丧气，不等诉诸言辞。两个人的家里，接下来展开了一场激烈的争论——这是一个新出现的情况。过去也有过争论，但不很激烈，彼此态度和蔼。今晚的争论中，两家人都好像是在剽窃对方家庭的话语。理查兹太太说：“你若是等上一等，该有多好啊，爱德华——你若是停下来思索一下，该有多好啊！但你一定要直接朝印刷厂跑去，让全天下的人都知道这件事。”

“纸条上明明写着要登载出来的。”

“这不算什么。上面还说了，你若是愿意，也可以私下寻访呢。得啦，怎么样——是不是这么回事？”

“是啊，没错——没错，是这么回事。但我想了想，一位陌生人竟然如此信得过赫德莱堡，是怎样的一种褒奖啊！这会引起多大的轰动啊——”

“噢，那是肯定的。这一切，我都知道。但你若是停下来思索一下，就会明白你不可能找到那个人。因为他已在坟墓里了，而且身后无儿无女，无亲无故。这些钱若是给了某位迫切需要它的人，谁也不会因此受到伤害，而且——而且——”

她控制不住了，大哭起来。丈夫极力寻找可以用来安慰她的事情，立刻便说出了下面的话：“毕竟吧，玛丽啊，最终的结果是最理想的——一定是这样的，这我知道。我们一定要记住，事情注定就是这样的——”

“注定的！噢，一个人若是愚不可及、干了傻事，硬要寻找理由开脱，那每件事都是注定了的。同样的，这些钱应该以这种特殊的方式归我们所有，也是注定了的。而你却一定要多管闲事，插上一手，干扰上帝的旨意——是谁给了你这个权利的？这是大不敬的行为。实际情况就是这样的——完全是冒犯神明的胆大妄为，与你假装出来的温和谦逊的君子面目不相称——”

“玛丽啊，你知道，我们这辈子受到的是什么训导，如同整个村镇上的人们一样。所以，当我们决定要去做一件诚实之事情，一刻也不会耽搁。这完全成了我们的第二天性了——”

“噢，我知道，我知道——一辈子都在养成诚实品性方面没完没了地训导，训导，再训导——打从摇篮开始，就培养诚实的品性，拒绝一切可能的诱惑。因此，完全是虚伪的诚实。真正面对诱惑时，诚实的品德有如流水一样脆弱，正如今晚所看到的情况。上帝作证，对于自己固化且坚不可摧的诚实品性，我先前没有一丝一毫的怀疑，直到现在——而现在，第一次面对巨大而又真切的诱惑，我……爱德华，我相信，这个镇上人们的诚实品性同我的一样腐烂变质了，和你的一样腐烂变质了。这是一座卑鄙可耻的城镇，是一座冷酷无情、一毛不拔的城镇，根本没什么优良品德，只有这种所谓闻名遐迩和自命不凡的诚实品性。老实说，我坚信有朝一日，面对巨大的诱惑，人们的诚实品性会土崩瓦解，响亮的声誉会像纸板房一样坍塌。啊，是啊，我已真情告白了，心里觉得舒坦一些了。我是个骗子，一直就是，自己却不知道。任何人都不要再把我看作诚实之人了——我不配啊！”

“我——呃，玛丽，我也和你一样，感觉轻松多了，肯定是这样的。看起来也不可思议，很不可思议。我先前绝对不相信情况是这样的——绝对不相信。”

接下来是长时间的沉默。两个人都陷入了沉思。做妻子的最后抬起头来说：“我知道你在想什么，爱德华。”

理查兹显出一副心事被人看穿后的尴尬。“我羞于承认啊，玛丽！但是——”

“没有关系的，爱德华！我刚才也在想着这个问题。”

“但愿如此吧！说出来听听！”

“你在想，一个人若是能够猜得出古德森对陌生人说的那句话，该有多好啊！”

“一点儿没错。我感到内疚，羞愧，你呢？”

“我的这种感觉已经过去了。我们在这儿搭个铺吧，必须守护着。等到明天早晨银行金库开了门，再把这只袋子放进去……噢，天哪，噢，天哪——我们若是没有犯下这样的错误，该有多好啊！”

临时床铺搭好了，玛丽说：“那句开门咒语①——是怎么说的来着？我真的想知道，那句话是怎么说的来着。但是，得啦，我们现在上床睡觉吧。”

“要睡觉吗？”

---

① 开门咒语（Open Sesame）源自《一千零一夜》故事《阿里巴巴和四十大盗》中打开盗穴洞门的咒语。

“不，思考。”

“对，思考。”

到了这个时候，柯克斯夫妇也结束了争吵，言归于好了，而且也正上床——思考，思考，辗转反侧，焦躁不安，反复地思索着当初古德森对那个穷困潦倒的流浪汉可能说的是什么样的一句话。那句金玉良言，那句值四万美元现金的金玉良言。

镇上电报局当天夜里延迟关门的缘由是这样的：柯克斯报社的领班是美联社的地方通讯员。人们可能会说这是一个挂名的职位，一年当中，他投出的稿件难得有四次采纳三十个字。但这次情况不一样，他发电报告知了自己掌握的情况，立刻就来了回复：

寄发整个事件——全部细节——一千二百字。

一个长篇大论的约稿啊！领班完成了约稿，成了全州最自豪的人。翌日早餐时间，“不可败坏的赫德莱堡”这个名衔已经挂在了全美每个人嘴上了。从蒙特利尔到墨西哥湾，从阿拉斯加的冰川到佛罗里达州的橘子园，千百万人在议论着陌生人和他的钱袋，想要知道那个人是否能够寻得到，期待很快会有这件事的最新报道——很快。

二

赫德莱堡人一觉醒来时，已经举世闻名了——惊诧不已——幸福快乐——得意忘形。得意忘形的程度超出了想象。

镇上十九位首要公民和他们的太太四处走动，相互握手，喜庆，微笑，祝贺，说这件事给词典增添了一个新词——赫德莱堡，即“不可败坏的”同义词——注定要永存于词典中了！那些次要和无足轻重的公民和他们的太太也四处奔走，有了同样的举动。人人都跑到银行去，想要看看那个装着金币的口袋。中午之前，闷闷不乐和满怀妒意的人群开始从布利克斯顿和所有附近城镇涌入。当天下午和翌日，新闻记者开始纷纷从各地赶来，旨在确认那个袋子和它的来历，重新报道了整个事件，大肆渲染了那个袋子，同时也描述了一番理查兹的住宅、那家银行、长老会教堂、洗礼会教堂、公共广场，还有将要举行验证会和交付钱款的镇公所。还有人勾勒了几幅拙劣的人物肖像画，他们是理查兹夫妇、银行家平克顿、柯克斯、报社领班、伯吉斯牧师，还有邮政局长——甚至还有杰克·哈利迪，他是渔夫，是猎人，游手好闲，脾气温和，无足轻重，放浪形骸，是孩子们的朋友，也是流浪狗的朋友，是镇上典型的“山姆·劳森①”。脸上堆满假笑、平庸油滑的小个子平克顿把钱袋亮给前来参观的人们看，开心地搓着一双光滑的手，夸大其词，述说着本镇因为诚实而荣获的悠久的好名声，还有这次了不起的证明，希望而且相信这个榜样会四处传扬，传遍整个美洲，以及它对于恢复世人的道德意识具有划时代的意义，等

① 山姆·劳森（Sam Lawson）是美国著名女作家斯托夫人（Harriet Beecher Stowe，1811－1896）小说中的人物。他风趣幽默，说话揶揄带刺，是个快乐的懒汉。斯托夫人的小说《汤姆叔叔的小屋》对反对美国奴隶制的斗争起过推动作用。

等，等等。

到了一周结束的时候，事态归于平静了。人们那种亢奋陶醉、洋溢着自豪与欢欣的心情已经冷静下来了，演变成了温和甜蜜、寂静无声的快乐——这是一种深沉专注、不可名状、无法言表的满足感。所有人脸上都洋溢着平和圣洁的幸福感。

然后，情况有了变化。那是一种渐进的变化，进展十分缓慢。刚开始的时候，几乎难以觉察，或许根本无人觉察，只有杰克·哈利迪是个例外。他一直都在留意着整个事态，任何情况都会被拿来寻开心。看到有人不如一两天前那么开心愉快了，他便冷嘲热讽，说些取笑的话。紧接着，他又声称，这种新的现象越来越严重了，演变成了一种明显悲痛的状态。然后又说，新的情况令人恶心。他最后说，人人都显得阴郁沉闷，若有所思，心不在焉，简直都可以伸手到镇上最小气吝啬的人裤子口袋里偷出一分钱，而不至于把他从出神的状态中惊醒过来。

处于这样一个阶段——或者说大概处于这样一个阶段——那十九户首要家庭中，每个户主都会在就寝时说出了下面一句话——往往都是带着叹息的口气说的：“啊，古德森说的可能是一句什么话呢?”

他们的太太会直截了当——声音颤抖——回答说：“噢，别说了！你心里都在胡思乱想些什么啊！快别想那些东西啦，看在上帝的分上!”

翌日夜间，这些人还会提出这样的问题——还是会受到同样的斥责，只是语气没那么强烈罢了。

到了第三天夜间，这些人再次提出这个问题——语气沉闷，态度茫然。这一次——还有接下来的夜间——太太们略微显得烦躁不安，想要说点儿什么，但没有说出来。

再后面的那个夜晚，她们终于还是开口说了——语气中充满了渴望："噢，我们若是能够猜出那句话，该有多好啊！"

哈利迪日复一日地对事态作出评价，妙语连珠，揶揄挖苦，令人不爽。他不辞辛劳，四处奔走，嘲笑整座城镇，针对个人，也针对群体。不过，他那爽朗的笑声在镇上绝无仅有，回荡在悲凉空旷的氛围。任何地方都看不到笑容，哈利迪把一只装雪茄烟的盒子固定在一个三脚架上，带着它到处跑，拿着这个当照相机玩，拦住所有过往行人，把它对准人家说："预备！请开心点儿！"但是，连这样无与伦比的玩笑都无法让那些阴郁沉闷的面孔做出什么反应，松弛一下表情。

三个星期就这么过去了——只剩下一个星期了。那是在星期六的傍晚，晚饭过后，街道上的情形不像以往周六傍晚那样熙攘喧闹，生意兴隆，嬉戏玩笑，而是空空荡荡，寥落萧条。理查兹和太太孤零零端坐在自家小客厅——神情沮丧，想着心事。这已成了他们两人傍晚时分的习惯了。他们一辈子养成的老习惯是：阅读、编织和愉悦的闲聊，接待上门的邻居，或者上邻居家串门。但那一切都早已中断了，过去了，遗忘了——长达三个星期之久。人们谁也不聊天，谁也不看书，谁也不串门——全镇居民都坐在家里唉声叹气，忧虑伤神，沉默不语。他们绞尽脑汁，想要猜出那句话来。

邮差送来了一封信。理查兹无精打采地瞥了一眼信封上的姓名、地址和邮戳——两者都是陌生的——便把信扔在桌上，继续刚才中断了的胡思乱想和绝望沉闷的烦恼。两三个小时后，他太太疲惫倦怠地站起身来，没道晚安便就寝去了——现已成为习惯了——但当看到桌上那封信时，她停下了脚步，神情冷漠地注视了一会儿；然后拆开信，浏览起信的内容来了。理查兹坐着，椅子向后跷起，靠在墙壁上，下巴搁在两膝之间。突然，他听见什么东西倒在地上了。原来是他太太。他一跃身子，跑到她身边。但她大声说："别管我，我太过高兴了。看看这封信吧——看一看！"

他看了信，如饥似渴地看着，脑袋觉得天旋地转起来。信是从一个遥远的州寄过来的。内容如下：

我与您素不相识，但这无关紧要。我有事要跟您说。我刚从墨西哥回家，便听说了那件事。当然，您不知道是谁说了那句话，但我知道那句话是谁说的——世上只有我一个人知道。说那句话的人是古德森。许多年前，我很熟悉他。我在那个夜晚路过你们镇，作为客人待在他家里，一直到午夜火车来了。我碰巧听见他对黑暗中的陌生人说了那句话——那是在赫尔港。回家途中，我和他一直在谈论这事。到了他家后，我们还边吸烟，边聊着。说话当中，他提到了你们镇上的许多人——对大部分人都给出了负面的评价，但给予了两三个人较为正面的评价。那两三个人当中包括您。我所说的"正面"——其实也正面不到哪儿去。我记得他说过，他其实并不真正喜欢镇上的哪个人——一个都没有。不过，他说到您——我感觉他说的是您——几乎可以肯定——曾经帮过他一次大忙。或许您并不知道，您帮的忙很有价值。他希望自己积攒了一笔财富，等到离开人世时，能够把财富留给您，而留给其他每个公民一个诅咒。是啊，这样一来，如若当初帮他忙的人是您，那您现在就是他的合法继承人啦，就有权得到那一袋金币。我知道，我可以信赖您的名节和诚实。对赫德莱堡的公民而言，这些美德已然是一份永不衰竭的遗产。因此，我拟向您披露那句话。我心里很清楚，您若不是我要找的那个人，就一定会去把那个人找出来，以报答对已故古德森的恩惠。那句话是这样的："您绝不是一个坏人！去吧，去改过自新吧！"

霍华德·斯蒂文森

"噢，爱德华，这些钱已经属于我们啦！我真是高兴啊！噢，真高兴——吻我吧，亲爱的！我们都没有亲吻过了——我们现在正需要呢——这些钱——你再也不必受平克顿和他的银行控制了，再也不必当牛作马了。我觉得自己高兴得要飞起来啦。"

夫妻二人在长椅上相互拥抱亲热，快快乐乐地度过了半小时。昔日快乐的时光又回来了——这快乐时光本来从他们表露爱意时就开始了，一直延续着，直到陌生人带来了那笔致命的钱。过了一会儿，太太说："噢，爱德华，多幸运啊！当初你帮了他那个大忙，可怜的古德森！我一向都不喜欢他，但我现在喜爱他啦！你真了不起，干得真漂亮！你从来没有提起过，从来没有吹嘘夸耀过！"紧接着，她用责备的口吻说，"不过，你本该告诉我的，爱德华！你应该告诉你的太太的，你可要知道啊！"

"是啊，我——呃——是啊，玛丽，你看吧——"

"别这么哼哼唧唧、吞吞吐吐了！把事情告诉我吧，爱德华！我一直都是爱你的，现在更是替你感到自豪呢。人人都相信，镇上只有你这么一位慷慨大度的好人！现在果然证明是你——爱德华，你怎么就不告诉我呢！"

"是啊——呃——呃——哎呀，玛丽，我不能啊！"

"你不能？你为何不能呢？"

"你知道的，他——是啊，他——他要求我保证不说出来。"

太太上下打量了他一番，然后语气缓慢地说："要求——你——保证？爱德华，你跟我说这个是什么意思啊？"

"玛丽，你觉得我会说谎吗？"

她心里难过，沉默不语了一会儿；然后，握着他的手说："不——不——我们的话扯得太远了——上帝宽恕我们吧！你今生今世都没有说过一句谎。但现在——我们脚下的一切基础都好像坍塌崩溃了，我们——我们——"她一时间说不下去了，然后又断断续续地接着说，"不要让我们受到诱惑……我觉得，你保证，爱德华。那就这样吧。我们不要再触及这个话题了。是啊——一切都过去了，让我们重新高高兴兴的吧！现在可不是苦闷忧愁的时候啊。”

爱德华勉强倾听着太太说话，心里一直走神儿——他在极力回忆自己帮过古德森什么忙。

整个夜晚，夫妻两人几乎就没怎么合眼。玛丽开心快乐，心里不停想着心事。爱德华不停地想着心事，但不那么开心快乐。玛丽心里筹划着，该如何处理那些钱。爱德华在绞尽脑汁地回忆那次帮忙的情形。他由于开始时对玛丽撒了谎，良心上觉得过不去——假如那是个谎言的话。反复思索了之后——假如是个谎言呢？那又如何？莫非这是一件大不了的事？我们难道不是一直都在干着撒谎骗人的勾当吗？说说谎又有什么不可以的呢？看看玛丽——看看她干出的事。他当时匆匆忙忙跑去执行那桩诚实的使命时，她在干什么呢？她在痛苦地难受着，就因为自己没有销毁那张纸条，把钱留下来。难道盗窃比撒谎更加高尚吗？

这么一来，事情不再令人纠结了——说谎的事已不是关键点，反而成了值得安慰的了。下一个关键问题是：他曾经帮过那个忙吗？是啊，这儿有古德森的亲口证明，斯蒂文森的信中写着呢。没有比这更加理想的证据了——甚至可以作为证据来呈现，他是帮过那个忙的。当然啦，这一点算是可以这样解决了……不，还没有得到充分解决。他心里怔了一下，突然想到，至于帮那个忙的人是理查兹，还是另有其人——那位素不相识的斯蒂文森先生说话的语气不是那么肯定——还有，噢，天哪，他说过信得过理查兹的名节呢！钱的归属问题，理查兹必须自己来作出决断——而斯蒂文森先生并不怀疑，如果他不是那个要找的人，他会体面地出发，再去寻找。噢，让一个人置于这样的境地，真是可恶可恨啊——啊，斯蒂文森为何就不直截了当地明说呢？他来这么一手，想要干什么啊？

他接着又思索了一番。斯蒂文森竟然记住了理查兹这个名字，认为他就是那个要寻找的人，而不是另有其人。这是怎么回事啊？情况看起来很理想。是啊，看起来十分理想啊。事实上，情况看起来越来越理想了。他一直思索着——直到后来，事情慢慢演变成了确凿的证据。紧接着，理查兹立刻把这件事抛到了脑后。他心里有一种直觉，觉得证据一旦确立，就最好不要再去多想了。

他现在感到心安理得，舒适惬意。不过，还有一个细节总会冒出来，不得不引起他的注意。当然啦，他是帮过那个忙的——这一点确认无疑了。但他究竟帮了什么忙呢？他必须回忆起来——否则，他是不能去睡觉的。只有回忆起来了，他内心才会平静。他苦思冥想，想到了十多件事——想到了自己可能帮助人家做过的事，甚至大体上能够肯定做过的事——然而，没有一件显得够分量的，没有一件有足够的声势，没有一件值得那么多钱——值得古德森在遗言中希望能够留下的那笔财富。再说，他无论如何都记不清楚自己做过那些事。哎呀，这个——哎呀，这个——自己到底帮过一个什么忙，竟然会让一个人超乎寻常地感激不已呢？啊——一定是拯救了他的灵魂！是这么回事。对啊，他现在记起来了，他曾主动承担了劝导古德森皈依宗教的任务，不辞辛苦地劝导他——他打算花费三个月的时间，但仔细思忖后把三个月缩成了一个月，接着缩成了一个星期，然后又缩成了一天，最后缩得什么都没有了。是啊，他这时候想起来了，而且历历在目，只是不想看到罢了。古德森当时要他滚出去，让他管好自己的事就得了——他才不希望跟随赫德莱堡进天堂呢！

因此，这种解决问题的办法效果不佳——他其实没有拯救过古德森的灵魂。理查兹感到垂头丧气。不一会儿，他又冒出了一个念头：自己挽救过古德森的财产吗？不行，这个行不通——他并没有什么财产。他的生命呢？这个行！当然行。对啊，他先前可能想到过这一点。这一回算是对上路了，毫无疑问。一时间，他的想象力犹如风车一样旋转了起来。

随后，搜肠刮肚的整整两个小时里，他忙忙碌碌地拯救着古德森的生命，以各种各样艰难和冒险的方式拯救着。每一次，他都把拯救的使命圆满地履行到了一定程度，随后，就在他坚信事情确确实实发生过时，往往就会出现一个令人烦恼的细节，把整个事情给搅得不可能。比如，拿溺水的事情来说吧。在那种情况下，他游过去了，把不省人事的古德森拖向岸边，一大群人在岸上观看，鼓掌赞扬。他把整个救人的经过想好了，正要开始回忆这一切时，一大堆起破坏作用的细节出现了：镇上的人一定会知道这个情况；玛丽一定会知道这件事。在他的记忆中，他所帮的那个忙也会像一盏聚光灯似的闪耀着光辉而不至于毫不显眼、连他自己都“不知道其充分的价值”。回忆到了这个阶段，他又想起来了，自己根本不会游泳。

啊，还有一点，他从一开始就给忽略了：这个忙必定是他帮了之后却“可能不知道其充分的价值”。对啊，事实上，这应该是一件很容易追根溯源的事——同别的事比起来，那可要容易许多啊。果不其然，不久之后，他便找出来了。许多年前，古德森差不多要同一位可爱的漂亮姑娘结婚了，姑娘名叫南希·休伊特。但由于种种原因，那桩婚姻夭折了。姑娘离世，古德森一直孑然一身，后来慢慢变得性情怪异，愤世嫉俗。姑娘离世后不久，镇上的人们发现，或者他们自认为发现，她的血脉里流淌着一点点黑人的血液。理查兹把这些细节思索了好一阵，最后他觉得，自己回忆起了与那些细节有关联的事情，却因年久月深而未加理会，为记忆所淡忘了。他似乎隐约记得：发现那件有关黑人血统的就是他自己。把事情告诉镇上人们的也是他。镇上的人们把消息的来源告诉了古德森。因此，是他挽救了古德森，让他没有同一位混血姑娘结成婚。他帮了古德森这么一个大忙，却“不知道其充分的价值”。实际上，他就不知道自己帮了人家这么个大忙。然而，古德森知道这件事的价值，让自己在紧要关头得以幸免难堪。于是，古德森迈向坟墓之际，对恩人怀有深深的感激之情，希望把一笔财富留给他。现在，一切看起来简单明了，他越回想越觉得事情清楚明晰。最后，他舒心惬意地睡觉去了，心里觉得满足，充满了快乐。他回忆着事情的全部经过，仿若发生在昨天。事实上，他隐约记得，古德森曾经对自己说过感激的话。与此同时，玛丽花费了六千美元购置一处新住宅，买了一双拖鞋送给牧师，然后平静地睡着了。

在同一个星期六的傍晚，邮差给另外那些首要公民每人送来了一封信——总共十九封。信封上的姓名、地址没有相同的，上面的笔迹也都不一样，可里面的内容除了一处之外，所有细节都一样。全部书信都与留给理查兹的那封相同——笔迹和全部内容都是一模一样的——全部署名都是斯蒂文森，只把理查兹的名字换成了其他收信人的名字。

整个夜晚的同一时间里，十八位首要公民干的事和与他们同样身份、地位的兄弟理查兹干的事一样——殚精竭虑，企图回忆起自己无意中给巴克利·古德森帮过的了不起的大忙。完成这项任务时，没有一位是轻松愉快的，但最后还是成功了。

不过，在完成这项艰巨的任务的当儿，他们的太太却轻松地把时间消磨在花钱上了。当天夜里，十九位太太平均每人从那个装有四万美元的袋子里花掉了七千元——总共加起来是十三万三千元。

翌日，杰克·哈利迪大吃一惊。他注意到，那十九位首要公民和他们的太太脸上恢复了平静安宁和圣洁快乐的神情。他不理解其中的原因，也想不出什么话来对此评说一番，以便破坏或扰乱它。现在，该轮到他表露出对生活的不满了。他在内心对于他们显得快乐的原因做了种种猜测，通过一番仔细调查后，发现全都错了。他遇到了柯克斯太太，注意到了她脸上平静而又兴奋的神态，心里便想着“她家的猫生猫崽子了”——于是，他跑去向她家的厨子打听，结果没这回事。厨子也看出了那种喜悦的神情，却不知道其中缘由。当哈利迪发现“规矩人”比尔森（镇上人送他的外号）的脸上也表露出兴奋狂热的神情，便觉得心里有数了，一定是比尔森的某个邻居摔断了腿。但询问之后发现，并没有出现这个情况。格里高利·耶茨脸上表露出的抑制的狂喜只能是一个原因——他丈母娘没有了，但他又猜错了。“那么，平克顿——平克顿——一定是筹措到了以为要落空的十美分钱。”诸如此类。关于某些情况的猜测只得存疑，而另外一些情况却明显是错误的。最后，哈利迪心里想着，“反正归纳起来说，赫德莱堡有十几个家庭暂时升入了天堂。我不知道这是怎么回事，只知道上帝今天休息。”

最近，有一位邻州的建筑师兼营造商在这座充满了希望的镇上冒险开办一个小型企业，招牌挂出去一个星期了，还没人上门来洽谈生意。他感到气馁，后悔自己当初来了。但他的运气现在突然发生了变化。那些首要公民的太太私下里一个接一个对他说：“请您下星期一到我家去——但眼下还不要声张。我们在考虑建房子的事情来着。”

他当天得到了一份邀请，晚上就写信给女儿，解除她同一个学生的婚约。他说，她可以找到一个身价高出百倍的对象。

银行家平克顿和另外两三位有钱人计划建造乡间府邸——但在等待着。小鸡还没有孵化出来时，这种人是不会去数数的。

威尔逊夫妇在筹划一个新壮举——拟举办一次化装舞会。他们还没有做出实际的承诺，只是告诉关系亲密的友人，说他们正在考虑这件事，认为自己应该举行这么一次舞会——“我们举行的话，当然会邀请你的。”大家感到高兴和惊讶，相互之间说：“哎呀，他们疯狂啦！贫穷的威尔逊两口子，他们可没能力办得起舞会啊!”十九位首要公民家的主妇对丈夫说:“这倒是一个很好的主意。我们先不动声色!等他们把那个寒碜的玩意儿举办过了,我们再举办一个,让大家恶心它。”

日子一天天过去,人们沉浸在未来的挥霍中,账单越来越数额巨大,越来越荒诞无稽,越来越愚不可及,越来越瞎扯胡闹。看起来,那十九位首要公民似乎不仅要在领钱的日子到来前花光那四万美元,还要在这个基础上背上债务。几个头脑简单的没有止步于计划花钱的阶段,而是实实在在地花费起来了——采用赊欠的办法。他们购买土地、抵押权、农场、投机股票、华丽衣衫、马匹,还有各种别的东西——先用现金支付利息,余款定期付清——十天为期限。紧接着,那些人转而一想,回过神来了。哈利迪注意到,许多人的脸上开始表露出可怕的焦虑神色。他再次感到迷惑不解,弄不清究竟是怎么回事。“威尔·柯克斯家的猫并没有死亡,因为猫压根儿就没有生下来。没有哪个人摔断了腿,丈母娘的数量也没有减少。什么事情都没有发生——简直就是不解之谜啊。”

还有另外一个人也感到迷惑不解——那就是伯吉斯牧师。好些日子以来,他无论出现在什么地方,人们似乎都在跟随他,或者密切注视他。每当他替自己找到了一个僻静处,十九位首要公民中肯定有人会出现,悄然往他手上塞一个信封,轻声细语地说:“星期五傍晚,在镇公所拆开信。”随即,就像罪犯似的消失了。他先前一直猜想着,或许会有某人来认领钱袋——但并不是很确定,因为古德森已经离世——然而,他根本就没有想到，竟然会有这么一大帮人前来认领。等到至关重要的星期五到来时，他总共收到了十九个信封。

三

镇公所从来没有这么气势恢宏过。大厅一端的主席台后面挂满了色彩鲜艳的旗帜，四周墙壁上每隔一段都有彩旗做装饰，楼座前面蒙上了旗帜，室内的支柱裹上了旗帜。这一番布置，全都是为了给那个陌生人留下深刻印象的。到场人数众多，而且大都与新闻界有联系。大厅里聚满了人。四百一十二个固定位子上座无虚席。另外，过道上还临时摆了六十八把椅子。主席台的台阶上也坐满了人。有几位尊贵的来宾安排在主席台上就座。主席台前面和两侧摆成马蹄形的桌子旁坐着一大批来自各地的特邀记者。室内的装饰如此讲究，这在镇上是前所未有的。有些人的服饰价格不菲，有几位太太穿上后显得很不习惯。至少镇上的人们感觉她们表露出了如此神态。他们知道，那些太太们从来没有穿过这种服饰的。

装着金币的袋子放置在主席台前端的一张小桌子上。这个位置，整个大厅的人都可以看到。厅内大多数人都眼睁睁地盯着袋子看，兴趣盎然。十九对首要公民夫妇更是目不转睛地看着袋子，态度亲切和蔼，露出了一副物主的姿态。这少数人当中的男性，还在暗自反复背诵着为了答谢大众的喝彩和祝贺而即将发表的简短即席演讲词。有人还会时不时地从背心口袋里掏出纸条来，悄悄瞥上一眼，以便帮助记忆。

当然，大厅里有嗡嗡的说话声——情况通常如此。到了最后，当伯吉斯牧师站起身把手按在袋子上时，全场寂静无声，他都可以听见自己身上的细菌撕咬的声音了。他讲述了袋子的奇异来历，然后言辞热烈地继续赞扬赫德莱堡因完美无瑕的诚实品格而赢得的古老和名至实归的声誉，并且认为镇上的人理应因此感到自豪。他说，这种声誉是一份价值连城的财富。蒙上帝恩典，其价值已经提升了，无法估量。有了最近这件事情，声誉广为传颂。全美洲的人们都把目光聚焦到了这座镇上，正如他希望而且相信的那样，本镇的名称已经永远成为“不可败坏”的同义词。（掌声响起）“这样一来，谁应该是这个高尚名称的监护人呢——是这座城镇整体吗？不是！这个责任应该是个人的，不是整个社会的。从今天开始，你们中的每一个成员都要担当起作为它的特殊监护人的责任，人人都要切实负起责任来，不让它受到半点伤害。我要问你们一声——你们中的每一位——愿意承担这份庄严的托付吗？（众人纷纷响应）那一切都好办啦。请把这份责任传给你们的孩子们，传给你们孩子们的孩子们。今天，你们纯洁的品格是无可指责的——一定要注意保持下去啊！今天，你们当中无人会受到诱惑去触碰一文不属于自己的钱——一定要把这种高尚的美德保持下去啊！（‘我们会的！我们会的！’）今天这个场合，不便拿我们同别的城镇来做比较——有些镇上的人对我们态度不是很友好。他们有他们的处事方式，我们有我们的。让我们感到满足吧！（掌声响起）我的话已经说完了。我双手下面，朋友们，摆放着一个陌生人对我们行为的崇高认可。我们不知道他是谁，但我以你们的名义表达感激之情，恳请大家高声回应，表示赞同。”

全场起立，爆发出了雷鸣般的致谢声，经久不息，四周的墙壁都颤抖起来了。紧接着，大家坐下，伯吉斯先生从衣服口袋里掏出一个信封。他撕开信封，从里面取出一张纸条。这时，全场人都屏住了呼吸。他念着纸条上的文字——语速缓慢，字正腔圆——大家如痴如醉，侧耳倾听着那上面充满了魔力的言辞——每个字都值一锭金子呢。

“我对那位落魄的陌生人说的那句话是这样的：‘您绝对不是个坏人。去吧，去改过自新吧！’”

紧接着，伯吉斯先生继续说：“我们很快就会知道，这句话是否与密封在袋子里的那一句对得上号。若是对上了——当然无疑是对得上的——这袋金币就属于我们的一位同胞。从今往后，在国人面前，他就是让我们这座城镇闻名遐迩的那种特殊美德的象征——比尔森先生！”

全场听众本来都已严阵以待，准备爆发出应有的雷鸣般的掌声，但他们没有这样做，却好像中风瘫痪了似的，一时间寂静无声，陷入了深深的沉默之中。然后，全场响起了窃窃私语——大致是这样说的：“比尔森！噢，得了吧，太没有说服力了啊！给一个陌生人二十美元——不管是给什么人吧——竟然是比尔森！说给鬼听才会相信呢！”这时候，突然又出现了另外一种惊奇，全场这才又屏声静气起来。人们发现，比尔森执事站立在大厅一处，态度谦卑，头低垂着，而威尔森律师则站立在另一处，神情及态度是一样的。一时间，大家疑惑着，沉默着。每个人都迷惑不解；十九对首要公民夫妇则惊讶不已，义愤填膺。

比尔森和威尔森转过身，面面相觑。比尔森用讥讽的口气问："您干吗站起来啊，威尔森先生?"

"因为我有权站起来。或许还是有劳您向所有人解释一下，您为何站起来吧。"

"非常乐意。因为那张纸条是我写的。"

"这简直是厚颜无耻的谎言！纸条明明是我亲笔所写！"

现在轮到伯吉斯感觉动弹不得了。他站立着，目光茫然地挨个打量着两位先生，似乎不知所措。全场的人茫然无措。

威尔森律师这时开口说话了。他说："我请求主持人念一下那张纸条上面的署名。"

主持人这才回过神来，大声念出了那个名字："约翰·华顿·比尔森。"

"对啊！"比尔森大声嚷嚷，"您现在还有什么可说的？您刚才想在此玩弄欺世盗名的把戏，准备如何向我道歉，如何向受到侮辱的全场人士道歉?"

"没有什么可道歉的，先生。至于另外一个方面的情况，我要公开控告您，从伯吉斯先生那儿盗走了我写的那张字条，然后换上一张签署了您姓名的字条。除此之外，您根本就不可能有任何办法把这句对证的话弄到手。而我，世界上唯有我，掌握着这句话的秘密。"

照这样争吵下去，很有可能会出现丑陋的局面。每个人都显得神情沮丧，却都注意到那些擅长速记的记者们正在疯狂地做着记录。许多人在高声大喊："主席，主席！秩序！秩序！"

伯吉斯拼命敲打小木槌说："我们不要忘记了规矩。显然有什么地方出了差错。不过，可以肯定不会有大碍。如果威尔森先生给过我一个信封——而我现在记得很清楚，他确实给过——我仍然保留着呢。"

他从衣服口袋里掏出一个，拆开了，瞥了一眼，显得惊讶和困惑，站立着不动，好一阵沉默不语。然后，他挥了挥手，动作显得恍惚和机械，想要说点儿什么，但还是泄气了，没有说出口。

有几个人大声喊道："念吧！念吧！上面怎么说的?"

他开始朗读起来，神态恍惚，像个梦游者："我对那位不幸的陌生人所说的那句话是这样的：'您绝不是个坏人。（全场人都盯着他看，惊叹不已）去吧，去改过自新吧!'"（传来窃窃私语："惊奇啊！这是怎么回事呢?"）"这一份，"主席说，"署名为瑟洛·威尔森。"

"对啊!"威尔森大声嚷嚷，"我看这样就解决问题了！我完全清楚，我的那张字条上的内容有人偷看过了。"

"偷看过!"比尔森接话说，"我要让您知道，无论是您还是同您一类的人，一定不能大胆到——"

主席说："遵守秩序，先生们！遵守秩序！请坐下，你们二位!"

两个人服从了主席的呼吁，不停地摇头，嘴里还在愤怒地咕哝着。全场人完全云里雾里了。面对如此奇特的紧急情况，他们不知所措。汤普森随即站起身。汤普森就是那个帽商。他本来很想进入十九位首要公民的行列，无奈条件不够。他帽子的存货不够，达不到那个地位。他说：“主席先生，请允许我提出一个建议。难道这两位先生可能都是对的吗？我请问您呢，先生！难道他们二位都正好对陌生人说了同样的话吗？我感觉到——”

皮匠站起身，打断了他的话。皮匠是个满腹牢骚的人，认为自己有权进入十九位首要公民的行列，但没有得到认可。他有点儿出言不逊，举止不雅。他说：“嘿，这不是问题的关键！这种情况有可能发生——一百年当中可能有那么两回——不可能发生的情况是另外一种。他们两个人谁都不会拿出二十美元！”（一阵掌声响起）

比尔森说：“我给过！”

威尔森说：“我给过！”

然后，两人相互指责对方有盗窃行为。

主席说：“遵守秩序！请你们坐下来——你们二位！这两张纸条一直都在我身上，没有片刻离开过。”

有个声音说：“很好——这样的话，问题就解决了！”

皮匠说：“主席先生，有件事现在显而易见了：他们两人当中，一位一直藏在另一位的床底下，在偷听人家的家庭秘密。如不违反现场规则，我要说，这样的事两个人都干得出来。（主席说：“遵守秩序！遵守秩序！”）我收回刚才说过的话，先生。只是表明自己的一个看法，他们中有一位若是无意中听到了另一位告诉太太那句对证的话，这就可以把他查出来。”

有个声音说：“如何查？”

皮匠说：“很容易。两个人所写的那句话措辞并不完全一样。宣读时若非相隔了相当长时间，中间又插入了激烈争吵，您应该已经注意到了。”

有个声音说：“把差异找出来吧！”

皮匠说：“比尔森的纸条上有‘绝对’一词，而对方的上面没有。”

许多声音说：“是这么回事——他说得对！”

皮匠说：“因此，主席若是查验一下袋子里面那句对证的话，我们就会知道两位骗子当中哪一位——（主席说：“遵守秩序！”）——两位冒险者当中哪一位——（主席说：“遵守秩序！遵守秩序！”）——两位绅士当中哪一位——（响起了哈哈大笑声和掌声）——名至实归，可以冠上本镇培养起来的头号不诚实的骗子名号——他让镇上蒙羞，从今往后，他在此地可够受的！”（响起了热烈的掌声）

许多声音说：“打开它——打开袋子！”

伯吉斯先生在袋子上撕开了一个口子，把手伸了进去，取出一个信封。里面装着两张折好的信纸。他说：“两张信纸有一张上面标明了，‘要等到交给主席的信件——如果有的话——全部宣读完毕后，才可查看里面的内容’；另一张标明，‘对证词’。请允许我来念吧！上面的文字内容——是这样的：“我并不要求我的恩人对我说过的那句话的前半部分准确无误地引述出来，因为它不是那么突出，可能会被忘掉，但结尾处的那些词很突出，我觉得很容易记住。如果这些词没有准确地复述出来，那么申请人就会被认为是冒牌的。我的恩人开始时说，他极少给什么人忠告，一旦给了，就是金玉良言。

然后，他说了下面的话——这句话从来都没有在我的记忆中消失：‘您绝不是个坏人——’

许多声音说：“这样就解决问题啦——钱属于威尔森！威尔森！威尔森！说话！说话！”

人们跳跃起来，围住了威尔森，紧紧握住他的手，热烈地表示祝贺。与此同时，主席捶着木槌大声喊：“遵守秩序，先生们！遵守秩序！遵守秩序！请允许我接着宣读。”现场平静下来之后，他继续宣读。内容如下：

“去吧，去改过自新吧——否则，请记住我说的话——将来有一天，您会因为自己的罪恶而死去，并且下地狱，或者到赫德莱堡——尽量争取，还是下地狱更好些。”

接下来是一阵可怕的沉默。刚开始时，所有公民脸上呈现出一层厚厚的愤怒阴影；片刻之后，阴影开始消散，一种引人发笑的表情企图取而代之，大家费了很大的劲才抑制住没有笑出来。记者们，布利克斯顿的居民们，还有其他陌生人，全都垂着头，双手捂住脸，使出浑身解数，凭着非凡礼貌，这才抑制住。在这样一个极端不合时宜的时刻，鸦雀无声的气氛当中冒出了一个孤立的吼声——是杰克·哈利迪的声音：“这才是真正的金玉良言啊！”

这时，全场笑开了，包括外来客人在内的所有人。连伯吉斯先生都立刻改变了自己不苟言笑的表情。紧接着，听众冲破一切束缚，尽情享受自己的权利。好一阵持久的哈哈大笑——有如暴风雨一般，笑得开心开怀，但最后还是平息下来了——平息了有一会儿，伯吉斯先生这才得以继续自己的讲话，在场的人们这才得以稍微擦了一下自己的眼睛。但后来又爆发出了笑声；过了一会儿，又爆发出了一阵。最后，伯吉斯才说出以下几句严肃的话来：“企图掩盖这个事实是无济于事的——我们发现，我们面临着一个重大的问题。它涉及本镇的荣誉——对本镇的卓越名声造成冲击。威尔森先生和比尔森先生所提供的那句对证的话语，两者之间只有一词之差。但这是一件很严重的事情，因为它表明两位绅士中有一位有过盗窃行为——”

那两个人瘫坐着，无精打采，沮丧至极。但听到这一番话后，两个人都像触了电似的怔了一下，立刻站立起来。

“坐下！”主席说，语气尖锐。两个人遵照执行。“正如我刚才说过的那样，这是一件很严重的事情。而它——只是涉及他们中的一个人。但现在情况变得更加严峻起来了，因为他们两个人的名誉现在面临着可怕的危险。还需要我更进一步说出，这是处在一种难以解脱的危险之中吗？两个人都遗漏掉了那些至关重要的词句。”他停顿了一会儿，让弥漫着的沉静气氛更加深沉，增强其鲜明的效果，然后接着说：“看起来，这种事只会在一种情况下发生。我要问两位绅士——是串通好了的吗？——是统一了口径的吗？”

喃喃的议论声弥漫全场，大意是：“主席逮着他们两个了。”

比尔森不习惯应对紧急情况，瘫坐在那儿，一筹莫展。威尔森是律师，他挣扎着站立起来，脸色苍白，愁容满面地说：“我恳请在场的人士怀着包容之心，听一听我对这件极为痛苦的事情的解释。我很痛惜，必须得把自己要说的话说出来。因为这样的话，一定会让比尔森先生蒙受无法挽回的伤害。而在此之前，我对他一直都怀着尊重和敬意。我先前完全相信，他绝对抵挡得了诱惑——你们大家也都相信。但为了保护我自己的名誉，我必须要说——而且态度坦诚，我怀着羞愧感承认——我现在要请求你们谅解——我曾经对那位落魄的陌生人说过那些对证的话，连结束时几个骂人的词都说出来了。（人们激动了起来）最近报上登出告示后，我便回忆起了说过的话，决定认领这一袋金币。因为无论从哪一点来说，我都有权利得到它。但现在，我要请求大家考虑这一点，好好思量一下！那天晚上，陌生人对我的感激之情是无限的。他亲口说了，他找不到恰当的言辞来表达感激之情。还说，如果将来能够做得到，他一定千百倍地报答我。是啊，这样一来，我倒要询问你们一声，我怎么可能预料得到——怎么可能相信——甚至怎么可能朦朦胧胧地想象得到——尽管他心怀感激之情，竟然还会如此无情绝义地在对证词上多此一举地加上最后那些词呢？——是为了给我设置陷阱吗？——是为了让我在大庭广众面前表明我是个流氓无赖吗？简直荒谬绝伦！那是绝对不可能的。他的证词就包括我所说的那句话充满了善意的开头部分。我对此丝毫都不怀疑。换了你们，也会这样认为的。你们不会期待一个您释放过友情的人，一个您丝毫都没有得罪过的人，竟然会反过来卑鄙无耻地加害于您。因此，我完全有信心，完全信得过，这才在一张纸条上写下开头部分的话——以‘去吧，去改过自新吧’结尾，然后署上名字。我正要把纸条装进信封之际，有人叫我到后面的办公室去，信封敞开着放在办公桌上。”他停顿了下来，头慢慢转向比尔森，片刻之后接着说："我请求你们注意这一点。过了一会儿，等我返回来时，比尔森先生正好从我事务所临街的门口走出去。"（人们激动起来。）

比尔森立刻站立起来，大声嚷嚷："这是谎言！这是无耻的谎言！"

主席说："请坐下，先生！威尔森先生在讲话呢。"

比尔森的朋友们拉着他坐下来，劝他平静。威尔森继续说："事实简单明了。我放在办公桌上的纸条已不在我先前摆放的位置了。我注意到了这一点，但当时并没有很在意，以为是风吹动了一下。我怎么也没有想到，比尔森先生竟然会偷看人家的私密文件。他是个有头有脸的人，不可能会干出这种勾当。如果允许我把看法说出来的话，我认为，他把'绝'换成了'绝对'一词可以解释清楚：那是因为记忆不佳所致。我是世界上唯一能够提供对证词全部细节的人——而且是通过体面的方式。我的话说完了。"

面对不熟悉演讲术伎俩和致幻力的听众，若要麻痹他们的神经器官，颠覆他们的信念，污染他们的情感，世界上没有什么能比得上一番充满说服力的演讲。威尔森坐了下来，得意扬扬，淹没在赞扬和喝彩的浪潮之中。朋友们拥到了他身边，握着他的手，向他表示祝贺。比尔森被喝止，坐了下来，不允许开口说一句话。主席一再捶着小木槌，不停地大声喊着："我们还是继续吧，先生们！我们还是继续吧！"

最后，现场安静了下来。帽商说："怎么个继续法儿，先生！不就是转交钱款吗？"

许多声音说："说的是啊！说的是啊！上去吧，威尔森！"

帽商说："我提议给威尔森喊出三声欢呼喝彩，代表着特殊的美德，因为——"

他的话还没有说完，欢呼喝彩声便爆发出来。在喝彩声中——也在主席敲击小木槌的响亮声中——一些情绪热烈的人把威尔森抬到一位大个子朋友的肩膀上坐着，准备耀武扬威地把他送到主席台上去。主席的说话声，此时盖过了其他喧闹声——"遵守秩序！回到你们的座位上去！你们都忘记了，还有一份文字要宣读呢。"当现场归于平静之后，他拿起那张纸正要开始念，又把它放下说："我忘记了，要等到所有交给我的信件都宣读完毕，这一份才能宣读。"他从衣服口袋里掏出一个信封，取出信件，瞥了一眼——似乎很惊诧——把它举得距离远一点儿，凝神看着——目不转睛地看着。

二三十个声音高声喊着："写的是什么啊？念出来吧！念出来吧！"

他念了——语速缓慢，充满了惊奇："我对那位陌生人说的话——（众多声音说："嘿！怎么回事啊？"）——是这样的：'您绝不是个坏人。（众多声音说："天哪！"）去吧，去改过自新吧！'（有个声音说："噢，简直莫名其妙！"）署名是银行家平克顿先生。"

现场欢天喜地的气氛失去了控制，喧闹一片。此情此景，令头脑审慎的人都会哭泣。那些没有被弄得内心痛苦不安的人笑得眼泪都流下来了。那些笑得在痛苦中挣扎的记者们记下的内容有如毫无规则的涂鸦，世上没人可以辨认出来。一条睡着的狗吓得失魂落魄地跳了起来，冲着闹哄哄的场面狂吠。形形色色的大呼小叫充斥在喧闹之中："我们发财啦——有了两个不可败坏的象征了！——还没把比尔森算进去呢！" "三个啦——把'规矩人'算进去——越多越好啊！" "好啊——比尔森入选啦！" "哎呀，可怜的威尔森啊！成了两个盗贼的受害者啦！"

一个宽厚洪亮的声音说："肃静！主席又从衣服口袋里掏出东西来啦。"

众多声音说："好哇！是什么新东西吗？念出来吧！念！念！"

主席（念着）："'我对某某说的那句话……'等等，'您绝不是个坏人。去吧，'等等，署名是，'格里高利·耶茨'。"

众多声音暴风雨一般地喊："四个象征啦！" "替耶茨欢呼吧！" "再掏出来吧！"

大厅里顿时喊声一片，充满欢声笑语，人们准备把现场的快乐推向极致。十九位首要公民中有几位脸色苍白，神情沮丧。他们站起身，开始走向过道。许多人大声嚷嚷："门啊，门啊——把所有门都关起来。任何不可败坏的人都不可以离开此地！坐下吧，各位！"

大家按照吩咐行事了。

"又掏出来了！念！念吧！"

主席又掏出了一份，熟悉的言辞再次从他的嘴里念出来——"'您绝不是个坏人——'"

"姓名！姓名！什么姓名？"

“L·英戈尔德比·萨金特。”

“五位入选啦！把象征堆积起来吧！接着来，接着来吧！”

“‘您绝不是个坏人——’”

“姓名！姓名！”

“尼古拉斯·惠特华斯。”

“好哇！好哇！这是个象征迭出的日子啊！”

有人呜咽起来，开始合着悦耳动听的《天皇曲》中“当一位男士害怕一位美丽姑娘的时候”的旋律，哼唱起这个节拍（省略掉了“这是”）。听众合唱起来，充满了快乐。紧接着，刚好及时，有人创作出了另外一句——

你可别忘记了这个——

全场高声唱出了这一句。第三句立刻又出来了——

赫德莱堡是不可败坏的——

全场又高声唱出了这一句。当最后一个音符消失的时候，杰克·哈利迪的声音高亢而清晰，配上了最后一句——

但几位象征全在这儿，当然啦！

大家共同唱出了这一句，热情高涨。然后，洋溢着快乐的全场合唱从头开始，把四句歌词重复唱了两遍，声音高亢有力，气势非凡。唱完“赫德莱堡是不可败坏的，还有所有的象征。因为我们今晚将要接受这个无上的荣誉称号”，全场发出了振聋发聩的连续三次欢呼，最后还大吼了一声。然后，对着主席的大呼小叫再次响起，声音从全场人们口中发出。

“继续！继续！念吧！再念一些！把您收到的纸条全部念出来吧！”

十多位男士此时站立起来了，开始抗议。他们说，这出滑稽剧是某个寡廉鲜耻的恶作剧者编造出来的，对全镇居民是个侮辱。毫无疑问，那些署名全是伪造的——

“坐下！坐下！别说了！你们这是在自我暴露。我们将会在这伙人当中找到你们的姓名。”

“主席先生，您收到了多少个这样的信封啊？”

主席清点了一下。“包括已经看过的，一共十九个。”

现场爆发出了一阵暴风雨般的透着嘲笑的喝彩声。“说不定里面全都装着这个秘密。我提议您把它们全部拆开，念出结尾处的每一个署名——同时念出开头的几个字。”

“赞同这个提议！”

主席宣布这个提议，全场通过——声音如雷贯耳。这时候，可怜的老理查兹站立起来，他太太也在他身边站立了起来。她低垂着头，所以没人看见她在哭泣。她丈夫伸出一条胳膊搂着她，把她给搀扶住了。他开始用颤抖的声音说话了：“朋友们，你们熟悉我们两个——我和玛丽——大半辈子都是如此。我感觉到，你们一直都喜欢我们，尊重我们——”

主席打断了他的话：“对不起，说得很在理——您刚才说的话，理查兹先生！镇上的人们确实熟悉你们两位，确实喜欢你们，确实尊重你们。还有——敬仰你们，喜爱你们——”

哈利迪的声音响了起来：“这也是毫不掺假的事实啊！如果主席的话没有说错，大家就表示赞成吧。起立！那就来吧——希普①！希普！希普！——大家一同喊起来！”

全场一同站立，热情洋溢地面对着那对老夫妇。人们挥动手帕，整个现场像是弥漫着满天风雪。他们由衷地发出欢呼声、喝彩声。

主席随后继续说：“我刚才所说的意思是，我们知道您心地善良，理查兹先生。但现在不是对罪人释放慈悲的时候。(响起了一阵阵“对啊！对啊！”的高喊声）我从您的脸上看出了您宽容大度的企图，但我不能允许您替这些人求情——”

“但是，我打算——”

“请您坐下吧，理查兹先生！我们必须查看剩下的这些信件——即便纯粹是为了对那些已经被揭露出来的人表示公正，也需要这样。一旦这道程序完成——我向您保证——一定让您把话说完。”

众多声音说：“说得对啊——主席说得对——目前这个时候，不允许任何人插话打断！继续吧！——那些姓名！那些姓名！——根据刚才提议的内容念出来吧！”

老夫妇很不情愿地坐了下来。丈夫轻声细语地对太太说：“必须这么等着，真是可怜又难受啊！一旦他们发现我们只是要为自己求情，那脸可就丢得更大啦。”

---

① 由领头喝彩者连说几次，作为齐声喝彩的信号。

随着那些姓名宣读出来，喧闹欢乐的气氛再次出现了。

“‘您绝不是个坏人——’署名是‘罗伯特·提特马歇’。”

“‘您绝不是个坏人——’署名是‘艾利法勒特·威克斯’。”

“‘您绝不是个坏人——’署名是‘奥斯卡·怀尔德’。”

至此，现场的人们又想出了一个主意，要求大家代替主席说出那七个字。他心里倒是不会不高兴。从此之后，他每次都会举起信纸等待着，全场人集体唱出了那七个字，声音整齐划一，音质深沉悠扬（大胆地模仿一首著名的教堂圣歌的曲调，惟妙惟肖）——“您绝——呃——呃——不——是个——坏——哎——哎——人。”然后，主席说：“署名是，‘阿奇博尔德·威尔·柯克斯’。”等等，等等——姓名一个接一个。除了那十九位首要公民，在场的每个人都享受着越来越痛快淋漓的时光。时不时地，当某个特别闪耀的姓名念出来时，听众会请主席稍等片刻，再把那句对证词从头至尾吟唱出来，包括“并且下地狱，或者到赫德莱堡——尽量争取，还是下——地——咦——咦——狱——更好些。”面对这种特殊情况，他们会在结束时加上庄严沉重而又气势恢宏的“阿—阿—阿—门”。

名单上的人数越来越少，越来越少，越来越少。可怜的老理查兹五个、五个地数着数，每当有与他类似的名字念出来时，就会皱眉蹙眼，可怜兮兮，提心吊胆地等着那个时刻到来。到时，他便可以享受到那份可耻的权利，与玛丽一道站立起来，说完自己求情的话。他打算要说的话是这样的：“……因为直到现在，我们从来都没有干过任何一件不对的事，一直卑微本分地过着日子，没什么可指责的。我们很贫穷，上了年纪了，没有儿女来帮助我们。我们受到了很大的诱惑，结果堕落了。我们刚才之所以站立起来，本来是打算真情告白，恳请不要在大庭广众之下念出我的姓名。因为我们感觉到，那样会令我们受不了，但我被阻拦了。这很公正，我们应该在此同其他人一道受苦受难。我们感到很难受。听到自己的名字从别人嘴里说出来——受到玷污，这还是头一次。发发慈悲吧——顾念我们过去的良好表现，你们尽量以宽容之心，让我们忍受最轻的羞辱吧。”他神情恍惚地想到这儿时，玛丽看出了他心不在焉的样子，便用胳膊肘轻轻触碰了他一下。全场的人正在吟唱“您绝一不——”。

“做好准备啊！”玛丽低声说，“现在轮到你的名字啦。他已经念了十八个了。”

人们吟唱的声音停止了。“下一个！下一个！下一个！”整个现场一声连着一声地喊着。

伯吉斯把手伸进自己的衣服口袋。老年夫妻浑身颤抖着，开始站立起来。伯吉斯摸索了片刻，然后说：“我发现，已经全部念完了。”

老年夫妻又惊又喜，都要昏过去了。他们瘫坐在座位上。玛丽轻声细语地说：“噢，感谢上帝啊，我们得救了！——他把我们的信件弄丢了——如此良机，拿一百袋金币来换我都不肯啊！”

全场爆发出了对《天皇曲》的滑稽模仿，连着唱了三遍，热情越来越高涨。当唱到第三遍结尾处时，大家站立了起来：

但几位象征全在这儿，当然啦！

唱完了“赫德莱堡的纯洁和我们十八位不朽的代表”后，大家欢呼了三声，还大吼了一声。

然后，马具商温盖特站起身来，提议“为镇上最干净的人、唯一不曾企图盗窃那些钱款的重要公民——爱德华·理查兹”欢呼，喝彩。

人们欢呼，喝彩，热情洋溢，感人至深。然后，有人提议：“应该推选理查兹作为现在神圣的赫德莱堡传统的唯一监护人和象征，可以凭着力量和权利傲然屹立，面对整个充满了讥讽的世界。”

提议在激动的欢呼声中获得通过。紧接着，大家再次吟唱起了《天皇曲》的旋律，结尾时加上——

而剩下唯一的象征，当然啦！

出现了暂停，然后——一个声音说：“对啊，那么，谁该获得那袋金币呢?”

皮匠说（语气尖刻揶揄）：“这很容易决定啊。钱应该由那十八位不可败坏的人平分。他们每个人都给了那苦难中的陌生人二十美元——还送上了那句忠告——是轮流送出的——一队人走过去用了二十分钟。他们在那位陌生人身上下了赌注——总共馈赠出了三百六十美元。他们全都想要收回那笔贷款——包括利息——总共四万美元。”

众多声音说（语气中透着讥讽）：“说得有道理！平分！平分！善待可怜人——不要让他们一直等待啊！”

主席说：“遵守秩序！我现在拟宣读陌生人剩下的文字内容。上面说：‘如果没有认领人出现（大家齐声抱怨，声音洪亮），我希望，您打开袋子，把钱转交给镇上的首要公民，托付给他们代为保管（传来“噢！噢！噢”的大喊声），以在他们看来最理想的方式用于传播和保存贵镇因不可败坏的诚实品格而获得的崇高声誉（更多呼喊声）——而这种声誉会因为他们的姓名和努力而增添新的深远的光彩。”（场上爆发出了热烈讥讽的喝彩声）话说到此好像结束了。没有——下面还有一段附言。

附言：

赫德莱堡的公民们：根本不存在什么对证词——没有任何人说过那句话。（人们激动起来了）没有什么贫困潦倒的陌生人，没有什么二十美元的馈赠，没有什么随之而来的感激和赞扬的话——所有这一切，都是杜撰出来的。（全场闹哄哄的，表达惊讶和快乐的声音融为一体）那就让我来说说自己的故事吧——只需要几句话就说清楚了。曾几何时，我路过你们镇，无故受到了莫大的侮辱。若是换了其他任何人，定会杀死你们中的一两个人以求内心满足和显示公平。但我觉得，那只不过是一种微不足道的报复，远不够分量，因为死人是感受不到痛苦的。况且，我又不能把你们全部杀死——而且，不管怎么说，即便我有这个能力，那也还是不足以令我心满意足的。我想要摧毁这儿的每一个人，包括每一个妇女在内——不是摧毁他们的身体，或者财产，而是他们的虚荣——这可是软弱和愚蠢的人们最不堪一击的地方。于是，我乔装改扮，返回此地，细心观察你们。你们是很容易入套的猎物。你们拥有一种因诚实而获得的悠久崇高的声誉，很自然会因此而感到自豪——它是你们的宝中之宝，是你们的眼珠。你们小心谨慎，决不让你们自己和孩子们受到任何诱惑。我发现了这个情况后心里便有底了，知道该如何下手了。对啊，你们这些头脑简单的人，所有脆弱的东西之中最脆弱的就是，没有在烈火中经受考验的所谓美德。我制订了一个计划，收集了一份名单。我的目标就是要败坏不可败坏的赫德莱堡。我是要让将近五十个纯洁无瑕的男男女女变成说谎者和盗贼，因为他们生平从未说过一句谎话或者盗窃过一分钱。我担心的是古德森。他既不是在赫德莱堡出生的，也不是在赫德莱堡长大的。我担心，我若是一开始实施计划就把那封信拿到你们面前，你们会说："我们这儿只有古德森一个人会把二十美元送给一个穷鬼"——那样一来，你们就不会入我的圈套。但上帝把古德森带走了。这时候，我知道自己安全了，就设下了陷阱，放好了诱饵。情况有可能会是，收到我寄去的那份伪造对证词的人不一定都会被我逮住，但只要我看透了赫德莱堡人的品性，就一定可以逮住他们中的大部分。（众多声音说，“说得对啊——他逮住了每一个呢”）我相信，他们甚至会盗窃这笔假借名誉的赌博款。绝不会错过的，可怜的、受到诱惑的、没有教养的家伙们！我巴不得把你们的虚荣心捣个稀巴烂，永永远远不会再萌发！给赫德莱堡一个全新的声誉——永远抹不掉——广为传颂！如果我成功了，那就打开袋子，召集传播和保存赫德莱堡声誉的委员会吧！

众多声音犹如旋风一般说：“打开它吧！打开它吧！让十八位首要公民站到台前！传播传统的委员会！上啊——不可败坏的人们！”

主席把袋子扯开了，抓起了一把闪亮宽厚的黄色硬币，握在手里摇了摇，然后仔细观察起来——“朋友们，这只是些镀金的铅片啊！”

场上的人们听到这个消息后爆发出了一片欢呼声。等到欢呼声平息后，皮匠大声说：“在这件事情当中，要论出色的表演，威尔森先生应担任传播传统委员会的主席。我建议他代表他的同伴们到台前去接受委托，管理好这笔钱。”

上百个声音说：“威尔森！威尔森！威尔森！说话！说话啊！”

威尔森说（声音因愤怒而颤抖）：“承蒙你们允许我说话，

我也就不在乎说句粗话啦——见他妈的这笔钱吧！”

有个声音说：“噢，他呀，还是个洗礼教徒呢！”

有个声音说：“还剩下十七个象征！上去吧，先生！接受对您的委托吧！”

马具商说：“主席先生，不管怎么说，先前这批权贵当中总算还有一位清白的。他需要钱，也理应得到钱。我提议，您指派杰克·哈利迪上台，把这袋二十美元一枚的镀金钱币拍卖掉，将所得收入赠与应该得到的人——此人是赫德莱堡人乐于敬仰的——爱德华·理查兹。”

人们热情高涨，欣然接受了这个提议。那条狗又掺和进来了。马具商开始出标一美元，布利克斯顿来的人和巴纳姆派来的代表进行了好一番较量，标价每上扬一次，人们就会欢呼雀跃，亢奋的情绪每时每刻都在高涨。投标者热情不减，标价一直上涨，胆量越来越大，态度越来越坚决，标价从一美元上涨到了五美元，然后是十美元，接着是二十美元，再接着是五十美元，后来一百美元，再后来——

拍卖刚开始时，理查兹神情沮丧，轻声细语地对太太说：“噢，玛丽，我们怎么可以这样做呢？这——这——你看吧，这是一份荣耀的——回报，一种对纯洁品格的证明。呃——呃——我们怎么可以这样做呢？我最好站起来，并且——噢，玛丽，我们该怎么办啊？——你觉得我们该——”（哈利迪的声音说：“有人出十五美元——十五美元这一袋！——二十！——啊，谢谢！——三十——再次谢谢您！三十，三十，三十！有人喊四十吗？——四十啦！动起来啦，先生们，不要停啊！——五十！——谢谢，尊贵的天主教友们！——到达五十，五十，五十！——七十！——九十！——太棒了！——一百！——往上加呀，往上加呀！——一百二十——一百四十——正是时候啊——一百五十！——二百！妙不可言啊！我听见有人说二百——谢谢啊！二百五十！——"）

"这是一次新的诱惑啊，爱德华——我浑身都在颤抖——但是，噢，我们已经避免了一次诱惑。那应该对我们有所警醒才是啊，以便——（"我听见有人喊六百吗？——谢谢！——六百五十，六百五——七百！"）然而，爱德华，当你觉得——没有人怀——（"八百美元！——好哇！——升到九百吧！——帕森斯先生，我是不是听见您说——谢谢！——九百！——这一袋贵重的纯铅只以九百美元的价格就要卖出啦，还镀金了呢——来吧！我是不是听见有人喊——一千！感激不尽啊！有人喊一千一百吗？这个袋子可要声名远播了，传遍全世——"）噢，爱德华！"（她开始抽泣起来）"我们很穷！——但是——但是——你觉得怎么办最好就怎么办吧——你觉得怎么办最好就怎么办吧。"

爱德华败下阵来了——也就是说，他安安静静地坐着，良心不安地坐着。但是，良心面对当时的情况也无能为力了。

与此同时，有个陌生人，看上去像个业余侦探，打扮成一副根本不像英国伯爵的模样。他显得兴致勃勃，脸上洋溢着满意的神情，一直在注视着当晚的整个过程。他心里一直暗自揣度，此时的内心独白大致是这样的："十八位首要公民中没有一位参加竞标的，这可让人感到不尽兴啊。我一定要改变这种情形——戏剧中的三一律原则①要求这样做啊。他们必须购买他们企图盗窃的一袋东西，也必须付出沉重的代价——他们中有些人很富有。另外还有一个情况，我在评价赫德莱堡的性格时犯了一个错误。当时导致我犯错的那个人应该得到一份高额奖金才是，但这笔钱必须有人支付。穷苦的老理查兹让我看走了眼，他是个诚实人。——我不理解其中的缘由，但我承认情况是这样的。对啊，他看出了我的‘二点’牌——自己却握着一手‘同花顺’②。按规矩，这个赌局他是赢家。我若是做得到，他得赢到一大笔钱才对。他令我失望了，那我就不管了。”

他一直注视着这场竞价。标价达到一千美元时，行情突变了，价格迅速逆转。他等待着——仍然注视着。有位竞价人退出了，然后是另一位，接着还有一位。他此时参与了一两次竞价。当叫价跌到每次十美元时，他则加上了五美元，有人在他的基础上加上了三美元。他等待了片刻，然后猛然五十美元一个跳跃，结果钱袋就是他的了——价格为一千二百八十二美元。全场爆发出欢呼声——然后停了下来。因为他已经站起来了，抬起了一只手，开始讲话。

“我有话要说，请帮帮忙。我是个经营稀有品的商人，同

---

① 戏剧中的三一律原则（the Dramatic Unities）是欧洲古典主义戏剧创作恪守的规则，成了古典主义戏剧的金科玉律。该原则规定每部剧只能是单一的故事情节，事情发生在一个地点并在一天之内完成。

② “同花”（Flush）本指不连续的五张相同花色的纸牌。此处前面加了“Straight”一词，便成了连续五张相同花色的“同花顺”了。

全世界乐于收藏钱币的人打交道。我今天买下这袋东西，照这个情形，这个买卖我是可以挣到一笔钱的。若是能够得到大家的赞同，还有一种办法可以让这些二十美元一枚的铅币达到金币的价值，说不定还能更多。对我表示赞同吧！我将把自己收入的一部分奉献给你们的理查兹先生。你们公正无私，热情洋溢，今晚对他永不衰竭的清廉品格给予了认可。他得到的钱将是一万美元，我明天就会把钱交给他的。（全场响起热烈的喝彩声。但“永不衰竭的清廉品格”的说法令理查兹夫妇的脸涨得通红。大家以为那是谦逊的表现，所以没有造成什么不良后果）假如我的提议能够获得你们中大多数人赞同——我希望能有三分之二的人赞同——那我就会把这看成全镇人都认可了的。这是我的全部要求。稀有物品上面若是呈现出引起人们好奇并且一定会给予一番评价的纹理，那就一定更加值钱了。现在吧，如果你们同意我把这十八位先生的名字烙印在这枚假金币的表面，那可——”

一时间，听众当中十之八九都站起来了——连狗也包括在内——提议获得通过，响起了旋风一样的喝彩声和大笑声。

听众们坐了下来。所有象征——只有克莱·哈克尼斯“医生”除外——全都站立着，强烈反对刚才提出的这个荒谬建议，并用威胁的口吻扬言要——

“我恳请你们不要威胁我！”陌生人说着，态度很平静。“我清楚自己的合法权利，而且一直不怕人家威胁。”（掌声响了起来）他坐下来了。哈克尼斯“医生”再次瞄准了机会。他是本地两位很富有的人物之一，另一位是平克顿。哈克尼斯是一家铸币厂的业主，也就是说，那是一种流行的专利药品。他正由某一党派提名为候选人参加州议会的竞选，平克顿则是另一党派的候选人。这是一次势均力敌、竞争激烈的较量，气氛一天比一天紧张。两个人都迫切需要钱，每人都购买了一大片土地，各有各的用途。要新修一条铁路，两人都想进入州议会，帮助划定对自己有利的线路。一票之差就有可能决定胜负，胜了还有可能带来两三笔财富。赌注很大，而哈克尼斯又是一个胆大的投机者。他坐在距离陌生人很近的地方。当另外那些象征面对全场听众一个接一个提出抗议和恳求的时候，他侧过身子轻轻地问："这一袋东西您提出的价格是多少？"

"四万美元。"

"我给您两万。"

"不行。"

"两万五。"

"不行。"

"那就三万吧。"

"价格是四万美元，少一分都不行。"

"那行吧，我出这个价。明天上午十点我到旅馆去。我不想让人知道这事，只想私下里找您。"

"很好。"陌生人随即站起身，对着全场的人说："我看时间很晚了。这些先生的讲话并不是没有价值，并不是没有趣味，也并不是不优雅得体，不过，大家若能多多包涵，我想就此先告辞了。你们同意了我的请求，给我帮了一个很大的忙啊！谢谢你们啦！我请主席替我保存这个袋子，明天来取。把这三张五百美元的钞票给理查兹先生吧！”钱传到了主席的手上。“我九点钟去取袋子；十一点钟时把一万美元余款亲自送到理查兹先生家里去。再见吧。”

紧接着，他悄然离去了，留下全场人闹哄哄的——各种声音响成一片，有欢呼喝彩的，有吟唱《天皇曲》旋律的，狗也在不满地吠叫着，还有人吟唱着“您绝——呃——呃——不是个坏——哎——哎——人——阿——阿——阿——门”

四

回到家后，理查兹夫妇不得不忍受人们的祝贺和致敬，一直到深夜才得以消停。后来，就剩下他们自己了。他们看上去有点儿沮丧，坐在那儿沉默不语，想着心事。最后，玛丽叹息了一声说：“你觉得我们该受到责备，爱德华——该严重地受到责备吗？”她的目光移到了放在桌子上的三张显示着他们该受到责备的大额钞票上。前来祝贺的人们一直在用欣赏的目光看着它们，用手指抚摸它们来着。

爱德华没有立刻回答，随即叹息了一声，犹豫不决地说：“我们——我们没有办法啊，玛丽。这个——这个都是命中注定了的。一切事情都是如此啊！”

玛丽抬头瞥了一眼，然后定神看着他，但他并没有用目光回应。她随即说：“我本来以为，祝贺和称颂总会是很受用的。但是——我现在似乎觉得——爱德华——”

“呃？”

“你打算在银行待下去吗？”

“不——不了。”

“辞职吗？”

“明天上午就辞——写封辞职信去。”

“这似乎是最理想的办法。”

理查兹低下了头，用双手托着脸，喃喃地说：“先前，我并不害怕经手人们海量的钱，但是——玛丽啊，我现在感到很疲惫，很疲惫——”

“我们睡觉去吧。”

翌日上午九点钟，陌生人上门取过那袋钱，用马车把它送到了旅馆。十点钟时，哈克尼斯同他进行了私下交谈。陌生人提出要求，并且拿到了五张由一家大都会地区的银行开具的支票——是开给“持票人”的——其中四张为每张面值一千五百美元的，一张为面值三万四千美元的。他把一张一千五百美元的钞票放进皮夹里，将其余三万八千五百美元的钞票全部装进一个信封，再塞入一张字条。这是他在哈克尼斯离开后写的。十一点钟时，他到达理查兹的住处，敲了门。理查兹太太从百叶窗的缝里悄悄看了看，然后走过去接过了信封。陌生人没吭一声便离开了。她满脸通红地返回，腿脚有点儿站不大稳，然后气喘吁吁地说：“我肯定认出他来了！我昨晚还寻思着，先前或许在什么地方见过他呢。”

“他就是把袋子送到这儿来的那个人吗？”

“我几乎可以肯定。”

“如此说来，他也是那位假冒的斯蒂文森啦！而且凭着那个子虚乌有的秘密令镇上每一位重要人物上当受骗。现在，他若送来的是三张支票而非现金，我们也同样要上当受骗了。我们还以为自己逃过了一劫呢。昨晚休息一宿之后，我这才刚刚开始觉得舒适了一点儿。但看到这个信封后，我心里觉得厌恶。信封不是很厚，八千五百美元。即便是最大额的钞票，也要比这厚实啊！”

“爱德华，你为何同支票过不去啊？”

“那是由斯蒂文森签字的支票呢！假如送来的是现金，我倒是可以听天由命，收下这八千五百美元——因为那样确实看起来像是命中注定的，玛丽——但是，我一向没什么胆量，不敢试图兑现签有那个可怕名字的支票。那准是个圈套，此人企图逮住我。不管怎么说，我们逃脱了。但他现在又施用新的伎俩。假如是支票的话——”

“噢，爱德华，真是太糟糕啦！”她举起几张支票，开始大声嚷嚷起来。

“扔到火里去！快！我们决不能受到诱惑。这是他玩弄的一个伎俩，好让世人笑话我们，把我们同其他人放在一类里，还有——把支票给我，你不可能这样做的！”他一把抓过支票，想要牢牢抓住，最后送到火炉边。但他毕竟是人啊，还是个出纳。他站立了片刻，以便确认上面的签名，随即差不多要昏倒了。

“用扇子扇扇我，玛丽！用扇子扇扇我！它们和黄金是一样的！”

“噢，多美妙啊，爱德华！为什么呢？”

“支票是哈克尼斯的签名。这里面隐藏着什么样的秘密呢，玛丽？”

“爱德华，你是不是认为——”

“你看吧——看看这个！一千五百——一千五百——一千五百——三万四千，一共三万八千五百！玛丽，这一袋钱还不值十二美元呢，而哈克尼斯——很显然——大概是按面额支付的。”

“这么说来，这些钱都归我们了。你是不是这样觉得——而不是一万美元，对吧？”

“是啊，看样子是这么回事。况且支票也是开具给‘持票人’的。”

“这个是不是有效啊，爱德华？怎么回事呢？”

“提示到偏僻处的银行去兑现，我看是这样。说不定哈克尼斯不想让这件事情张扬出去呢。这是什么——一张字条？”

“没错。是同支票附在一块儿的。”

字条是“斯蒂文森”的笔迹，但没有署名。字条上的内容是：

我大失所望，因为您的诚实丝毫没有受到诱惑的影响。关于您的诚实品性，我本来是抱着不同看法的。我冤枉您了，敬请见谅！而且是发自内心的请求！我敬佩您——敬佩之情也是发自内心的。这座镇上的人连吻您的长袍都不配。尊敬的先生，我曾经严肃认真地给自己打过一个赌，认为你们这座自命不凡的镇上有十九个人会堕落。我输了，请您把这些赌注拿走吧！因为您应该得到它。

理查兹深深地叹了一口气，然后说：“这好像是用火写成的——很烫人啊。玛丽——我又一次觉得痛苦不堪啊！”

“我也是啊。啊，亲爱的，但愿——”

“想想看，玛丽——他是信得过我的。”

“噢，别说了，爱德华——我受不了了。”

“假如我担当得起这些漂亮话，玛丽——上帝知道，我曾经相信，自己担当得起的——现在觉得，拿出四万美元来换这些话，我都在所不惜。那我就会将这张字条收藏起来，把它看得比黄金和珠宝还要值钱，并永远保存。但现在——有了它在身边，谴责如影随形。我们不可能生活在这样的状态中啊，玛丽。”他把字条扔进了火中。

来了个送信的，转交给他们一个信封。理查兹从信封里取出一张字条，看了起来。字条是伯吉斯写来的。

您曾在我处于艰难时期拯救过我，而我昨晚拯救了您。此事是以说谎为代价的，但我是心甘情愿做出牺牲的，且怀着感激之情。在这座镇上，您勇敢无畏，心地善良，气度高贵，没有任何人像我一样清楚地知道这一点。从心底里，您是不可能会尊敬我的。因为您知道那桩事情，大家把它归结到我身上，我因此受到众人的谴责。但我恳请您至少要相信，我是个知恩图报的人。这样可以有助于我忍受心里的痛苦。（署名）伯吉斯。

“我再次得到拯救啦，而且情况理想！”他把字条扔进火里。“我——我宁愿死掉还好些，玛丽。我多么希望摆脱这一切啊！”

“噢，这真是痛苦难熬、痛苦难熬的日子啊，爱德华。一刀一刀往心上刺得可深啦，还是以慷慨大度的方式刺来的——来得可真快啊！”

选举前三天，两千选民中的每一位都突然得到了一件珍贵的纪念品——那些著名的假双头鹰金币中的一枚。假金币一面的周围镌刻着这样的文字：“我向那位可怜的陌生人说的那句话是——”另一面则镌刻着这样的文字：“去吧，去改过自新吧！（署名）平克顿。”这样一来，这出著名的滑稽剧中所有剩下的垃圾全部倾倒在一个人的头上了，而且酿成了灾难性的后果。最近发生的哄堂大笑的情景再次上演，而且集中对准了平克顿。因此，哈克尼斯在选举中轻易获胜了。

理查兹夫妇收到支票后的二十四小时里，他们的良心平静了下来，不过很沮丧。面对自己犯下的罪孽，这对老年夫妇学会了自己给自己安心。不过，他们眼下必须学会面对的是，当一桩罪孽看起来还有可能被人发现时，它会呈现出种种新的而且真真切切的恐怖状态。这赋予了罪孽新的又是极为具体和重要的一面。教堂里，上午的布道仪式如常进行，牧师仍然以平常的方式说着同样的话。他们都听了无数遍了，早已觉得全是空话，几乎毫无意义，听着听着很容易睡着。但现在情形不一样了：布道词似乎充满谴责，似乎直截了当地专门针对隐瞒了滔天大罪的人。离开教堂之后，他们尽快逃离前来祝贺的人们，匆匆忙忙往家里赶，直觉得浑身寒冷彻骨。但不知为什么——心里只是充满了模模糊糊、隐隐约约、无法名状的恐惧。他们无意中瞥见了伯吉斯先生，只见他在一个街角转身。他们向他点头示意，但他置之不理！他其实没有看见他们，但他们并不知道这一点。他那是什么意思啊？可能意味着——可能——意味着——噢，许多可怕的情况。他是不是可能知道，理查兹过去本来可以替他洗刷罪名的，却一直在默默等待时机加以清算？回到家后，他们心烦意乱，心里不禁想象起来，认为那天晚上理查兹向太太透露出伯吉斯是无辜的秘密时，她们的女仆可能在隔壁房间偷听来着。紧接着，理查兹开始想象，他听见了当时那儿有女人长裙发出的窸窣声，然后便确信自己听见了那个声音。他们要找个借口把萨拉召唤进来，对她的表情进行一番观察。她若是在伯吉斯面前出卖了他们，是可以从她的举止态度看出来的。他们问了她几个问题——问题显得很随意，前后也不连贯，看起来漫无目的。姑娘心里断定，这老两口一定是因为突然发了大财，神志受到了影响。他们目光敏锐，神情专注，一直盯着她看。姑娘吓着了，结果事情弄假成真了。她涨得满脸通红，神情紧张，不知所措。老夫妻觉得，这明显是做了亏心事的表现——做了某种可怕的亏心事——毫无疑问，她是个探子，是个叛徒。姑娘离开后，他们开始把一些毫不相关的事情拼凑到一块儿，拼凑出了可怕的结果。正当事情朝着最坏的方向发展时，理查兹突然喘息了一声。太太问：“噢，怎么啦？——怎么啦？”

“那张字条——伯吉斯写来的字条！上面的措辞语气揶揄，我现在明白啦。”他引述了其中的句子：“‘从心底里，您是不可能会尊敬我的。因为您知道那桩事情，大家把它归结到我身上’——噢，现在完全清楚了。啊，天哪！他知道我知道那件事！你看这措辞多么巧妙啊。这是一个圈套——而我竟然像个傻子似的朝里面钻呢。但是，玛丽——！”

“噢，这真是可怕呀——我知道你想要说什么——他没有还给你那份假的对证词。”

“没有啊——他是打算留着毁灭我们用呢。玛丽，他已经把我们的事情泄露给一些人了。我清楚这个情况——我非常清楚。从教堂出来后，我从很多表情看出了端倪。啊，我们朝着他点头示意，他都不予理睬——他知道自己的所作所为！”

当天晚上，叫来了医生。翌日上午，消息传开了，说老两口病得很严重——他们是因为发了这么一笔横财而兴奋过度，连续不断的道喜祝贺，加上晚上很晚才睡觉，结果身体给弄垮了。反正医生是这么说的。镇上的人由衷地替他们感到难过。现在镇上的人们能够引以为豪的，就只有这老两口了。

两天过后，消息更加可怕了。老两口神志不清了，做出了不可思议的事情。护士们亲眼看到，理查兹展示几张支票——是八千五百美元的吗？不是——是一个惊人的数额——三万八千五百美元呢！面对如此天大的好运，该如何作出解释呢？

翌日，护士们有了更多消息——而且令人称奇叫绝。她们本来一致决定把那些支票收藏起来，以免给她们造成什么伤害。她们寻找时，发现支票已经不在病人的枕头底下了——不翼而飞了。

病人说："别动枕头，你们想要干什么啊？"

"我们觉得，最好把支票——"

"你们不可能再见到那些支票啦——我把它们给毁掉了。那是从撒旦那儿拿来的。我看见上面印着地狱的印记呢。我知道，这是送来引诱我犯罪的。"然后，他便开始不停地哼哼唧唧，尽说些怪异可怕的话，护士们根本就没办法听懂，医生嘱咐她们不要吱声。

理查兹说的没有错，大家再也见不到那些支票了。

一定是某个护士睡梦中说了梦话了。两天之后，那些规定不要声张的胡言呓语竟然在镇上传得沸沸扬扬了，话说得令人震惊。那些话的意思是，理查兹曾经要求领取那一袋钱，伯吉斯把这件事情给隐瞒了下来，但后来又居心叵测地给泄露出去了。

伯吉斯因此受到指责，但他断然否认。他说，一个老人生病了，神志不清，胡言乱语。如果把这样的话也当真，那有失公平。然而，大家的怀疑还在持续，说什么的都有。

一两天过后，大家说，理查兹太太神志不清时所说的胡言呓语同她丈夫所说内容相吻合。于是，大家的疑心越来越强烈，最后变得确信了。是啊，本来镇上的人们很为这位不曾丢过脸的重要公民的纯洁品性而自豪，但现在，这种自豪感开始变淡了，犹如闪烁不定的灯光，很快就要熄灭了。

六天过去了，又有更多消息传出。老两口快不行了。理查兹到了弥留之际，神志倒是清醒了起来。他托人去找伯吉斯。

伯吉斯说："房间里的人都出去吧。我觉得，他有话想要私下里说呢。"

"不！"理查兹说，"我要有见证人在场，想要你们全都在场听听我的告白。这样我死了还算是个人，而不是条狗。我原本是清白的——刻意装出来的清白——和其他人一样。但面对诱惑时，也和其他人一样堕落了。我在一份假材料上签了字，要求领取那袋倒霉的钱。伯吉斯先生一定记得，我曾经帮过他一次忙，出于感激（同时也是无知），他把我的申请给压下来了，从而拯救了我。你们都知道，许多年前那件归罪于伯吉斯的事情。我的证言，也只有我的证言，可以帮助他洗刷罪名，但我是个懦夫，让他忍受了屈辱——"

"不——不——理查兹先生，您——"

"我家的仆人已把秘密透露给他了——"

"没有任何人向我透露任何事情——"

——"这么说来，他还是做了一件自然而然而又公正合理的事情啦。他后悔不该拯救我，所以就揭露了我——我这也是罪有应得的——"

"没有的事情！我发誓——"

"我诚心诚意地原谅他。"

伯吉斯情绪激动地辩解，但对方听不进去了。处于弥留之际的人已经走了，根本不知道他再次冤枉了可怜的伯吉斯。老太太也在当晚离世。

神圣的十九位首要公民中的最后一位也被那个邪恶钱袋所害了。该镇失去了最后一缕荣耀的光环。对其哀悼情景不很张扬，却很深沉。

依据州议会的法案——基于祈祷和恳求——赫德莱堡获准更名为……（不管叫什名字——我不予透露），同时从刻在城镇官方印玺上那句世世代代令其熠熠生辉的格言中剔除了一个字①。

赫德莱堡还是一座诚实的城镇。人们若是想让它打盹儿走神，来个措手不及，那可得早起才行。

---

① 那句熠熠生辉的格言是“请勿让我们受到诱惑”（Lead us not into temptation.），现在变成了“请让我们受到诱惑”（Lead us into temptation.）。删除了“勿”（not）一字。

三万美元遗产

一

湖滨镇是一座拥有五六千居民的舒适小镇。若用远西地区①的标准来衡量，也算是一座风光秀丽的小镇了。镇上的教堂可以容纳三万五千人做礼拜。那儿的情形同远西地区和南部地区一样，人人都信仰宗教，个个新教教派都有信徒，都有自

① 远西地区（Far West）指美国落基山脉以西至太平洋沿岸的区域。

己的设施。湖滨镇的人没有等级观念——反正就是不承认有等级存在。人们相互之间都很熟悉，包括别人家里饲养的狗，到处洋溢着和谐友善的氛围。

萨拉丁·福斯特是那家主店铺的簿记员，是湖滨镇上他这个行当里唯一拿高薪水的人。他当时三十五岁，在店铺已经干了十四年了。他从结婚的那个星期开始，年薪为四百美元，后来稳定上升，每年增加一百美元，连增了四年。四年后，薪水稳定在八百美元——这确实是一个可观的数额，但人人都承认，他应该得到这个报酬。

他太太伊莱克特拉是位能干的贤内助，尽管——像他自己一样——是个沉醉于幻想的人，私下里还挺爱构思传奇故事。结婚嫁人之后，她做的头一桩事——虽说当时还是个姑娘，只有十九岁——便是在城镇的边缘地带购买一英亩土地，是现金支付的——二十五美元，那可是她的全部家当啊。萨拉丁的积蓄比她的还少了十五美元。她在那片地上开辟了一片蔬菜园，采取份额的方式，让住得最近的邻居种植菜园。相对于成本，她每年可以从中获取百分之百的利润。她从萨拉丁头一年的薪水中抽出三十美元存入银行，从第二年的薪水中抽出六十美元，从第三年的薪水中抽出一百美元，从第四年的薪水中抽出一百五十美元。这时，他的薪水涨到了每年八百美元，同时，他们已经有了两个孩子，开销增加了。尽管如此，她从此每年从他的薪水中抽出两百美元存入银行。到她婚后进入第七年时，她在那一英亩蔬菜园的土地上盖起了一幢房子，装饰得漂亮而舒适，家具一应俱全，耗资两千美元。她当即支付了一半现款，全家人搬进了新居。七年之后，她偿还了全部债务，还多出了几百美元，用来投资生息。

她依靠地产涨价赚钱。她早就另外购买了两英亩土地，然后把其中大部分出售给合意的人赚取利润。因为那些人有盖房子的意愿，而且也会成为好邻居。这为她本人和她那人口日益增多的家庭缔结了一种友好关系。她每年拿出大概一百五十美元做一些稳妥可靠的投资，还可以获得一笔单独的收入。她的孩子们慢慢长大了，而且出落得越发亭亭玉立。她是一个快乐幸福的女人，从丈夫身上感受到了幸福，从孩子们身上感受到了幸福。而丈夫和孩子们也从她身上感受到了快乐。本故事就是从这个时候开始的。

小女儿克莱特姆内斯特拉——简称“克莱蒂”——十一岁。姐姐格温多伦——简称“格温”——十三岁。两位可爱的姑娘容貌美丽。从她们的名字便可看出，父母血统中有一种喜爱传奇故事的潜质。父母的名字表明，那种潜质是遗传而来的。这是一个洋溢着爱意的家庭，家里的四个成员都有昵称。萨拉丁的昵称很奇特，还辨别不出性别——叫萨利。伊莱克特拉的也是如此——阿莱克。萨利整天做着他称职而勤勉的簿记员和售货员。阿莱克整天做着称职而忠实的母亲和家庭主妇，做着勤于思考和精于筹划的女商人。到了夜晚，其乐融融的起居室里，他们便把那个沉闷单调的现实世界抛到一旁，进入另一种更加美妙的境界——相互之间朗读传奇故事，梦想着美好的场景：富丽堂皇的宫殿，阴森古老的城堡，华灯闪烁，气氛热烈，一派华贵气象。他们与国王、王子以及王公贵妇为伍。

二

这时候，传来了重大消息！令人震惊的消息——实际上，也是令人欣喜的消息！消息是从邻州传来的。这个家庭中唯一健在的亲戚就住在那儿。那是萨利这边的亲戚——是一个关系模糊的叔叔什么的，或者是隔着两三辈的表亲。他名叫蒂尔伯里·福斯特，七十岁了，是个单身，远近闻名，说他生活富有，所以脾气暴躁，性情固执。从前，萨利给他去过一封信，试图与他攀上关系，但没有结果，后来也就不再做那种不合时宜的事了。现如今，蒂尔伯里给萨利来了信。信中说他将不久于人世了，要留给他三万美元的遗产，是现金。这样做不是因为爱意，而是因为自己一辈子的麻烦和苦恼都是金钱带来的。因此，他希望把这笔钱放到合适的地方，寄希望于让金钱继续发挥其贻害他人的作用。他的这笔遗产将载入他的遗嘱，然后支付出去。但有个条件，萨利必须向遗嘱执行人证明：先前从未口头或书信表达过自己对这笔遗赠的关注，没有过问过处于弥留之际的人走向永久安息地的进程，没有参加葬礼。

来信在阿莱克那里引起了强烈的情感冲动。她刚刚从兴奋的情绪状态中稍稍平静下来，便立刻给亲戚的居住地去了信，订阅了一份当地报纸。

现在，夫妻二人达成了一项庄严的契约——只要那位亲戚活着，就决不把这个重大的消息告诉任何人，以免某个不明就里的人把事情传到临终人那儿，而且歪曲事实，让人家感觉他们不听劝告，对遗产表露出了感激之情。这等于是公然违反禁令，承认这个事实，而且张扬出去了。

当天剩下的时间里，萨利把账本记得漏洞百出，阿莱克无法把心思放在要做的事情上，甚至端起一个花盆、拿起一本书或一根木棒，却忘记了自己打算干什么。他们两个人都沉浸在梦想之中。

“三——万美元啊！”一天到晚，这句令人激动的话会像音乐一样从两个人嘴里哼唱出来。

从结婚嫁人的那天开始，阿莱克便把钱包捏得紧紧的；萨利压根儿就没机会让一个子儿开支在没必要的事情上面。

“三——万美元啊！”歌声在不停地唱响着。一笔巨款，一笔无法想象的巨款！

一天到晚，阿莱克一门心思计划着，该如何用这笔巨款来投资；萨利则一门心思计划着，该如何开支这笔巨款。

当天晚上，取消了朗读传奇故事的活动。孩子们早早离开了，因为她们的父母缄口不言，心神不宁，让人见了提不起兴趣，显得很怪异。她们向父母道晚安时的吻别等于白吻了，没有得到任何回应。父母并没有觉察到她们的亲吻。孩子们离开一个小时了，他们这才回过神来。一个小时的时间里，他们在做着计划，两支铅笔在不停地写着——记笔记呢。最后，萨利打破了沉静。他兴致勃勃地说：“啊，真是不得了啦，阿莱克！我们首先拿出一千美元买一匹马和一辆轻便马车，供夏季使用；买一架雪橇和一条护膝毛毯，供冬季使用。”

阿莱克坚定而又平静地作出了回应——“从本金里拿出来吗？那可不行，即便有一百万也不行！”

萨利深感失望，脸上的喜色消失了。“噢，阿莱克！”他说，语气中充满了责备，“我们一直都拼命干活儿，日子过得紧巴巴的。现如今，我们富有了，看起来好像——”

他没把话说完，因为他看见她的目光柔和起来了。他的恳求对她有了触动。她开口说了，语气温柔而又充满了说服力：“我们一定不能动用本金啊，亲爱的！那样做是不明智的。要从本金的收入中提取出——”

“这样可以，这样可以，阿莱克！你多么可爱，多么善良啊！那将是一笔可观的收入，我们若是能够动用那——”

“不是收入的全部啊，亲爱的！不是收入的全部，但你可以动用其中的一部分，也就是合情合理的一部分。但是，整个本金——一分一厘——要立刻投资产生利润，还要让它一直保持下去。你明白了这样做的合理性了吧？”

“啊，知——道，知道，当然。不过，我们得等待很长时间。首次收到利息得等到六个月之后。”

“是这样——时间可能还要更长一些。”

“更长一些，阿莱克？为什么呢？他们不是半年付息一次吗？”

“你说的这种投资方式——是这样的。但是，我不打算用这种方式投资。”

“那打算用什么方式呢？”

“为了获取巨额回报。”

“巨额。那很好啊。接着说，阿莱克。那是什么样的方式？”

“煤炭，新开采的矿藏——烛煤①。我打算投入一万美元，取得优先股权。等到公司成立之后，一股便变成三股啦。”

“天哪，这听起来很美妙啊，阿莱克！这么说来，我们的股票可以值——值多少钱呢？什么时候有回报呢？”

“大概一年。他们按半年百分之十的利润计算，可以值三万美元呢。关于这个情况，我很清楚，辛辛那提的报纸上登着广告呢。”

“天哪，一万变成三万啊——一年时间呢！我们若是把那笔钱全部投进去，就可以获得九万啊！我这就写信去认购——等到明天，可能就来不及了。”

他正要急匆匆跑到写字台边，却被阿莱克拦住了，拉着他坐回椅子上。她说：“别这样头脑发热。我们不拿到那笔钱就一定不能认购，这你知道吗？”

萨利的兴奋劲头降低了一两度，但并没有完全平静下来。“怎么啦，阿莱克？那笔钱已经是我们的了，这你是知道的——而且也很快了。他说不定此刻已经解脱了呢。可能性是百分之百。他此时此刻正在打扮着上路呢。是啊，我觉得——”

阿莱克颤抖着，然后说：“你怎么会这样啊，萨利！别这么说话，这样说很不厚道。”

“噢，那好。你若是乐意的话，就赋予他一道理想的光环吧。反正我不在乎他的装束如何，只不过说说而已。你难道不

① 烛煤（Cannel）是一种含高挥发成分的烟煤。

让人家说话不成？”

“但是，你为何偏偏想要说这样吓人的话呢？换了你，尸骨未寒时，乐意别人怎样说你呢？”

“我觉得吧，假如我最后要做的是把钱送给别人，为的是用钱给人家造成伤害，可能会不乐意，但那也不过是一阵子的工夫。算了，别管蒂尔伯里了，阿莱克！我们说说现实的问题吧！我真的觉得，那三万美元就应该投资煤矿。这碍什么事吗？”

“所有鸡蛋放在一个篮子里——碍事就碍在这里。”

“好吧，既然你都这么说了。另外那两万美元怎么办？你打算拿来干什么呢？”

“不用着急。我要了解情况，再考虑拿来干什么。”

“那好吧，既然你已经打定了主意。”萨利叹息着说。他沉思了片刻。“从现在开始，投入一万美元，一年后利润就是两万。我们可以用那笔钱是吧，阿莱克？”

阿莱克摇了摇头。“不，亲爱的。”她说，“我们领到首份半年红利前，股票是不会涨价的。所以，你只能使用利润的一部分。”

“什么啊，只能这样——还得等待一年呢！真是见鬼啊，我——”

“噢，一定要有耐性！说不定三个月后就会宣布股息呢——这都是完全可能的事情。”

“噢，那太好啦！噢，谢谢哈！”萨利高兴得跳起来，亲吻了太太，洋溢着感激之情。“那将是三千美元——整整三千啊！我们可以开支其中的多少呢，阿莱克？慷慨大方些吧——一定要啊！亲爱的，做个好人吧！”

阿莱克很高兴。她十分高兴，以至于经不住丈夫的软磨硬泡，便答应了一笔钱——一千美元。其实，若是理性地判断，她会觉得这是一种愚蠢的奢侈行为。萨利亲吻了她五六下。即便用这种方式，都无法表达他的全部快乐和感激之情。这一番新的感激和爱意的迸发，令阿莱克大大超越了谨慎的界线。她尚未来得及平静自己激动的情绪，又给了亲爱的丈夫一个许诺——那笔遗产还有两万美元，她本打算拿来赚上五六万，现在答应从那笔钱中再拿出两千美元。萨利流下了幸福的泪水。他然后说：“噢，我想要拥抱你！”接着就这样做了。他随即拿出自己的记录，坐下来核实首次购买物品的清单，他确保要购买的奢侈品有：“马匹——马车——雪橇——护膝毛毯——漆皮——狗——高顶礼帽——教堂内的专座——用转柄和外旋扭上发条的表——镶几颗新牙——嘿，阿莱克！”

“呃？”

“一直在盘算，对吧？这就对啦。你把那两万美元投资出去了吗？”

“还没有呢。这个不用着急。我先必须了解情况，想一想。”

“但你倒是在盘算呢，盘算什么呢？”

“对啦，我必须为矿山赚来的那两万美元找到用途才是，对不对啊？”

“天哪，多么精明的脑袋啊！我从来都没有想到这一点。

你盘算得怎么样啊？到了哪一步啦？”

“还不算太远——就两三年吧。那笔钱会被派上两次用场：一次投资油料，一次投资小麦。”

“啊，阿莱克，真是了不起啊！总共赚了多少钱？”

“我想想——呃，稳稳当当算来，大概可以净赚十八万美元。也许还要更多呢。”

“哎呀！这难道不是奇妙得很吗？天哪！多年的艰辛之后，我们终于交上好运啦，阿莱克！”

“嗯？”

“我准备捐出整整三百美元给教会——我们可没有任何理由舍不得花钱啊！”

“你做的这事再高尚不过啦，亲爱的！这很符合你为人慷慨的秉性。你真是一个无私的人啊！”

听到这番赞扬后，萨利高兴得不得了。他是讲究公道之人，所以他会说，与其说自己为人慷慨，不如说此事应该归功于阿莱克。若不是因为她，他不可能赚到这笔钱。

他们随后上楼睡觉去了。由于喜不自禁，竟然忘了熄灭客厅蜡烛，衣服脱下后才想起。萨利说，让它点着算了，即便蜡烛价值一千美元，我们也点得起。但是，阿莱克下楼去把蜡烛熄灭了。

这也是做了一件好事。她返回卧室途中，临时又想出了一个妙招——趁着那十八万美元还没有冷却下来，还可以赚来五十万美元。

三

阿莱克订阅的那份小报是单张周刊，每逢周四出版。报纸从蒂尔伯里居住的那个村镇寄出，需要辗转五百英里，星期六才能到达。蒂尔伯里的信是星期五寄出的，遗赠人死亡的消息晚了不止一天，未能赶上在那期的报纸登出。不过，登载在下一期的时间倒是充足得很。这样一来，福斯特夫妇还得等待整整一周，才能知道蒂尔伯里那边是否出现了令人满意的情况。这一周很长，很长，等待中的人内心紧张，很受煎熬。夫妇二人若是不想一些舒心的东西来缓解一下，会受不了的。我们已经看到了，他们确实有舒心的事情要想。女的一直在积累着财富，男的一直在盘算着开销——不管怎么说，他要把太太允许的数额花销掉。

星期六终于来到了，《萨格摩尔周报》送到了。埃弗斯利·本内特太太当时在场。她是长老会牧师的太太，正在动员福斯特夫妇的慈善捐献来着。谈话突然停下来了——是福斯特夫妇停下来的。本内特太太立刻看出，她说的话主人一句都没有听进去。于是，她站起身，惊诧不已，义愤填膺，离开了。她才刚出门，阿莱克便迫不及待地撕开报纸的包装纸，眼睛和萨利的眼睛一道，把报纸上的讣告栏扫视一遍。大失所望！上面根本没有提及蒂尔伯里。阿莱克从小就是基督徒，义务和习惯的力量要求她做出姿态。她定了定神，以虔诚的态度表露出几分愉悦，说道："感谢上帝，他没有被召唤去啊！还有——"

"该死，大逆不道的东西！但愿——"

“萨利，要知道羞耻啊！”

“我不在乎！”愤怒的丈夫回应道，“你心里也是这么觉得的。若是没有这么一副不道德的虔诚嘴脸，你也会老老实实表达这个意思的。”

阿莱克自尊心受到了伤害。“我真不明白，你为何要说出这种没有良心和有失公正的话来！哪来什么不道德的虔诚品性啊！”

萨利心里感到很不好受，但他变换了一种表达方式，企图自圆其说，以掩饰内心的不安——好像只要改变一下外表，同时保留着实质内容，便可以把自己正在抚慰的这位行家里手蒙骗过去似的。他说：“我的本意并非那样，阿莱克。我所说的并不是什么不道德的虔诚。我只是想要说——想要说——你看吧，例行的虔诚，你知道的，呃——买卖行业的虔诚。这个——这个——啊，你知道我的话是什么意思。阿莱克——这个——你看看，比如有人拿出那个包金的东西，却要冒充纯金的——你知道的，其实并非想要做不正当的事，只是出于那个行当的习惯，古已有之的策略、固化的套数。那是在恪守——恪守——真该死，找不到合适的字眼！但你知道我想要表达的意思，阿莱克。其中并无恶意。我试着再表达一次。你看啊，是这么回事。假如一个人——”

“你已经说得够多了。”阿莱克说，态度冷漠，“不说这件事了吧。”

“我巴不得呢。”萨利回应说。他热情洋溢，一边擦了擦额头上的汗，一副无法用言辞来表达感激之情的姿态。然后，他像是在沉思，自己替自己解释说，“我肯定握着三点纸牌——这我是知道的——但我收回了，没有玩赢。我玩牌时常常有这个弱点。我若是能够坚持下来该有多好啊，但就是没有坚持。我根本做不到，明白的道理不够多。”他承认自己失败了，此时显得特别服帖和老实。阿莱克的目光中流露出了原谅他的意思。

随即，他们满心关注且利益攸关的那件事又突显出来了。什么力量都无法让它连续几分钟被搁置。夫妇二人又猜测起了报纸没有登载蒂尔伯里死讯的那个谜团。他们猜测了每一种情形，或多或少怀着一丝希望，到头来却又回到了原点。他们承认，报纸之所以没有登载那则讣告，唯一真正合理的解释必须是——而且确凿无疑——蒂尔伯里没有死亡。这事说起来令人悲伤，甚至可能还有点儿不公平，但实际情况就是如此，而且必须忍耐。对此，他们两人的看法一致。萨利觉得，这是天意，很不可思议，很令人费解。它比平常遇到的事更加费解，他心里这么想着。事实上，他能想得起来的最不可思议的事情中，这算得上一桩了——他也表达了这个意思，话说得有点儿激动。他若是希望套出阿莱克的话来，算是失败了。她即便有看法，也是三缄其口。她并没有在任何市场上莽撞冒险的习惯，无论是人世间的市场，还是别的什么市场。

这对夫妇必须等待下个星期的报纸——很显然，蒂尔伯里已经推迟日子了。这是他们的想法，也是他们的判断。他们放下了它，再次尽可能保持良好的精神状态去处理好自己的事情。

是啊，若是知晓了事情的原委，他们也就不至于一直以来冤枉蒂尔伯里啦。蒂尔伯里信守了诺言，而且一丝不苟。他已经死亡了，而且是如期死亡的。他死亡四天多了，死得很安详——完完全全死亡了，彻彻底底死亡了，如同墓地里新埋下的死者一样死亡了。他死亡之后，也有足够时间在《萨格摩尔周报》刊登讣告，只是因为一件意外事情给挤掉了。若是大都会地区的报纸，那样的事情就不至于发生。但《萨格摩尔周报》不过是小村镇巴掌大的小报，那样的情形便是司空见惯的了。社论版拼版时，霍斯特尔高雅冰激凌室送来了一夸脱免费的草莓冰激凌，哀悼蒂尔伯里去世的那则冷冰冰的文字便被挤掉了，以便腾出版面来让总编表达狂热的感激之情。

排字工把悼念蒂尔伯里去世的讣告送上备用架时，偏偏排好的字给弄乱了。否则，讣告会在后来某期登载出来，因为《萨格摩尔周报》不至于浪费掉“活的”素材。“活的”素材一旦上了备用架，只要排好的字盘没有弄乱，就会永垂不朽的。但一份素材一旦排乱了，可就死亡了，再不可能复活，永远都没有被登载出来的机会了。不管蒂尔伯里高兴与否，他尽可以在墓穴里大发雷霆——反正人们永远都不可能在《萨格摩尔周报》上看到他死亡的消息了。

四

单调沉闷的五个星期过去了。《萨格摩尔周报》一如既往地在星期六准时送到，但一次也没有提到蒂尔伯里·福斯特这个名字。至此，萨利的耐心崩溃了。他愤愤不平地说：“该死的混蛋，他这是要永垂不朽啦！”

阿莱克严厉地斥责了他一番，然后还冷漠而严厉地补充道："要是你这句难听的话一出口，他就真的突然死亡了，你会有什么感受呢？"

萨利未经认真思索便回答说："我会觉得自己很幸运，没把那句话憋在心里。"他有自尊，必须说点儿什么。由于一时想不出合乎情理的解释，便脱口说出了这句话。他随后找到了一个庇护所——这是他的说法——即从阿莱克的面前溜走，免得被伶牙俐齿的太太驳斥得体无完肤。

六个月过去了。关于蒂尔伯里的死讯，《萨格摩尔周报》依旧保持沉默。其间，萨利试过几次口风——也就是说，他暗示着想要知道一点儿情况。阿莱克没有理会他的旁敲侧击。萨利终于鼓足勇气，把要说的话摆到桌面上。他直截了当地提出，他要乔装改扮，去到蒂尔伯里居住的村镇暗中摸清情况。阿莱克坚定果断地制止了他的这个冒险计划。她说："你都在想些什么啊？你把我弄得手忙脚乱啦！你简直就像个孩子，一直要有人看管着，以免走入火中。你人在哪儿就在哪儿待着好啦！"

"怎么啦，阿莱克？我可以去做这件事而又不让人发现啊——这一点我是有把握的。"

"萨利·福斯特，你难道不知道吗？你得到处去打听啊。"

"那是当然。但那又如何呢？谁也不至于怀疑我的身份啊。"

"噢，听听这个人说的都是什么话啊！有朝一日，你得向遗嘱执行人证明，自己不曾打听过情况。到时候，怎么办？"

他把这个细节给忘了，没有回话，也没有什么可说的。阿莱克补充说："这么说来，那就不要再有这个念头啦！从今往后，不要再去操这份闲心了。蒂尔伯里给你设了这么个圈套，你难道不知道这是个圈套吗？他可是时刻警惕着呢，一门心思等着你误打误撞地钻进去。好啦，他的希望一定会落空的——至少，有我严防把守的时候就会如此，萨利！”

“是吗？”

“即便你有一百年的寿命，只要你活着，就不要去打听什么情况了。答应我！”

“那好吧。”他叹了口气说，一副很勉强的样子。

这时候，阿莱克态度柔和了。“不要不耐烦。我们的日子正一天天红火起来呢。可以等待，用不着急躁。我们那笔十拿九稳的小额收入一直都在增加呢。至于那些期货交易，我至今还没有出过任何差错——正在成千上万地累加啊。全国也找不到哪个家庭像我们这样欣欣向荣的。我们的财富已经开始源源不断地涌进来了。你知道这一点，对吧？”

“知道，阿莱克。肯定是这么回事啦。”

“既然如此，上帝给我们安排好了这一切，那就心怀感激吧，不要再忧心忡忡了。你难道相信，没有上帝特别的帮助和指引，我们能够获得如此惊人的结果吗？”

萨利犹豫而迟疑地说：“不——不能。我觉得不能。”接着，他情绪激动，充满钦佩之情地说，“不过，说到远见卓识，给一支股票‘掺水①’，或想方设法占华尔街的便宜，我

① 给股票“掺水”（to Water a Stock）是指增发股票而不相应增加股本或者资产，因而稀释了股票的价值。

看你是怎么也不需要一个生手来帮忙的，即便我确实希望自己——”

“噢，赶紧住嘴吧！我知道你没有任何恶意，或者有什么大不敬的念头。可怜的孩子啊，你好像要么不开口，一开口就会说出令人心惊胆战的话来。你老是让我不断地诚惶诚恐，替你担心，也替我们大家担心。我过去是从来都不害怕打雷的，但现在只要一听到雷响，我就——”

她说话的声音哽住了，开始哭了起来，无法把话说完。萨利看到此情此景后，钻心地难受。他把她搂在怀里，爱抚着她，安慰着她，保证以后一定要表现好一些。同时，他也责备自己，充满了悔恨之意，恳求得到宽恕。他也是真心诚意，为自己先前的表现感到悔恨；只要能够弥补自己的过错，他随时可以做出任何牺牲。

他在内心深处把这件事仔细掂量了很长时间，决心要在行动上做得最为得体。口头承诺改过挺容易，确实，他也保证自己要做到。但这样做有什么真正的效果，有什么长久的效果吗？没有啊，这只能是暂时的——他知道自己的弱点，内心里也很痛苦地承认了——他不能坚守自己的诺言。必须想出更加可靠和更加理想的办法来。他想出来了。很长时间以来，他一分一厘地积攒起了一笔钱。以那笔宝贵的金钱为代价，他在房顶上装了一根避雷针。

后来有一次，他又故态复萌了。

习惯可以创造出多么大的奇迹啊！人们多么迅速和多么容易养成习惯啊——微不足道的习惯也好，深深地改变我们的习惯也罢，全都如此。若是偶尔连续两晚在凌晨两点醒来，我们需要为此感到不安了。再重复一次，偶尔就转化为习惯了。一个人若是一个月中漫不经心地每天喝一点儿威士忌——我们都知道这样一些普普通通的事实。

建造空中楼阁的习惯，做白日梦的习惯——习惯成熟得多么快啊！变成了一种多么奢侈的享受啊！我们一旦有了闲暇，便会迫不及待地去感受其魅力，如痴如醉于其中，将我们的灵魂浸透，让我们沉醉于种种诱人的狂想之中——噢，是的，我们梦幻的人生和物质的人生多么迅速而又容易交织融合在了一起，以至于我们再也无法分得清哪个是哪个了。

不久后，阿莱克订阅了一份芝加哥的日报和《华尔街指示者报》。她特别关注财经方面的动态。整整一周里，她勤奋努力地研读这两份报纸。那劲头，如同星期天认真阅读《圣经》一样。萨利对她充满了钦佩之情。他注意到，阿莱克善于预测和操作物质和精神两种市场、两个方面的证券，她的才智和判断力得到了发展和增强，迈出了疾速而稳健的步伐。阿莱克在现实世界的股票交易中表现出了勇气和胆略，他引以为豪。而她在精神方面的股票交易中却显得保守而谨慎，他也同样引以为豪。他注意到，她在两个方面都始终保持着清醒的头脑。她凭着自己非凡卓越的勇气，常常会在现实世界的期货交易中做短线，但会谨慎地在此划上一条界线——其他方面却总是会做长线。她的策略明智而又简单。她向他解释说：她在现实期货中的投资是投机性的，而在精神期货中的投资却是投资性的。她对前者心甘情愿冒点儿风险，试试运气，而对后者却要做到“万无一失”——每一美元都要确保百分之百的利润，并要让股票在登记簿上过户。

才不过几个月时间，阿莱克和萨利的想象力得到了很好的训练。每天的训练都会让两台机器在广度和有效性上增添一些内容。结果，和刚开始时的梦想相比，阿莱克想象中的金钱增速快多了，而萨利花费多余利润的本领则一直同她殚精竭虑挣钱的能力齐头并进。刚开始时，阿莱克估摸煤炭方面的投机生意可在十二个月内见效，决不允许让期限缩短为九个月。但那种金融方面的幻想未经教育，未经训练，未经实践，显得低效而幼稚。有了这些外力的帮助，随后九个月的期限都消失了，幻想中的一万美元投资连同百分之三百的利润满载而归！

那是福斯特夫妇一个了不起的日子。他们高兴得说不出话来。他们说不出话来还有一个原因：最近，经过对市场仔细认真的观察后，阿莱克提心吊胆，战战兢兢，用遗产中剩下的两万美元进行了首次尝试性“差额”投资。在她的心目中，股票攀升了——一个点连着一个点——毕竟市场一直都存在着崩溃的风险——直到最后，她过于忧虑，无法再忍受了——因为她在差额投资方面还是新手，缺乏打磨——于是，她通过想象中的电报给了想象中的经纪人一个想象中的指令，嘱咐他抛出股票。她说，四万美元的利润已经足够了，当天便实施了交割。就在同一天，煤炭上的投资给他们带了巨大财富。正如我先前说过的，这对夫妇高兴得说不出话来了。当晚，他们坐在那儿神魂颠倒，喜不自禁，想要定神体会一下这个绝妙的事实，这个难以置信的事实。他们实际上已经有了十万美元想象中的纯利润了。而实际情况就是如此。

如果说阿莱克对差额投资担心忧虑的话，这是最后一次了。她第一次涉足这个行当时够担惊受怕的，结果弄得夜不能寐，脸色煞白。

确实，那是个难以忘怀的夜晚。慢慢地，夫妇二人意识到，他们发财了。这种意识已经牢牢地在他们的内心深处扎了根。随后，他们开始考虑该如何支配这笔钱。我们若是能够透过两位梦想家的目光朝外看去，应该可以看到他们整洁小巧的木屋消失了。取而代之的是一幢砖砌的二层楼房，前面有一道铁栅栏。我们应该可以看到，客厅的天花板上垂着装有三盏煤气灯的枝形灯架。我们应该可以看到，先前朴素的普通地毯已经换成了高雅华贵的布鲁塞尔地毯，一码要一点五美元呢。我们应该可以看到，那种平民家庭的壁炉已不见踪影，取而代之的是十分考究的大炉膛新式煤炉，装有云母片的炉门，向着四周释放出威严。我们还应该可以看到其他一些东西，包括那辆轻便马车、那条护膝毛毯、那顶高顶礼帽，等等。

从那之后，尽管他们的女儿和邻居只是看到昔日的那幢木屋，但在阿莱克和萨利的眼中，那是一幢砖砌二层楼房。每天晚上，阿莱克都为支付想象中的煤气账单而操心，但又总是从萨利那漫不经心的回答中获得安慰："那又如何呢？我们可以支付得起的。"

夫妇二人发了财的头天夜里，上床睡觉前便决定要庆祝一番。他们一定要举行一次宴会——这就是他们的打算。但如何把这事解释给——女儿和邻居呢？他们不能把发了财的事实暴露出来的。萨利倒是愿意这样做，甚至火急火燎的，但阿莱克保持着清醒的头脑。她说了，虽说钱已等于挣到手了，但还是要等待，等到真正到了手再说。她坚持这个策略，决不动摇。一定要保守这个巨大的秘密，她说——决不告诉两个女儿和其他任何人。

夫妇二人感到很伤脑筋。他们一定要庆祝一番，决定了要庆祝一番。但既然一定要保守秘密，那以什么为由头来庆祝呢？三个月之内没人过生日。蒂尔伯里派不上用场。很显然，他这是要万寿无疆了。他们能够拿国家的什么来庆祝吗？这个问题是萨利提出来的。他也迫不及待了，而且很为难。他最终还是想出了办法——他觉得自己好像一时来了灵感——片刻之间，他们的一切烦恼都消失了。他们为现美洲纪念日而庆祝。绝妙的主意啊！

阿莱克很为萨利自豪，几乎无法用言语来表达——她说，她是绝不可能想出这样的办法来的。不过，尽管萨利听到赞扬后喜不自禁，对自己也惊叹不已，却还是极力不表露出来，而是说那真算不得什么，任何人都可以做得到。阿莱克听后很高兴，自豪地甩了一下脑袋说："噢，毫无疑问，任何人都可以做到——噢，任何人！比如说霍桑纳·迪尔金斯吧！或者说阿德尔伯特·皮纳特——噢，天哪——是的！对啦，我倒是想请他们试试。就那样吧。我的天哪，若是想象出一个四十英亩的小岛来，我都觉得超出了他们的能力。至于整个美洲大陆，哎呀，萨利·福斯特啊！你也知道，他们即便绞尽脑汁，那也是想不出来的啊！"

可爱的女人，她知道，他是有才华的。她若是因为爱而把那种才华略微估计得过高了点儿，毫无疑问，也不过是一种甜蜜而温柔的过失。考虑到它的起因，还是可以原谅的。

五

庆祝活动举办得很成功。朋友们全都到场了，年轻的、年长的都来了。年轻的当中有弗洛西和格雷西·皮纳特以及她们的哥哥阿德尔伯特。他是个年纪轻轻便已学徒期满的锡匠。还有小霍桑纳·迪尔金斯，是个刚刚学徒期满的抹灰工。好几个月以来，阿德尔伯特和霍桑纳对福斯特家的格温多伦和克莱特姆内斯特拉表露出了好感。姑娘的父母已经觉察出来了，心里美滋滋的。但他们突然意识到，那种感觉已经消失了。他们认定，经济条件发生了变化，社会地位也随之上升了，女儿与那两个工匠之间产生了差距。他们的女儿现在眼睛可以看高一些——而且一定要看高一些。是的，一定要。她们决不能嫁给律师和商人这个等级以下的人。爸爸和妈妈一定会把好这个关的，婚姻大事决不可以门不当户不对。

不过，他们的上述想法和计划都是藏在心里的，并没有表露出来。因此，它们并没有给庆祝活动带来负面影响。从表面看，他们显得平静，一副高傲而自满的姿态既体面又庄重，令在场的人钦佩不已，也惊叹不已。所有客人都注意到了这一点，并且纷纷议论，但谁也猜不出其中的奥秘。这是个奇迹，是个不解之谜。有人议论开了，但根本没有想到自己猜得有多准。“看起来，他们好像发财了。”事实上，正是这个原因呢。

大多数做母亲的都会照老规矩干预女儿的婚事，总会给女儿来一番说教，讲一通严肃而又毫无新意的大道理——这样一番教训会弄得女儿痛哭流泪，内心反叛，达不到目的。这样的母亲还会请求年轻工匠们停止献殷勤，从而进一步把事情搞糟。不过，这位母亲却与众不同。她很讲究实际，不会对相关的年轻人吭一声；除了萨利，也不会对任何人说什么。他听了她的话后明白她的意思了，明白了，而且很钦佩。他说："意思我都明白了。你不对展示出的样品挑刺、找毛病，免得无缘无故伤了感情，阻碍了生意。你只是为了拿钱提供更高等级的货物，然后顺其自然。智慧啊，阿莱克！真正的智慧！抓住了关键。你瞄准了谁呀？已经选定了吗？"

不，她还没有选定呢。他们必须对市场行情察看一番——他们这样做了。首先，他们考虑并讨论了布拉迪什——一位充满希望的年轻律师；还有富尔顿——一位充满希望的年轻牙医。萨利一定要邀请他们来吃饭，但不是马上。阿莱克说，用不着着急。注意观察那两个年轻人，等待时机。事关重大，缓慢进行，不至于有任何损失的。

结果证明，这也是很智慧的一招。三周不到，阿莱克又有了惊人的成就，先前那想象中的十万美元猛增到了四十万。她和萨利当晚乐不可支，喜不自禁。他们头一次吃晚饭配了香槟酒，不过不是真正的香槟。但他们在那上面可是花费了想象力的，真实度够高。这事由萨利来实施，阿莱克态度不坚决，顺从了。两个人心里都感到不安和羞愧。萨利是禁酒协会的重要成员。每当参加葬礼，他都会套上禁酒协会会员的外套。任何人也不会用特定的目光看待，他始终保持理智，坚持自己的看法。阿莱克则是基督教妇女禁酒联合会①的会员。这说明，她具有坚强的意志和恒久而圣洁的品性。但实际情况有了变化，拥有财富的荣耀感开始起到腐蚀作用了。他们的人生境遇再次证明了世人先前已经无数次证明了的可悲真理：尽管道德原则对于防止炫耀和堕落的虚荣与邪恶而言具有伟大而崇高的力量，贫穷却具有六倍于它的威力。净赚了四十多万美元啊！他们再次提起了婚姻的话题，不过没有提及那位律师或牙医——根本不存在再次提起他们的理由了，他们不在挑选之列了，资格被取消了。他们讨论了那位肉类制品包装商的儿子和镇上银行老板的儿子。到了最后，和先前的情况一样，他们还是决定等一等，考虑考虑，还是谨慎从事，做到万无一失为好。

他们再次吉星高照。阿莱克一如既往地悉心留意着，结果瞄准了一个绝佳的冒险机会，于是大胆尝试了一把。接下来的一段时间里，她战战兢兢，疑虑重重，忐忑不安。因为一旦不成功，就等于输得一败涂地，确切无疑。结果出来了，阿莱克高兴得都要晕过去了。当她再开口说话时，控制不住情绪，声音都颤抖了："悬念终于有结果了，萨利——我们拥有实实在

---

① 基督教妇女禁酒联合会（W. C. T. U）是美国的一个禁酒组织，1874年成立于俄亥俄州克利夫兰。该会通过口头教育、社会宣传及政治约束等手段来促成立法。该联合会是美国19世纪成员最多的组织。联合会的成员坚信，饮酒势必导致暴力犯罪和性侵犯增加。联合会旨在采取更加实际的措施来保护妇女，各地建立了酒瘾治疗医院以帮助酒瘾患者戒除酒瘾。

在的一百万美元啦！”

萨利感激涕零，说：“噢，伊莱克特拉，女中豪杰啊！我的心肝宝贝，我们终于自由啦！财源滚滚，再也不用过紧巴巴的日子了！这是可以喝克利科香槟酒的派头啊！”他取来一品脱云杉啤酒，不惜破费一次。他说：“管他妈的费用呢！”她语气温柔地责备了他几句，目光中虽然流露出责备，但眼睛湿润了，洋溢着喜悦之光。

他们抛开了肉类制品包装商的儿子和银行老板的儿子，然后坐下来，考虑州长的儿子和国会议员的儿子。

六

从那以后，福斯特夫妇虚构的财富跳跃着猛增。若是把详情一一加以叙述，那会很枯燥乏味的。这事令人惊叹不已，头晕目眩，眼花缭乱。每一样东西，但凡阿莱克触碰过了，便会变成仙界金子，金灿灿地向着天空堆积起来。百万千万财富滚滚而来，像强大的河流仍然在咆哮着汹涌流淌，财富的流量还在猛增。五百万——一千万——两千万——三千万——难道永无止境不成？

如梦如幻的狂喜之中，两年时间飞速过去了。如痴如醉的福斯特夫妇几乎没有留意匆匆逝去的时光。他们现在拥有三亿美元财富了。他们是全国所有巨型联合公司的董事会成员。还有，随着时光流逝，亿万财富还在源源不断地增长，一次五百万，一次一千万，速度之快，他们几乎连算都算不过来了。那三亿美元翻了一番——又翻了一番——再翻了一番——还翻了一番。

已经二十四亿美元了！

情况变得有点儿没有头绪了。他们有必要记一下账目，把财富理出眉目来。福斯特夫妇知道有这个必要，也感觉到有这个必要。他们意识到，这样做是当务之急。他们也知道，这事要想做得妥帖圆满，一旦开始了，就要不间断地做到底。那可是十个小时的活儿啊。他们哪能找到十个小时那么大块的闲暇呢？萨利一天到晚都在卖别针、糖和花布什么的。阿莱克一天到晚都在做饭、洗盘子、扫地和铺床，没有任何人能助上她一臂之力。因为两个女儿得精心养着，以便将来进入上流社会。福斯特夫妇知道，有一个办法可以找到十个小时，而且是唯一的办法。但两个人都羞于启口。双方都等着对方说出来。最后，萨利说："总得有人做出让步才行啊！那就我来吧！我既然有了这样一个念头——那还是不妨大声说出来好。"

阿莱克脸涨得彤红，但满怀着感激之情。没再多说什么，他们堕落了。堕落了，于是——便不守安息日了①。因为只有那天，他们才有连续十个小时的空闲。这只是他们在堕落的道路上迈出了又一步。然后，还会接二连三地堕落下去。巨额财富拥有种种诱惑力，对于刚刚拥有财富的人而言，不可避免地会摧毁其道德结构。他们放下了百叶窗，不守安息日了。他们埋头苦干，耐心细致，全面审核了自己的股权，并开列出了清

---

① 基督教徒大都以星期日为安息日（Sabbath），犹太教徒及某些基督教徒以星期六为安息日。人们在这一天停止工作，称为守安息日。

单。那是长长一串吓人的名单啊！从铁路系统开始，然后是轮船公司、美孚石油公司、远洋电报公司、微音电报机公司，还有其他的，一直开列到克朗戴克金矿、德比尔斯钻石矿、坦慕尼协会①的非法钱款，还有邮政部那些不清不楚的证券优先购买权。

二十四亿美元，全部都稳稳当当地投入到充满希望的项目当中，全都有利可图，利润丰厚。年收入可达一亿两千万。阿莱克态度温柔，充满了喜悦，发出了一声绵长的喃喃声，然后说："这个数目够了吗？"

"够啦，阿莱克。"

"我们接下来怎么办呢？"

"打好现有的牌。"

"不再投资了吗？"

"正是。"

"我赞成。理想的投资已经完成了。我们来一次长时间的休息，好好享受那些钱。"

"很好啊，阿莱克！"

"嗯，亲爱的？"

"我们可以开销收入中的多少呢？"

"全部。"

---

① 坦慕尼协会（Tammany Society）是美国纽约市的一个民主党实力派组织，成立于1789年。由先前的慈善团体发展而成。因其在19世纪犯下的种种劣迹成为"腐败政治"的同义词。

她丈夫觉得，自己的四肢卸掉了成吨重的锁链。他没吭一声，满心欢喜，高兴得说不出话来。

从那以后，夫妇二人干脆不守安息日了。这是他们堕落中的最初步伐。每逢星期天，早上的祈祷结束后，他们便把整天的时间都消磨在种种想象之中——想象着如何花钱的途径。他们持续不断地进行着这种舒心惬意而又无聊乏味的活动，一直持续到深夜。但凡有集会，阿莱克都会慷慨解囊，把数以百万计的巨款捐献给慈善和宗教事业，而萨利则把同样数额的钱花费在别的事情上。他会罗列出具体名称，但只是刚开始时他才这样做。后来，那些名称慢慢消失了清晰的面目，最后演变成了“各种各样的开支”。因此，完完全全——不过这样倒是万无一失——不予说明了。萨利正在一步步地堕落来着。动不动就是数百万美元的开支，情况严重，令人很不愉快；更是增加了家庭开支用度——用于购买动物油脂制造的蜡烛。一段时间里，阿莱克挺忧虑的。一段时间之后，她不再忧虑了。因为致使她犯愁的原因已经不存在了。她感到痛苦，感到悲伤，感到羞愧，但她缄口不言。就这样，她成了萨利的同谋了。萨利一直带回蜡烛，是从店铺里面偷来的。情况就是如此。对于不习惯巨额财富的人而言，它就是一种灾祸。它侵蚀到了他道德框架上的肌肉和骨头。福斯特夫妇贫穷时，人们可以把无数支蜡烛托付给他们保管。现如今，他们——我们还是不要细说这事了吧。从蜡烛到苹果，只有一步之遥。萨利偷苹果了，然后偷肥皂，然后偷枫糖，然后偷罐头食品，然后偷陶器。我们一旦开始走下坡路了，就会一步一步堕落下去！那是多么容易的事情啊！

同时，在福斯特夫妇壮丽辉煌地向着财富进军的征途上，其他成就就具有里程碑式的意义了。那幢虚构的砖砌住宅已变成想象中的花岗岩宅邸了，配上了方格图案的折线形屋顶①。后来，这幢宅邸消失了，取而代之的是更加富丽堂皇的府邸——就这样，一次一次地取而代之。一座府邸接着一座府邸，空中楼阁耸立了起来，一座比一座更加高大，更加宽敞，更加精致。然后，一座接着一座消失。直到最近这些不平凡的日子，我们这两位梦想家住进了想象中的宅邸了。那是一个遥远的区域，在一座金碧辉煌的宫殿般府邸里，从树木浮苍滴翠的山顶朝外看，一幅壮丽的景致尽收眼底，山谷，河流，逶迤的山峦耸立着，隐约在一片淡淡的雾霭中——这一切都是私有的，都是两位梦想家的财产。宫殿般的府邸里，到处是身穿制服的仆人。宾朋盈门，都是声名显赫和位高权重的客人。他们熙来攘往，来自国内外的大都会。

这座宫殿般的府邸很遥远，遥远到了太阳升起的地方——距离无法用里程来计算，那是个天文数字——在罗得岛的新港，是上流社会的圣地，美国贵族阶层不可侵犯的领地。已经形成惯例了，安息日做过早上的祈祷后，他们便在这座壮丽辉煌的宫殿般的府邸里度过一部分时光，剩余时光便在欧洲度

① 这种结构源于法国巴洛克建筑风格流行时期建立古典主义风格的代表性建筑师芒萨尔（Nicolas François Mansart，1598 – 1666），折射形屋顶设计精致、优美、和谐和陡峭。

过，或者乘着他们的私人游艇四处游玩。一个星期的六天时间里，他们处在湖滨镇参差不齐的边缘地带的家里，在拮据辛劳的现实生活里举步维艰。到了第七天，便在仙境中度过——这已经成了他们的生活日程和生活习惯了。

拮据艰辛的现实生活中，他们还是保持着昔日的状态——艰辛劳作，勤奋努力，小心谨慎，讲究实际，节衣缩食。他们忠实于那个人数很少的长老教派，全心全意为了教派的利益贡献力量，运用全部心理和精神的力量坚守着教派崇高而又严苛的教义。但在梦幻生活之中，不管种种幻想是什么性质，也不管如何变换，他们总是抵挡不住诱惑。阿莱克的种种幻想并非十分离奇怪异，反复无常，但萨利的幻想却显得十分杂乱无章。阿莱克在自己的梦幻生活中加入了新教圣公会教派，因为其中设有各种官方头衔。紧接着，她又成了高教会派的教徒。因为那儿点的蜡烛多，场面更加气派讲究。再后来，她自然又改入了罗马教会。因为那儿有红衣主教，点了更多的蜡烛。相对于萨利的消遣漫游，阿莱克的这些不断改变教会的活动显得微不足道。他的梦幻生活熠熠生辉，连续持久，充满着令人激动的场面。他让其中的场景不断变化，宗教部分的内容也和其他内容一样发生变化，以此来保持梦幻生活的每一部分鲜活而又耀眼。他对待宗教事业很卖力，但同时又像换衬衫一样变换宗教信仰。

福斯特夫妇财源滚滚的最初阶段，他们便开始大手大脚地开支他们想象中的钱财。后来，随着他们的财富一步一步增加，他们变得越发挥霍无度了。一段时间之后，开支用度真正巨大了。阿莱克每个星期天都要建造一两所大学，还有一两座医院，还有一两家罗顿旅馆①，还有一批教堂。她时不时地还要建造一座大教堂。有一次，萨利开了个不合时宜而又不得体的玩笑："天气寒冷，她这才没有运一船传教士去说服缺乏思量的中国人，用货真价实的儒教教义去交换虚假伪造的基督教教义。"

阿莱克听了这个粗鲁而又冷漠的玩笑后很伤心，边哭边从他面前走开了。萨利见此情形心里也不好受。痛苦和羞愧之中，他觉得，若是能够把刚才没心没肝的话收回来，干什么都可以。她并没有说一句责备他的话——这深深地刺痛了他。她没有吐露半句话，说要他检讨一下自己的生活轨迹——她本来可以开口说话的。噢，她可以说出很多很尖刻的话来的！但她宽宏大度，缄口不言。这起到了迅速的报复作用，因为他开始反省起自己来了。他不禁想起了自己一系列可怕行为。过去几年来，他一直生活在无穷无尽的财富之中，种种情形呈现在他的眼前。坐在那儿回首那一切时，他脸上火辣辣的，内心里感到格外羞愧。看看她的生活——显得多么光明正大，一直都在积极向上。看看他自己的生活——多么轻浮琐屑，多么猥琐虚荣，多么自私自利，多么空虚无聊，多么卑鄙下流！他的生活趋势——根本不是积极向上，而是堕落下去，越来越堕落下去。

萨利把她的生活轨迹和自己的进行了反复比较。他曾经对她挑刺，找茬儿——他如此这般沉思着——他啊！他对自己有

① 罗顿旅馆（Rowton Hotel）是指一种租给穷人住宿的公寓。其条件优于仅供宿夜铺位的寄宿舍。

什么好说的呢？她在建造自己的第一座教堂时，他在干什么呢，召集了一批因过度享乐而感到厌倦的亿万富翁组成扑克牌俱乐部，把自己宫殿般的府邸给弄得乌七八糟，每赌一把都要输掉好几十万。当人家夸他豪爽时，他还傻乎乎地自鸣得意。她在建造自己的第一所大学时，他在干什么呢？他正腐化堕落着，同一些酒色之徒厮混，寻欢作乐，过着那种隐秘的生活。那些人腰缠万贯，品德低下。她在建造自己的第一所育婴堂时，他在干什么呢？哎呀！她在筹备成立那个高尚的妇女道德纯洁会时，他在干什么呢？啊，在干什么呢，真是的！她同基督教妇女禁酒联合会和执斧妇女会①一道行动起来，勇往直前，势不可挡，旨在扫清美国因饮酒带来的致命毒害。那时候，他在干什么呢？他一天当中有三次喝得醉醺醺的。她建造了一百座大教堂，罗马教皇对她深表感激，欢迎她，祝福她，同时授予了她金玫瑰②——如此荣耀对她而言，实至名归。那时候，他在干什么呢？他在蒙特卡罗③洗劫银行。

萨利停止反省了。他不能再回顾下去。想到其他情况，他会受不了的。他站起身来，下了最大的决心要把心里的话说出来。他应该说出自己那些隐秘的生活状态，坦白交代，再也不

---

① 典出美国禁酒主义者纳辛夫人（Carry Amelia Nation，1846 - 1911），曾因手执斧头捣毁酒吧而闻名遐迩。

② 金玫瑰（Golden Rose）是雏形为金子打造的玫瑰形饰物。相传罗马教皇在四旬斋的第四个星期日将其予以净化，用来赠送教堂、圣殿，信奉天主教的君王、军事首领、政府，等等。

③ 蒙特卡罗（Monte Carlo）是摩纳哥公国的一座城市，世界著名赌城。

能偷偷摸摸地过那种生活了。他要去把一切情况都告诉她。

而萨利确实这么做了。他把一切情况都告诉了她，伏在她的怀里哭了起来，呻吟着，恳求她宽恕。这是一次深深的震撼。面临如此打击，她都要崩溃了。然而，他是属于她的，是她心目中的核心，是她眼中的福祉，是她一切的一切。她不能拒绝他的任何恳求，她宽恕了他。她感觉到，他不可能像先前那样对待她了。她知道，他只会感到悔恨，但不会悔改。不过，尽管他在道德上走了样，腐化堕落了，难道他就不属于她了吗？不属于他最亲近的人了吗？不属于他绝对顶礼膜拜的偶像了吗？她说了，她是他的苦役，他的奴隶。她敞开了自己充满爱意的心扉，把他融入其中。

七

上述一幕过后一段时间，某个星期天下午，他们乘坐自己梦中的游艇，扬帆远航在夏日的海洋上，倚靠在后甲板的凉棚下面，一副慵懒惬意的样子。他们默默无语，因为他们各自都在想着心事。最近以来，他们之间这种默默无语的情形不知不觉变得越来越频繁了，昔日那种亲近和热烈的劲头正在日益减弱。萨利可怕地袒露心扉的行为起了作用了。阿莱克极力不去想这件事，但它就是停留在头脑中，挥之不去。它带来的屈辱和痛苦正在毒害着他荣耀的梦幻人生。她现在（星期天）看到的是，丈夫是个徒有其表而又令人生厌的家伙。对此，她不能视而不见。最近的日子里，每逢星期天，她尽可能地不看他一眼。

但是，她——难道她自己就完美无缺不成？是啊，她知道，自己并非如此。她也有个秘密对他藏着、掖着，行为上对他不忠实。这令她感到痛心不已。她正在违背他们当初达成的庄严契约，而且还是瞒着他的。面对强烈的诱惑，她再次做起生意来了。她做起了差额投资，购买了全国所有铁路系统以及煤炭和钢铁公司的股份，把他们的全部财富都押在了上面。她现在每个安息日都会战战兢兢，唯恐不经意间露出口风，让他发现了秘密。由于自己的背约行径，她感到痛苦悔恨，内心里不禁对他怜悯同情起来。她看见他躺在那儿，喝得烂醉，心满意足，毫无怀疑之心，内心就充满了愧疚。他从来就没有对她起过疑心——信任她，一门心思地信任她，令人可怜地信任她；而她却把一根可能导致灭顶灾祸的线悬在他的头上。那可是一场——

"喂——阿莱克?"

这句话打断了她的思绪，突然把她从沉思中唤醒了过来。她对此充满了感激之情，自己终于摆脱了那个备受煎熬的问题。她回答了他的问话，依旧用昔日那种温柔的语气。"嗯，亲爱的。"

"你知道吧，阿莱克！我觉得，我们正在犯一个错误呢——我的意思是，你正在犯一个错误。我说的是关于婚姻方面的。"他坐直了身子，像一尊铜铸的弥勒佛，肉坨坨的青蛙模样，慈眉善目，神情严肃认真了起来。"想想吧——已经五年了。你从一开始便就坚持同一个策略：随着每次财富带来的地位上升，你就一直坚持要提升五个点。其实，我一直都认为，那时候我们应该操办婚事了，但你总在展望更加理想的目标，让我再次经受失望。我觉得，你这个人心太大，难以满足。有朝一日，我们会被人抛弃的。刚开始时，我们排除了牙医和律师。那个选择是正确的——做得很明智。随后，我们排除了银行老板的儿子和肉类食品包装商的儿子——这样做也正确，很明智。后来，我们排除了国会议员的儿子和州长的儿子——这样做也还是很正确，我承认。再后来，排除了参议员的儿子和美国副总统的儿子——这样做也完全正确。因为那些微不足道的荣耀并不能永久不衰。后来，你把目光投向了贵族。我觉得，我们终于找对路径了——是这样的。我们要在'四百名流①'中物色对象，攀上某个世家——门第高贵，地位神圣，受人敬畏，有着一百五十年的纯正血统，一个多世纪以前祖辈身上散发出的咸鳕鱼和生羊皮气味消散殆尽，再没有任何人干过一天活儿来玷污门第。这时候啊！唉，这时候应该缔结姻缘了吧。但是，没有。从欧洲来了两位真正的贵族。于是，你立刻便将那些半拉子贵族扔到了一边。这事十足令人沮丧啊。阿莱克！从那以后，好长的一大串啊！你排除了两位从男爵，换成了两位男爵。你排除了两位男爵，换成了两位子爵。两位子爵换成了两位伯爵。两位伯爵换成了两位侯爵。两位侯爵又换成了两双公爵。是啊，阿莱克，兑现吧！你已经玩到极限啦！你已经有了四个公爵供你挑选，来自四个不同的国家，全都名声卓著，身体健硕，家世清白。全都破了产，债台

① 此处指美国纽约上流社会中的名流。

高筑。他们要价很高，但我们出得起钱。得啦，阿莱克！别再拖延啦，别再悬而不决啦！把所有的人选摆出来，让两位姑娘挑选吧！”

面对萨利对自己的婚姻策略的这一连串质疑，阿莱克自始至终笑盈盈的，笑得爽朗而自得。她的目光中闪烁着愉悦的神情，得意中略显惊讶。她极力表现得很镇静。“萨利，配个王室成员——你说如何啊？”

太妙啦！可怜的人啊，他听到这个提议后惊傻了，一骨碌跌倒在船龙骨外板上，锚杆擦破了他胫部的皮。他一时间眼花缭乱，然后才镇定了下来，一瘸一拐地走到太太身边坐了下来。他惺忪的双眼看着她，如泛滥的河水一般，倾泻出昔日的那种钦佩和柔情。

“天哪！”他说着，情绪激动。“阿莱克，你真是了不起——世界上最了不起的女人！我真是无法估量你的容量。我真是无法度量你高深莫测的深度。我还一直以为自己有资格对你的游戏技巧说三道四来着。我啊！啊，我若是停下来思索一番就应该知道，你的心中有了妙计了。啊，亲爱的，心肝宝贝！我都火急火燎了——把你的主意给我说说吧！”

女人受到了奉承，很高兴，把嘴唇凑近他的耳朵，轻声说出了一位亲王的名字。他听后气都喘不过来，脸上绽放出了喜悦。

“天哪！”他说，“真是绝妙的选择啊！他拥有一家赌场、一片墓地、一位主教和一座大教堂——全都属于他。全都是金边的①百分之五百利润，我说的是股票，每一种都如此。欧洲利润最为可观的小宗地产啊。而那片墓地——那可是世上标准最严苛的地方：除了自杀之人，谁也不能葬在里面。是啊，绝对是。那些免费的优惠一概取消了。小小王国的土地面积不大，但那也足够了——墓地占地八百英亩，外围还有二十四英亩。那是一个王国——这是至关重要的事情，土地算不了什么。土地有的是，撒哈拉沙漠无边无际。”

阿莱克满脸喜色，高兴极了。她说：“你想一想吧，萨利——那个家族从来没有与欧洲王室之外的人通过婚。我们的外孙们可以荣登宝座啦！”

“千真万确啊，阿莱克——还要手握权杖呢，把弄着，自然而然，漫不经心，如同我把弄一把尺子一样。这是一个了不起的选择啊，阿莱克。你已经把他攥在手上了，对吧？他跑不掉了，对吧？你没有把他当作差额投资吧？”

“没有，相信我好啦。他不是一笔债务，而是一份资产。另外那位也是如此。”

“那是谁呀，阿莱克？”

“西吉斯蒙德－西格弗雷德－劳恩菲尔德－丁克尔斯佩尔－施瓦岑贝格·布鲁特沃斯特殿下，是卡岑耶姆默尔公国的世袭大公爵。”

“不，你是说着玩玩的！”

“如同我坐在这儿一样，千真万确。我向你保证。”她回

① 金边（Gilt－Edged）是指高度可靠的股票、证券等。

答说。

萨利心满意足，欣喜若狂，一把将她揽到怀里。“看起来，一切妙不可言，美不胜收啊！三百六十四个古老的德国小公国中最古老和最崇高的之一，也是俾斯麦①下令削减小公国之后允许保留其王室地产的少数几人之一。我知道那片农场，我到过那儿。那儿有一座制绳厂、一座蜡烛厂，还有一支军队，是正规军，步兵和骑兵都有。三个士兵和一匹马。阿莱克，我等了很长时间，一次又一次伤心欲绝，希望拖延着，但上帝作证，我现在很高兴。很高兴，对你充满了感激之情，亲爱的！这一切都是你的功劳啊。什么时候进行？”

“下个星期天。”

“很好。我们需要把两场婚礼以最适合于帝王身份的方式举行。考虑到男方的王家身份，这样做才是妥当的。按我的理解，只有一种婚姻对王室来说才是神圣的，是王室专属的：那就是‘贵贱婚姻②’。”

---

① 俾斯麦（Otto Eduard leopold von Bismarck，1815－1898）是普鲁士王国首相（1862－1871），德意志帝国首任宰相（1871－1890），人称“铁血宰相”。俾斯麦是19世纪德国最卓越的政治家，担任普鲁士王国首相期间，通过一系列铁血战争统一了德意志，成为德意志帝国的首任首相。俾斯麦在外交上纵横捭阖，成为19世纪下半叶欧洲政治舞台上的风云人物。1890年，俾斯麦被德皇威廉二世解职，封为劳恩堡公爵。他著有回忆录——《思考与回忆》。

② 贵贱婚姻（Morganatic Marriage）指王室、贵族成员与庶民通婚。贵贱婚姻规定，低贱方不能因此而继承对方的地位，其子女也不能继承世袭的荣誉、封地和财产。看来，这对夫妇并不理解“贵贱婚姻”的实质，他们还指望自己外孙荣登帝王宝座呢。

“我们为何叫这个名字呢，萨利?”

“我不知道啊。不过，反正是王室的，只属于王室的。”

“那我们就坚持要求这样办。还有——我们要迫使对方这样办。一定要办成‘贵贱婚姻’，否则没门儿。”

“那就这么办吧!”萨利说，高高兴兴，双手揉搓着。“这将会是美国有史以来的头一份。阿莱克，新港人听到后一定会很难过的。”

随后，他们沉默不语，张开着幻想的翅膀飘然离去了！去到了世界的远方，去邀请所有王室首脑和他们的家室，并替他们支付了差旅费!

八

三天时间里，夫妇二人昂首挺胸，得意扬扬。对于周围环境，他们只是隐约觉察到了。他们看一切东西都是蒙蒙眬眬的，好像要透过一层面纱。他们完全沉浸在梦境之中，别人冲着他们说话时，他们往往听不见。即便听见了，也往往不知道人家在说什么；回答人家的问题时总是不知所措，或者漫无边际。萨利卖糖蜜时用秤称，卖食糖时用尺量，顾客买蜡烛时，他却给人家肥皂。阿莱克把猫浸泡在洗衣盆里，把牛奶喂给脏衣服“喝”。人人都对他们的表现震惊不已，四处议论开了——“福斯特夫妇可能出了什么事呢?”

三天过后，终于有了结果了！事情进展很圆满，四十八小时里，阿莱克大量买进的股票价格一直上涨。上涨——上涨——还在上涨！已经超出了买入价的点数了。还在上涨——

上涨——再上涨！已经高出了成本五个点了——然后是十个点——十五个点——二十个点！巨额风险投资获得了二十个点的纯利润。这时，阿莱克想象中的股票经纪人透过想象的遥远距离疯狂大吼："抛出！抛出！看在上帝的分上，抛出啊！"

阿莱克把这个极好的消息告诉了萨利。萨利也说："抛出！抛出——噢，可不要出差错啦！是啊，整个世界都属于你的啦！——抛出，抛出啊！"但她意志如钢铁，一定要让它再往前冲击。她说，一定要坚持住！哪怕为此失掉性命，也要等到再涨五个点。

这是一个命运攸关的决定。就在翌日，出现了历史性的暴跌，前所未有的暴跌。华尔街的股票行情降到了最低点；五个小时之内，整个金边股票下跌了九十五个点。亿万富翁成了鲍厄里街①上讨饭吃的乞丐。阿莱克沉住气，坚持不抛售，一定要坚持把"赌注押着"。最后传来了催促抛售的请求，而她无力应对。结果，她想象中的经纪人把她给出卖了。这时候，只有到了这时候，她身上的男人气概消失了，女人的本色回来了。她双臂搂着丈夫的脖子，哭泣说："都是我的错。不要原谅我，我受不了。我们成了穷光蛋了！穷光蛋，我痛苦极了。婚礼永远都举行不了了，一切都已经过去了。我们现在连那个牙医都买不起了。"

一句严厉责备的话都到了萨利的嘴边了："我恳求你抛

---

① 鲍厄里（the Bowery）是纽约的一条街道。那儿有很多廉价酒吧，充斥着乞丐、酒徒等。

出，但是你——”但他没有说出口。面对她肝肠欲断、悔恨交加的样子，他不忍心再增加她的痛苦。他的内心里涌上一个更加高尚的念头。他说：“振作起来吧，我的阿莱克！一切都没有损失啊！关于我叔叔的那笔遗产，你并没有拿出其中的一分一厘去投资呢！你使用的只是还没有兑现的期货！你凭着无与伦比的理财判断力和智慧去做那种期货投资，我们损失的只是其中的增量罢了。鼓起勇气来吧，不要灰心丧气了！我们那三万美元的遗产还一个子儿都没有动呢。凭着你已经获得的经验想一想，你在这一两年之内可以拿那笔钱创造什么样的业绩啊！婚事并没有取消，只是推迟罢了。”

这是一番令人舒心的话。阿莱克感觉到这话说得很有道理，她像是触电似的受到了激励。她不再流泪了，恢复了精神状态。她眼睛里闪烁着喜悦的光芒，内心里怀着感激之情，举起一只手保证和预测说：“现在，我在此宣布——”

但是，有位来客打断了她的话。客人是《萨格摩尔周报》总编兼所有者。他出于义务光顾湖滨镇，前来探视默默无闻、处在弥留之际的祖母。他想着，在履行这桩悲痛义务的同时，还要兼顾报纸方面的事务，就顺便去看望了福斯特夫妇。原来，过去四年中，夫妇二人全神贯注于其他事情，忽略了缴纳订阅报纸的费用。一共需缴纳六美元。他可是他们最希望见到的客人啊。他一定知道蒂尔伯里叔叔的全部情况，还想知道他进入坟墓的可能性有多大。当然，他们是不会出声问上一句的。因为那样一来，那笔遗产便会落空了。不过，他们会围绕这件事旁敲侧击地试探，以期得到结果。但他们想出的办法并不奏效。反应迟钝的总编并不知道，对方是在旁敲侧击地向他打探消息来着。最后，处心积虑没有取得效果的事情，一句不经意的话就让他们如愿以偿了。为了说清楚他们讨论的事情，需要用到一个比喻。总编说：“天哪，这事就像蒂尔伯里·福斯特一样棘手！——正如我们那儿的人说的。”

这话很突然，福斯特夫妇震惊得猛然跳了一下。总编注意到了这个情况，表达了歉意。“毫无恶意，我向你们保证。只是一个说法、一种玩笑而已。你们看吧——没有什么实际用意。是你们本家亲戚吗?”

萨利把自己燃烧着的急切情绪压制下去，尽可能表现出一副漫不经心的样子。他回答说：“我——呃，我倒是不认识，但我们听人说到过他。”总编显得很高兴，然后恢复了平静。萨利补充说：“他——他——身体还好吗?”

“他身体好吗？哎呀，上帝保佑您啊，他去阴司都已经五年啦!”

福斯特夫妇伤心得浑身颤抖起来，尽管内心的感觉好像是快乐。萨利的话说得含糊其辞——但语气中含有试探性：“啊，是啊！人生如此，无人能够逃避得了——所有富人也不能幸免啊。”

总编哈哈大笑了起来。“您若是把蒂尔伯里也包括其中，”他说，“就有些名不符实了。他一文不名，村镇上的人不得不把他下葬了。”

福斯特夫妇呆坐在那儿，足足有两分钟之久——呆若木鸡，神情冷漠。然后，萨利问了一声，脸色煞白，声音微弱：

“这是真的吗？您确认这是真的吗？”

“是啊，确实如此！我是遗嘱执行人之一。除了一辆手推车，他什么也没有留下。他把手推车留给了我。手推车轮子都没有了，毫无用途。不过，总算是一件东西吧。因此，为了了却这笔人情债，我随意写了几句悼念他的文字，准备登出来，却被其他内容给挤掉了。”

福斯特夫妇并没有在听——他们的酒杯已经满了，再也盛不进酒了。他们坐在那儿，耷拉着脑袋，对任何事情都麻木不仁，只有内心里深深感受到的痛苦。

一个小时过去了。他们仍然坐着，耷拉着脑袋，一动不动，一声不吭。客人早就离开了，他们却没有觉察到。然后，他们动了动身子，疲惫倦怠地抬起了头，彼此盯着对方看，忧心忡忡，神情恍惚，表情呆滞。紧接着，他们彼此胡言乱语起来，漫无边际，像孩子似的。时不时地，一句话还没说完，便又陷入沉默中。双方似乎都没有意识到，或者不知道该怎么办。有时候，他们从沉默中醒悟过来，便模模糊糊地瞬间意识到，心里想到过什么东西。然后，他们怀着无言的关切之情温柔地彼此紧握着手，相互同情，相互支持。那姿态好像在说：“我在你的身边，我不会抛弃你的。我们共同来承受吧！总会有地方可以解脱和忘怀的！总有坟墓和安宁在等待着！耐心点儿，不会等很久的！”

他们在心神不宁的漫漫长夜中又熬过了两年，一直在沉思着，沉浸在隐约的悔恨和阴郁的梦幻之中，从来不曾诉诸言辞。后来，两个人同一天得到了解脱。

弥留之际，一直笼罩在萨利心头的黑暗消散了片刻。他说："通过突如其来和不健康的方式获得的巨额财富就是一个陷阱。我们不能从中享受到任何好处，只有转瞬即逝的狂欢。然而，为了这种短暂的欢乐，我们抛弃了甜蜜淳朴而又幸福美满的生活——让其他人从我们身上得到警示吧！"

萨利紧闭着双眼，静静地躺了一会儿。然后，死亡的寒气袭上了他的心头，大脑的意识缓慢地消失。他喃喃地说："金钱曾经给他带去了苦难，他却把仇恨发泄到了我们身上。我们可是从未侵害过他啊。他怀有自己的欲望：通过卑鄙和狡黠的算计，只留给我们三万美元，知道我们会想方设法让其增值。结果毁掉了我们的人生，还让我们伤心欲绝。他本来无需增加费用，便可以让我们远离增加财富的欲望，远离投机生意的诱惑。若是换了一位心肠更加善良的人，他会这样做的。但是，他没有宽宏大度的情怀，没有怜悯之心，没有——"